왕이 길들인 새

달

왕이 길들인 새 2

초판 1쇄 인쇄 2016년 3월 23일
초판 1쇄 발행 2016년 4월 8일

지은이 김민주
발행인 오영배
기획 박성인
책임편집 김다슬
표지 · 본문 디자인 권지연
제작 조하늬

펴낸 곳 (주)삼양출판사 · 단글
주소 서울시 강북구 도봉로 173
대표 전화 02-980-2112 **팩스** / 02-983-0660
편집부 전화 02-980-2116 **팩스** / 02-983-8201
블로그 blog.naver.com/dan_gul
출판등록 1999년 3월 11일 제9-00046호

ISBN 979-11-313-0564-5 (04810) / 979-11-313-0562-1 (세트)

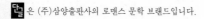 은 (주)삼양출판사의 로맨스 문학 브랜드입니다.

왕이 길들인 새

2

김민주 장편소설

ROMANCE STORY

단글

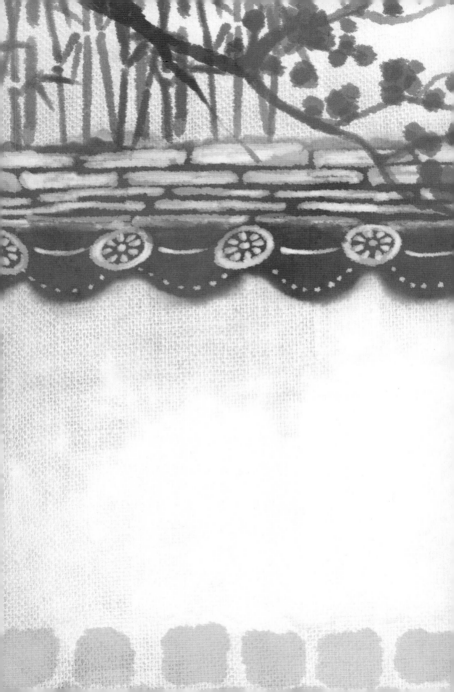

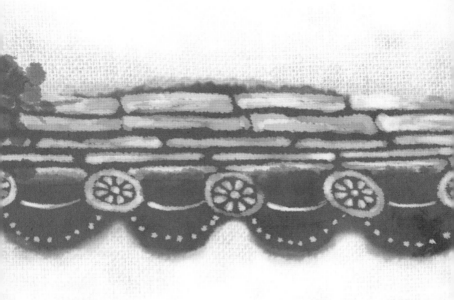

차 례

보현은 미동하지 않았다. 그녀의 시선은 촛대의 나비 모양을 한 광배부 그림자에 고정되었다. 어두운 벽면에 드리워진 노란 불빛 속에서 그림자가 미미하게 흔들렸다.

빈청에서 뜬 눈으로 날을 샌 김직언이 파루 소리를 듣자마자 대비전으로 건너왔다. 꿈틀거리는 두 눈이 보현의 시선을 따라 벽 속에서 노니는 검은 나비를 향했다. 둥근 동산을 그린 샛노란 불빛과 그 안에서 훨훨 나는 나비의 어두운 그림자가 괴괴했다.

"잠시만…… 잠시만 입을 다무세요. 생각을 해 봐야겠습니다."

보현이 여전히 그림자에 사로잡혀 멍하니 중얼거렸다. 노회한 정치꾼이자 모사꾼인 김직언의 눈이 초짜의 것처럼 심히 흔들렸다.

"마마, 이러고 계실 때가 아니옵니다. 임금이 무연을 잡겠다고 펄펄 뛰고 있사옵니다. 피 칠갑을 하고서도 임금은 아무런 해도 입지 않았다 하옵니다. 그것이 무엇을 말하겠사옵니까? 서자성의 여식이 몸을 상한 채 도주 중이란 뜻이옵니다."

"잡히지 않고 도주했다니 와중에 천행입니다."

"그렇지가 않사옵니다. 요금문의 수문장 말로는 그곳을 지나간 이가 아무도 없다고 하옵니다. 미처 무연이 궐 밖으로 빠져나가지 못한 것이 아니겠사옵니까? 다른 문으로 빠져나갔다 해도 다친 몸이니 멀리 도망치지 못하고 진작 사람들 눈에 띄었을 것이옵니다."

"그럴 수도 있겠지요."

"임금에게 잡히면 계집이 입을 다물겠사옵니까?"

"잡혀 봐야 아는 일이지요. 잡히지도 않은 아이를 두고 걱정이 지나치십니다."

"일문을 생각하소서. 삼족이 아니라 구족을 멸할 위인이 성상이옵니다. 한발 앞서 무연을 찾아야 하옵니다. 화근을 없애야지요."

김직언의 목소리가 두려움과 초조로 깔깔해졌다. 보현이 무겁게 가라앉아 있던 속눈썹을 파르르 떨었다.

"몸이 상했기로 쉽사리 잡힐 아이는 아니지 않습니까?"

나비 그림자에서 비로소 시선을 돌린 보현의 얼굴이 극도로 긴장되어 차갑게 굳었다. 긴장하면 으레 나오는 습관대로 주칠 서안을 잘 다듬은 손톱으로 '드르륵' 긁어 댔다.

김직언이 보현을 독려하기 위해 목소리를 높였다.

"마마! 대군을 생각하셔야 하옵니다. 부디 강한 모성으로 무장하소서. 김진한을 추국 중인 상황에서 이번 일이 일어났으니 임금의 의심이 이쪽을 향할 것이옵니다."

"금상은 적이 많은 자입니다. 우리만이 아니에요."

"무연이 잡히면 상한 몸으로 고신을 얼마나 견디겠사옵니까? 화의 불씨를 인정에 매달려 그냥 두려 하시다니 어리석으시옵니다. 선왕의 교서건 만으로도 자칫하다간 폐문을 당할진대 이 일마저 더해진다면 그야말로 소생의 길이 없사옵니다."

듣고 있던 보현의 미간이 삼지창처럼 접혀들었다.

"아무것도 하실 것 없습니다. 조용히 계세요."

"하오나, 마마!"

서안을 긁어 대던 손톱을 급작스레 멈춘 보현이 김직언을 정면으로 노려보았다.

"움직이면 움직일수록 먼지는 더 많이 나게 되어있습니다."

"그렇다고 손 놓고 있을 수만도 없사옵니다. 무연이 배신하지 않으리라는 확신도 없지 않사옵니까?"

"마냥 손 놓고 계시라 하지 않았습니다. 기다리라는 것이지요. 금상도 심증만 있지 물증이 없으니 섣부르게 움직이지는 못할 것입니다. 이러한 때에 무연을 찾겠다고 함부로 움직였다가는 오히려 꼬리를 잡힐 수가 있어요. 지금쯤 이곳을 주시하고 있을 것이 아닙니까?"

"옳으신 말씀이오나……."

"급할수록 차분하셔야 합니다. 길을 돌아가세요. 돌다리도 두드려 가면서 말입니다. 우리는 광풍이 지나가기를 기다려야 합니다. 저들에게 명분을 만들어 주면 아니 됩니다. 문밖에 잘못 나섰다가는 우리 모두 미친 듯이 불어오는 바람에 속수무책으로 휩쓸린단 말입니다. 방문 밖이 저승이에요."

보현은 할 말도 들을 말도 없다는 듯 단호히 돌아앉았다.

김직언은 서안 위에 놓인 보현의 손이 바르르 떨리는 것을 보았다. 내심으로 그러면 그렇지. 잘난 척 고상을 떨고 담대한 척 호통을 쳐도 결국은 겁 많고 나약한 계집일 뿐이라고 조소했다.

*　　　*　　　*

이록은 상참 전에 입궐했다. 선정전으로 가는 길에 이록의 입궐을 전해 들은 곤은 상참을 취소하고 희정당으로 돌아왔다. 이록과 독대한 그는 생과방에 일러 어다(임금이 내리는 차)를 내렸다.

"마셔라. 한설을 맞아 가며 다녔을 것이 아니냐. 지난밤 북풍은 유난히도 거칠었다. 뜨거운 차로나마 몸에 남은 한기를 물리치거라."

"성은이 망극하옵나이다."

몸을 돌려 앉은 이록은 차에 혀끝만 대고 찻잔을 내려놓았다.

"만종이 무슨 말을 하더냐? 선사의 입이 천 근처럼 무겁다."

만연한 감시의 눈을 피해 겨울밤을 헤집고 다닌 이록이다. 그는 무릎 위에 올려진 주먹에 힘을 주었다. 몇 가지 정황들을 확인했으나 미루어 짐작한 것들이 참이라면 왕에게 있어서 실로 참담한 결말이라 할 수 있었다. 그렇기에 동상에라도 걸린 것처럼 언 입이 쉽사리 떨어지지 않았다.

왕과 서 소저의 만남은 봄바람에 날리는 민들레 씨앗처럼 짧고도 순간적인 것이었다. 인간 본연의 모습을 버리고 냉혹해지기를 자처한 왕이었으니 진즉 잊어버렸으면 좋았을 인연이었다. 왕은 봉인해 놓은 인간다움을 무방비하게 내보일 때가 있었다. 때로는 분노로, 혹은 안타까움이나 회한과 같은 나약함으로. 왕의 그러한 모습은 순간을 지나는 찰나일 뿐이라 기실 알아채는 이도 없거니와 대상이 되는 자도 드물었다.

서 소저는 정적의 손이었다. 무술년에 왕이 그녀의 아비를 그리 만들지 않았다면 후년에 가서는 그녀의 아비가 정말 대군을 앞세워 역모를 꾀하였을지도 모르는 일이었다.

당파는 제각기 공통의 이를 위해서라면 얼마든지 섞일 수 있지만 그렇지 않을 시에는 물과 기름이었다. 특히 대북과 소북의 당시 갈등은 최고조였다. 왕은 선수를 쳤으며 이긴 것이다. 거기에 죄스러움이, 연민이 어디 있단 말인가. 보위란 인간적인 감정을 가지고서는 오를 수도, 지킬 수도 없음을 왕 스스로가 가장 잘 알고 있었다.

그러니 서 소저는 죽은 정적의 딸로, 패한 자의 딸로 왕의 머릿속에서 지워졌어야 했다. 무엇 때문에 왕의 인간다움이 그녀를 향한단 말인가? 그러나 왕은 단 한 번도 어심에서 서 소저를 내려놓지 않았다.

왕이 그토록 찾던 여인이 왕을 시해하기 위한 살수가 되어 나타난 것 같다고 어찌 고해야 한단 말인가? 서연옥은 왕에게 무엇이란 말인가? 연민일까 죄스러움일까? 혹은 그리움일까? 그리움이라면 그것은 무엇의 발로일까?

어심은 첩첩산중처럼 깊어서 좀처럼 헤아리기 어려웠다.

이록의 침묵이 길어졌다. 곧의 미간이 접혀들었다.

"이록아"

고개를 든 이록의 눈이 용안을 향했다.

"무슨 생각을 하느냐?"

"……."

"생각을 말라."

"……."

"네가 생각하는 것을 원치 않는다."

"송구하나이다."

"내게 잔소리를 하는 자들은 이미 충분하지 않느냐? 너는 내가 속내를 털어놓는 유일한 사치니라. 그것이 비록 어리석은 하소연일지라도."

이록은 속뜻을 여지없이 간파당한 것이 면구스러웠다. 용안을 향한 눈길을 거둬 바닥을 보았다. 닥나무 한지를 여러 겹 붙여 콩기름과 들기름을 바른 장판에서 노리끼리한 윤이 흘렀다. 정수리에 와 닿는 왕의 눈빛이 느껴졌다. 살갗이 따끔거렸다.

그저 어심을 따를 밖에.

생각을 정리한 이록이 입을 열었다.

"만종 선사는 여전히 행각에서 돌아오지 않았다고 하옵니다. 대신 사미승에게 무연에 대해 물어보니 여덟 해 전에 누군가가 작은 사내아이를 데려다 놓고 갔는데 그 아이가 바로 무연이라 하옵니다."

"여덟 해 전이면 무술년이구나. 데려다 놓은 이가 누구라고?"

"사미승도 어렸던 데다 만종 선사가 무연에 대해서는 일절 함구한 탓에 아는 바가 없다 하였사옵니다."

"빈손으로 돌아온 것이냐?"

곤이 되잡아 물었다.

"도성 안 고관들의 집을 무시로 드나든다는 아파(방물장수)가 있사온데 그이를 보고 왔사옵니다."

"아파?"

"만종 선사가 좌의정 일문이기도 하고 대비전에서 무연을 천거한지라 관련이 있나 하여 알아보았나이다."

"그것이 아파와 무슨 상관이더냐?"

"아파가 상대하는 이들은 대부분 반가의 여인들이오며 더러는 그 집안 여종들과도 말을 섞어 자연히 듣는 풍문이 많다 하옵니다."

곤은 이마를 손가락으로 지그시 눌렀다. 습관이 된 동작이었다. 급기야 익선관을 벗어 서안에 내려놓았다. 다리 한쪽을 세워 팔을 걸친 그는 몸을 비스듬히 젖혀 장침에 기대었다. 반쯤 감긴 눈썹이 잠이 든 것처럼 묵직했다. 침묵이 방 안을 떠돌았다.

"계속하라."

"전란이 끝나고부터 쌍례라는 여인이 도성을 돌아다니며 아파 노릇을 하였사온데 좌의정의 안부인이 가장 큰 단골 중에 하나였다 하옵니다. 하여 사정을 잘 아는데 올 술월(戌月 구월)부터 낯선 이가 하나 김직언의 구택 빈실에서 머물렀다 하옵니다."

"술월이라……."

"아파의 말로는 그를 왜 데려왔는지 도통 말을 해 주지 않는다며 정경부인이 퍽 의아해했다 하옵니다. 끼니를 챙기는 찬비만 잠깐 드나들고 잔시중 들 비자 하나도 빈실에 출입하지 못하게 했다 하옵니다. 더 이상스러운 것은 오래전에도 그런 식으로 어린아이 하나를 데려다 놓은 일이 있었는데 꽁꽁 숨겨두듯 가둬 놓고 방 밖으로는 일절 나오지 못하게 했다 하나이다."

"그 아이는 어찌 됐다더냐?"

"어느 날 보니 말도 없이 내보냈다고 하옵니다. 햇수를 헤아려 보건대 그때도 역시 무술년 경으로, 무연이 진관사에 나타난 때와 같사옵니다. 정경부인이 집안에 사람이 들고 나는 일을 안주인조차 모르게 한다며 한탄하기에 위로해 주었다 하옵니다."

"그럼 그때 그 아이를 좌의정이 만종 선사에게 데려다 주었다는 소리가 되는구나."

뇌까리던 곤이 보료에서 일어나 서안 앞을 서성였다. 이록이 몸을 조금 세웠다.

"도망치는 어린 계집아이가 사람들 눈을 피하기 위해서라면 사내아이 복장도 나쁘지 않은 방법이옵니다. 당시에 좌의정과 병판 서자성이 막역지우였으니 서 소저가 좌의정에게 몸을 의탁하고 좌의정이 남아로 변복한 서 소저를 만종 선사에게 맡겼다면 무연이 서 소저와 닮은 것이 이치에 맞는 일이 아니겠사옵니까?"

곤은 한참을 서성이다가 자리에 앉았다.

"연초를 다오."

이록은 서안 옆에 놓인 넓은 목판 모양의 사각 재판을 끌어당겼다. 그는 일곱 자나 되는 관음자죽(觀音紫竹 담뱃대를 만드는 대나무 종류)을 집어 들었다. 소나무가 정교하게 양각된 호화로운 백동 연초(煙草) 합을 열자 황금색 담뱃잎이 수북이 모습을 드러냈다. 대통에 담뱃잎을 채워 넣고 물부리를 빨아 불을 붙였다. 담뱃잎이 뻘겋게 타올랐다. 깨끗한 면 수건으로 물부리를 닦아 곤에게 바쳤다.

곤이 물부리를 빨자 매캐한 연초 향이 공기 중을 떠다녔다.

"지금껏 가만히 있다가 갑자기 문호의 호위 별감을 천거해 이상하다 했더니…… 김직언과 대비의 수가 훤히 보이는구나. 연옥의 손으로 나를 죽이려 한 게지. 이미 제 아비가 무고를 받아 죽게 된 사정을 김직언에게 들었을 터이니 서연옥 또한 기를 쓰고 나를 죽이고자 했을 것이 명약관화(明若觀火)이고."

이록은 안타까운 마음에 무어라 할 말이 없었다. 왕언이 독한 연초만큼이나 씁쓸했다.

젖내 나는 어린아이였을 뿐, 한번 품어 보지도 못한 어리고 어린 소저가 무엇이라고 그리도 찾아 헤매시다 결국은 이리 어심을 상하시는지…….

곤은 대통을 빤히 바라보았다. 태우다 만 담뱃잎이 남아 있었다. 연초 합과 마찬가지로 소나무가 양각되어진 백동 재떨이에 대통을 뒤집어 탁탁 두드렸다. 허옇게 탄 재가 후두두 떨어졌다.

"작야에 자객이 들었다."

이록의 낯빛이 창백해졌다. 곤은 재판 위에 관음자죽을 내려놓고 이록을 흘깃 쳐다보았다.

"서연옥이다."

이록은 당황하거나 놀라지 않았다.

"짐작했느냐?"

"그러지 않을까 하였사옵니다."

"태평관에 데려다 놓았다. 범바위골에 남아 있는 친병의 수가 삼백이 넘더냐?"

"그러하옵니다."

"태평관에 상주해 있는 자들만으론 수가 부족할 터이니 범바위골에서 몸이 날랜 자들로 몇 명 추려 내거라. 대비와 김직언이 사람을 풀어 서연옥을 찾으려 할 것이다. 서연옥의 주변을 밀착 호위하고 저들의 움직임을 놓치지 말아야 할 것이다."

곤은 보료 위에 모로 누웠다. 언제나 그렇듯이 일월오봉병이 그를 내려다보았다.

이록은 돌아누운 곤의 등을 한참 동안 바라보았다. 군살 없이 매끈한 등은 대지처럼 넓고 암벽처럼 단단했지만 황량하고 삭막했다. 풀 한 포기 바람 한 점 없이 인적 드문 땅처럼 왕의 등은 고적하고도 쓸쓸했다. 밀려오는 슬픔이 이상하지 않았다.

"근자에 잠을 통 자지 못하는구나. 나는 좀…… 쉬어야겠다."

먼 산등성이 너머에서 들려오듯 곤의 목소리가 나직하고도 아득하게 흘렀다.

*　　　*　　　*

선정전은 금번 밀살 시도를 두고 당파 간의 입장 차이로 고성과 삿대질이 난무했다. 심일강을 위시한 대북은 주모자와 공모자를 발본색원하여 배후 세력의 구족을 멸할 것이며 차후에 이와 같은 일이 재차 일어나지 않도록 대궐을 호위하는 숙위 군사의 수를 늘릴 것을 주장했다. 그에 맞서 소북은 지밀을 지키지 못한 내금위와 지밀 궁관들을 벌하면 될 일이지 군사의 수는 지금으로도 충분하다며 반대했다.

"숙위 군사의 수를 증강시키면 아니 될 일이라도 있소이까? 감히 전하의 침전을 해한 일이에요. 대체 뭐가 찔려 아니 된단 소리만 반복한단 말이오."

소북을 향한 비난에 격앙된 반응이 즉각 되돌아왔다.

"그러니 내금위장을 벌하라는 것이지요. 대관절 내금위장 최이록은 어디에 있었답니까? 무능한 자가 여전히 자리를 차지하고 앉았는데 수만 늘리면 장땡이랍니까?"

"맞소이다. 이번 일을 기회로 소북을 밀어내려는 모양인데 우린 모르는 일이외다. 애먼 의심으로 시간 보내지 말란 말이오!"

"허! 참. 이보시오들. 선왕 전하의 교서 건으로 김진한이 의금부에 잡혀 추국 중이에요. 김진한이 누구의 사람이고 누구의 일문입니까? 좌불안석인 건 댁네들이다, 이 말입니다. 허니 작금의 상황에서 소북 말고 누가 이런 참담한 짓을 저지른단 말이오?"

"뭐요? 이 사람이."

"일에는 선후가 있는 법이외다. 먼저 전하의 안위를 공고히 하고 자객과 배후를 잡아 사태를 파악한 후, 내금위장을 문책하여도 늦지 않다는 말이에요. 한데 이토록 부당하다는 말만 되풀이하니 의심이 날 수밖에! 왜요? 이 사람이 틀린 말이라도 했소이까?"

남인과 서인은 낄 자리가 아님을 파악하고 언쟁에서 한발 물러나 있었다. 그들은 양편으로 나뉜 북인들의 다툼이 커질수록 먹이를 찾는 들짐승처럼 눈을 희번덕거렸다.

가만히 지켜보던 곤이 소리를 버럭 질렀다.

"그만들 하시오."

소란이 일순 진정되었다.

"바람직한 논의는 없고 저급한 언쟁만 오가니 이거 원, 유치해서 봐 줄 수가 있나."

좌중을 향해 질타하는 곤의 목소리가 우렁우렁했다.

"작야에 과인의 침전이 침범을 당하였는데 그대들의 탁상공론은 지리멸렬하기만 하니 당최 알 수 없는 일이오. 일국의 왕을 시해하고자 하는 모사가 있은 뒤에 그대들이 진정한 조정의 충신이라면 숙위 군사의 수를 두 배 아니 열 배를 늘린다 하여도 모자라다 할 것인즉, 반대하는 자들은 무엇이 저어되어 그토록 아니 된다 하는가 말이오."

서슬파란 노기에 중신들이 눈짓을 교환하며 이맛살을 찌푸렸다. 바짝 마른 입술을 혀끝으로 적시며 선왕 재위 시절에도 지금처럼 매번 상참 때마다 호통을 듣거나 꾸지람을 듣는 일은 없었다며 투덜거렸다.

"긴말 필요 없소이다. 자객을 잡으시오. 잡아서 배후가 누구인지 그것부터 알아내시오. 감히 과인에게 반기를 드는 자들이 누구인가 백일하에 드러내어 그들의 터럭 하나 대궐에 남지 않게 하란 말이오. 알아들 들었소이까?"

왕의 기세에 당상의 신료들이 머리를 조아렸다.

"서두르시오. 자객 따위가 지밀에 들다니 하마터면 과인이 황고를 따라 북망산천을 넘을 뻔하였소. 구미호건 뭐건 간에 뭐든 잡아들여야 할 거요."

김직언이 헛기침을 하며 끼어들었다.

"전하, 신들이 받잡기 심히 민망한 말씀이옵나이다."

"받잡기 민망하다니?"

"구미호라 하시오면 누구를 이르심이온지……."

"과인이 누구를 이르는 것인지 아는 자들은 알지 않겠소? 조바심은 만사에 이로울 것이 없으되 경은 자중하시는 것이 어떠오?"

곤의 목소리가 어느덧 부드럽고 차분해졌다. 김직언은 차라리 그것이 불안했다. 얼어붙은 듯 아무 말도 하지 못하고 '끙'하니 앓는 소리만 나왔다. 곤의 비웃는 소리가 그의 귀에까지 들렸다.

一.

상참을 마친 곤이 선정전 밖으로 나오자 기다리고 있던 박 내관이 시키신 것을 알아보았나이다, 아뢰었다.

"분부 받자와 출입패에 적힌 개심이라는 궁인을 찾아보았더니 지병이 있어 이미 죽고 없는 이라 하옵니다. 하온데……."

미적거린 박 내관이 곤의 눈치를 살폈다.

"갈 길도, 할 일도 많구나. 머뭇대지 말라."

박 내관은 크게 심호흡을 하고 다시 말을 이었다.

"죽은 궁녀 개심이 중궁전의 지밀나인이었다 하옵니다."

날카로워진 눈길로 곤이 박 내관을 쳐다보았다.

"내전의 지밀나인이라고 했느냐?"

"틀림이 없사옵니다."

곤은 고개를 천천히 가로저었다.

"심일강의 여식이 내전이다."

그 말인즉, 밀살 사건의 진짜 배후가 이번 사건을 왕비와 대북에게 뒤집어씌울 작정이란 것이다. 누구라도 알아챌 만한, 하수들이나 쓸 법한 수지만 왕비와의 사이가 소원한 것이 빌미를 제공했음이다.

진실이 어떻든 대조전에서 일하던 죽은 나인의 성명이 새겨진 목패가 자객의 몸에서 나왔다면 수사의 화살을 대북으로 돌릴 수밖에 없었다. 지아비에게 사랑받지 못하는 어리석은 아녀자의 소행으로 몰거나 왕을 제 손바닥에 올려놓고 조종하려는 대북의 수장, 심일강의 일침쯤으로 밀어붙이기에 딱 좋은 구실이었다.

"연옥이 나를 죽이는 일에 성공했다면, 무장한 자객을 찾는 마당에 치마 입은 궁인이 출입패를 가지고 궐문을 나간 것까진 크게 개의치 않았을 것이다. 더구나 출입패의 주인이 내전에 소속된 나인이라면 더더욱⋯⋯."

이래도 저래도 일을 꾸민 자들에겐 나쁜 수가 아니었다.

"수문장과 수문군들도 알아보았느냐?"

"명단을 확인하였사옵니다."

"궁인들은 어느 쪽 문으로 궐 출입을 하느냐?"

"요금문으로 하옵니다. 품계가 높은 상궁부터 각심이까지 그곳으로 드나드옵니다. 사건이 있던 시각에는 수문군들은 없고 수문장만 있었다 하옵니다."

"수문장만?"

"수문장 말로는 인경을 치고 난 후라 개미 새끼 한 마리 보이지 않기에, 잠시 쉬었다 나오라며 수문군들을 숙처로 들여보냈다 하옵니다."

"내금위장은 가까이 오라."

다가온 이록이 귀를 내밀었다.

"작야에 요금문을 지키던 수문장을 내밀히 잡아들여라."

*　　*　　*

수문장은 곧장 암실로 압송되어 교의에 앉혀졌다. 눈을 가린 채 끌려왔기 때문에 자신이 어디에 있는지 수문장은 짐작지 못했다.

암실로 들어선 곤이 수문장의 눈가리개를 풀어 주라 명령했다. 수문장은 나무 탁자를 사이에 두고 자신을 내려다보는 곤을 올려다보았다.

수문장이 무어라 입을 떼기도 전에 곤은

"나는 너의 왕이니라."

외치며, 수문장의 손을 잡아 탁자 위에 올려놓았다. 검버섯이 얼룩덜룩한 손이었다. 거칠게 튼 손이 움찔했다. 곤은 그자의 손목을 치기 위해 칼을 높이 치켜들었다.

"저, 전하!"

식겁 놀라 자빠지는 중늙은이다.

"시, 신에게 어찌 그러시옵니까?"

곤은 수문장을 가만 바라보았다.

"작야에 불측한 일이 있었음을 모르느냐?"

"나, 나라의 녹을 먹고사는 처지에 처, 천신이 어찌 모르겠나이까."

"자객의 몸에서 출입패가 떨어졌다. 궁인의 것이었다."

눈치 빠른 수문장은 금방 사태를 파악했다. 고개를 푹 숙이고 용서부터 빌었다.

"전하, 천신을 죽여 주시옵소서."

"죽을 짓을 하였느냐?"

"밤중에 궁인을 하나 내보낼 것이니 아무 말 말라 하셨나이다."

"내전에서 말이냐?"

수문장이 그렇다는 듯이 고개를 연신 주억거렸다. 곤이 눈짓을 하자 문가를 지키던 이록이 다가왔다.

"지금부터 보여 주는 용모파기 중에 너에게 말을 전했던 자의 얼굴이 있는지 살펴보거라."

칼을 내린 곤이 수문장의 손을 풀어 주고 뒤로 한 걸음 물러났다.

이록이 탁자 위에 용모파기 여러 장을 펼치고 제등을 비췄다. 수문장은 바들거리는 손을 맞잡고 용모파기 가까이 몸을 들이밀었다. 용모파기에 그려진 인물들은 대조전과 대비전의 궁관들로 특히 왕비와 보현의 곁을 주로 지키는 자들이었다. 수문장이 고개를 저을 때마다 이록이 용모파기를 한 장씩 거둬들였다. 마지막으로 남은 용모파기를 한참을 들여다보던 수문장이 마침내 고개를 끄덕였다.

"대비전의 정 상궁이옵니다."

이록이 수문장이 지목한 용포파기를 곤에게 바치며 말했다. 수문장이 황망한 눈길로 고개를 들었다.

"아, 아니옵니다. 부, 분명 중궁전에서 나온 상궁이라 하였사옵니다."

탁자에 손을 짚은 곤이 수문장의 눈을 찌를 듯이 노려보았다.

"상궁이 뭐라 하더냐?"

"처, 천신은 궁인에게 길만 터 주면 된다 했나이다."

"자네에게 그 궁인이 내민 출입패는 죽은 이의 것이었다."

"그것까지는 미처 알지 못하나이다."

"그래, 작야에 내보낸 궁인이 있느냐?"

있을 리 없다.

"없사옵니다."

수문장은 당혹했다. 밤중에 보는 눈들을 최대한 물리면서 구태여 궁인을 심부름 보내려는 왕비의 태도가 심상치 않다 했었다.

아니지. 왕비가 아니라지 않은가. 아니…… 아니다. 왕비면 어떻고 대비면 어떻단 말인가.

사정이 급했어도 왕을 시해하는 일인 줄 알았으면 결단코 대비건 왕비건 누구의 말도 듣지 않았을 것이다.

수문장은 한탄했지만 엎질러진 물이었다.

수문장의 얼굴을 내밀히 살핀 곤은 수문장에 대해 박 내관이 읊은 것들을 떠올렸다.

수문장은 휘하의 병사들에게 엄격하기는 해도 좋은 사람이라고 했다. 박봉으로 살지만 본인이 벌 수 있는 정당한 벌이 외에는 고개를 돌려 본 적이 없는 인물이라는 것이다. 공명정대한 성품이기에 제 손으로 억울한 사람을 만드는 일도 없다고 했다. 사람이 강직하니 구부러지는 법도 없었다지 않은가. 구부러지는 법을 몰라 아부할 줄도 모르니 그를 두고 사람들은 빙충이라 부른다 했다. 아부할 줄 모르는 빙충이라 당연히 높은 직급에 오르지 못했음이다. 번번이 아부하고 뇌물을 바치는 자들에게 밀려 만년 문지기나 하는 신세로 천하에 둘도 없는 머저리, 상 머저리라 했다.

"궁인을 내보내 주면 무엇을 준다 하더냐?"

"손녀 아이의 약을 지어 주마 하였나이다. 원인 모를 병에 시달려 온 아이를 어의에게 보여 주마고…… 뿐만 아니라 아이가 좋은 집안에 시집을 갈 수 있도록 혼사를 주선하여 준다기에……."

꼿꼿하던 수문장을 발아래 무릎 꿇린 것은 의외로 소탈한 것이었다. 권력도 재물도 아닌 손녀의 건강과 행복에 수문장은 마음이 흔들렸다.

아들 내외가 일찍이 죽고 하나 남은 손녀만을 바라보고 살아왔다. 얼마 되지 않는 녹을 전부 손녀의 약값으로 쓰고 나자 새로 약 지을 돈이 전혀 남아 있지 않게 되었다. 평생에 딱 한 번 청탁을 받아들인 일이 이토록 어마어마한 일일 줄이야.

달리 변명할 것이 없었다. 통금 시간에 사주를 받고 궁인을 내보내려 한 것도 잘못인데 왕을 시해하려던 역모 사건에 관련된 일이었다. 수문장은 방에 군불도 제대로 떼지 못하고 누워 있을 손녀가 눈에 아른거렸다.

아이야, 너를 살리고자 한 일이 너를 죽이고 집안을 망하게 하는 일이 되었구나!

수문장은 어린아이처럼 눈물을 흘렸다. 평생토록 청렴결백함을 자부심으로 알고 살아왔건만, 역모에 걸려 죽게 되었으니 살아 있는 식솔들은 물론이요, 휘하의 부하들에게 창피하였다. 무엇보다 죽어 선조들을 뵐 면목이 없었다.

곤이 몸을 반듯하게 세우고 물었다.

"나는 자네에게 남은 생을 줄 것이다. 자네는 내게 무엇을 줄 것이냐?"

"처, 천신이 죽을죄를 졌사온데 살려 주시다니 아니 되실 말씀이시옵니다. 주, 죽여 주시옵소서!"

교의를 밀치고 일어난 수문장이 바닥에 엎드려 이마를 찧었다.

"역인 줄 알고 가담한 것이냐?"

"아니옵니다."

"허면 자객을 내보내 주었느냐?"

"아니옵니다."

"그러면 자네는 아무것도 한 것이 없지 않느냐?"

"하려고 하였사옵니다. 그로 인한 대가도 받았사옵니다. 역모를 알지 못하였다고 하나 천신이 부정을 저지른 것은 변치 않사옵니다. 전하와 대궐을 지키는 자로서 금전을 받고 사주를 받았사옵니다. 그러한 행위는 언제고 전하와 왕실의 안위를 위태롭게 할 수도 있는 일이니 부박한 이놈을 용서치 마시옵소서."

마지막 자존심이었다. 역적으로 죽게 되었으나 온당한 대가를 치르리라 작정했다. 수문장은 더 이상 죽음을 두려워하지 않고 결연했다.

"대가를 치르고 싶으냐?"

"벌을 받아 마땅하옵니다. 죽음으로써 갚을 수 있도록 하여주사이다."

"그러니 하는 소리다. 자네의 생명은 나의 손에 달려 있다. 내가 자네에게 새로운 생명을 줄 것이다. 자네는 나에게 무엇을 줄 것이냐?"

수문장은 고개를 들어 곤의 얼굴을 똑바로 응시했다. 젊고 단호해 뵈는 용안에서 힘이 느껴졌다. 깊이 감명되어 울컥 울음이 솟아올랐다.

"충심을 드리겠나이다. 군왕의 덕과 자비로 부지하는 목숨이옵니다. 천것의 얼마 남지 않은 생을 온전히 바치겠나이다."

"나는 정치하는 자이며 장사꾼이다. 자네의 말로 자네의 과오에 대한 셈을 할 것이다. 훗날 이자까지 쳐서 갚게 하리라."

"성은이 망극하옵니다."

"나와의 독대는 묻어 두어라. 아는 자가 있게 하지 말라."

사람 장사다. 인재를 얻는 거래다. 이문을 남겨야만 한다.

곤은 마른 눈길로 엎드려 절하는 수문장의 상투를 내려다보았다.

암실을 나온 곤은 대비전으로 길을 잡았다. 두어 걸음 떼다가 박 내관을 돌아보았다.

"문호는 어디에 있다더냐?"

"대비전에 있는 줄로 아옵니다."

"좌상을 대비전으로 들게 하라. 판내시부사에게 일러 내시부의 쓸 만한 장정들 몇을 뽑아 대령케 해야 할 것이다."

박 내관이 명을 이행하기 위해 물러나자 이번에는 이록을 불러 금군별장에게 금군 스물만 차출해 오라 했다.

＊　　＊　　＊

철모르는 아이는 제 형님의 품에 안겨 재롱이 한창이었다. 복숭아처럼 발그레한 볼이 한껏 부풀어 올랐다. 아이는 입술을 삐죽이다 까르르 웃음을 터트렸다.

"갈수록 여무진 것이 어엿한 장부 감이구나."

곤이 다과상에서 곶감을 하나 집어 주었다. 입 안 가득 곶감을 움쑥 베어 문 아이는 입을 오물거렸다. 어미에게 모이를 받아먹는 아기 새의 주둥이처럼 보였다. 밉지 않게 탐욕스러웠다.

보현이 어미에게 오라며 양팔을 벌렸다. 싫다고 도리질하는 창을 곤이 보란 듯이 끌어안았다.

"이제 문호를 사가로 내보낼까 하옵니다."

곤의 목소리가 담을 넘는 구렁이처럼 매끄러웠다. 보현이 서안을 거칠게 내리치자 놀란 창이 곤의 가슴팍을 와락 움켜쥐었다. 금실로 새겨진 오조룡 흉배가 아이의 앙팡진 손에서 사정없이 구겨졌다.

"설마하니 초례는커녕 관례도 치르지 못한 어린아이를 어미에게서 떼어 놓겠다는 말씀이십니까?"

보현의 목소리가 카랑카랑했다. 곤이 보현의 말을 묵살하고 문밖을 향해 '아지(阿之 궁궐에서 유모를 이르던 말), 게 있는가!' 소리쳐 불렀다. 옅은 잿빛의 당의를 점잖이 차려입은 초로의 부인이 방 안으로 들어와 문 앞에 부복했다.

"아지라니, 누구의 아지란 말입니까?"

"소자의 아지였던 이로 봉보부인(임금의 유모에게 내리는 종일품의 품계) 유 씨옵니다. 차간에 직첩(職牒 조정에서 내리는 벼슬아치 임명 사령서)을 받고 사가로 나가 있던 이를 다시금 불러들였사옵니다."

"저이가 어찌 이곳에 있습니까?"

"사가로 내보내고자 단안을 내리기는 하였사오나, 소자 역시 아우가 염려되는지라 부탁을 좀 하였지요. 언동이 매사에 엄격하고 조심스러워 믿음직한 이옵니다."

보현은 유 씨 부인을 차갑게 쏘아보았다.

멀쩡한 보모상궁을 내치고 새로 들이다니, 내 아들에게 감시를 붙이겠다는 심사가 아니고 무엇이란 말인가!

저를 보는 눈길을 알아챘는지 유 씨 부인이 고개를 들어 보현과 눈을 똑바로 마주쳤다.

저것이 감히!

여러 관례와 절차상 아무래도 어미와 떨어져 지낼 수밖에 없는 왕실의 아이들에게 보모상궁은 친어미 이상의 의미를 가지는 때가 많았다. 그중에서도 왕의 유모는 왕을 업어 길렀다는 이유만으로 다른 보모상궁에 비해 그 권위가 상당했기 때문에 궐 안을 드나드는 그들의 고개와 어깨가 뻣뻣하기 그지없었다.

"금상께서는 문호의 아지가 기위 있는 것을 모르십니까? 익숙한 아지를 떠나보내고 낯선 이라니요? 아이에게 좋을 것이 없습니다."

"봉보부인이 어떤 자리옵니까? 왕의 아모(亞母 어머니에 버금가는 사람)나 마찬가지로 아무 아이나 돌볼 이도 아니요, 함부로 대할 만한 이도 아닌 것을 소자가 특별히 불렀다니까 그러시옵니다."

"괜한 일을 하셨습니다."

"아우를 세심히 돌보고자 하는 소자의 정성이옵니다. 봉보부인이 한시도 떨어지지 않고 문호를 보살필 것이니 곤란할 것이 무에 있사옵니까? 그들은 금세 정이 들 것이옵니다."

"어렵니다. 아직 어린아이예요."

"이만 하면 되었지요. 문호는 아주 잘 자란 아이옵니다. 사가에 나가 살아도 의젓할 것이옵니다."

"아니 될 말씀입니다. 진정으로 하고픈 말씀을 하세요. 이따위 겁박이 아니라!"

보현이 목청을 터트리며 기어이 소리치자 결국 창이 울음을 터트렸다. 오조룡 흉배가 아이의 굵은 눈물방울로 축축하게 젖어 들었다.

창의 울음소리에 본래 보모상궁이었던 이가 급히 방 안으로 들어왔다가 유 씨 부인의 냉엄한 눈길을 받고 무안해서 슬그머니 물러났다.

유 씨 부인이 곤에게 다가와 창을 받아 들었다. 떼를 쓰는 아이를 안아 들고 뒤로 물러나 앉은 그녀는 창을 엄히 내려다보며 주의를 주듯 고개를 천천히 저었다. 그들의 모습을 보던 곤이 고개를 돌려 보현을 보았다.

"소자가 아우에게 크고 화려한 저택과 수백 구의 노비를 하사

할 것이옵니다. 이만한 위세면 대군의 체모를 차리고도 넘칠 것이온데 겁박이라니 당치 않으시옵니다."

"철도 들지 않은 어린 것입니다."

"그러게 말이옵니다. 사특한 무리들이 있어 아우를 모해하려 하니, 성년이 되어 제 앞가림을 할 때까지는 외부로부터 특별한 보호가 있어야 될 줄로 아옵니다. 소자가 내시부의 몇과 금군의 몇을 차출하여 호위케 할 것이니 이 점, 유념하셔야 할 것이옵니다."

기가 막힌 보현이 아무런 말도 하지 못하자, 영문도 모르고 불려 와 한편에 떨어져 앉아 있던 김직언이 끼어들었다.

"전하, 아뢰옵기 송구하오나 어리고 힘없는 대군을 어미에게서 떼어 놓아 사가에 유폐하시다니, 너무도 가혹하시옵니다. 부디 어지를 거두어 주시옵소서."

곤이 어금니를 으드득 갈았다.

"아뢰기도 송구한 말을 경은 잘도 하는구려."

입꼬리가 미세한 경련을 일으켰다.

"송구하단 말을 하지 말던가, 했으면 말을 말던가."

곤은 냉소하며 말했다.

"대군을 모해하는 사특한 무리들이 있다 하지를 않소. 형제의 정으로 과인이 아우를 보살피겠다는 것이오. 이는 왕실의 문제이니 경이 상관할 문제가 아니오."

"하오나 전하. 어느 무리가 있어 어린 대군을 모해하려 한단 말씀이시옵니까? 신은 금시초문이옵니다."

"문호를 앞세워 과인을 시해하려 하니 이는 무엇을 말함인가? 그것이 대군을 반역 도당의 수괴로 만들어 죽음으로써 대죄를 받게 하려는 획책이 아니고 무엇이겠는가."

차게 식은 차를 목울대로 화악 털어 넘긴 곤이 찻잔을 상 위에 거칠게 내려놓았다. 방 안은 삽시간에 조용해졌다. 울던 아이는 딸꾹질을 하다 말고 자그마한 제 손으로 입을 틀어막았다.

"어마마마, 다행히도 소자가 침전을 범한 자객을 잡아 두었사옵니다."

낙망한 보현이 두 눈을 감았다. 김직언이 숨을 '헉' 들이켰다. 그들을 보는 곤의 표정이 무자비했다.

"좌의정은 사직을 해야 할 것이오."

보현이 눈을 부릅떴다.

"선왕의 교서 건으로 잡혀 들어간 이 사람의 친족이 몇이나 되는 줄 아십니까? 헌데 이제는 숙부님을 내게서 떼어 놓고 내 아들마저 떨어트려 놓으시겠다는 겁니까? 차라리 나를 죽이세요. 왕실의 법도로 따지자면 내가 명색이 금상의 모후입니다. 모후의 수족을 잘라 내고 아우마저 사가에 유폐를 시키다니 이런 폐륜은 고금에 없는 일입니다."

"허면 어미가 자식을 해하고 아우가 형님을 해하려는 폐륜은 고금에 있사옵니까?"

"증좌가 없어요, 증좌가!"

울부짖는 보현을 향해 곤은

"심려치 마옵소서. 소자가 잡아 둔 자객이 증좌가 될 것이옵니다."

확언하며 부드럽게 웃었다.

"그자가 무슨 말을 어찌하건 나와는……."

"잡힌 자가 마마께오서 문호의 호위 별감으로 천거하셨던 자더이다. 무연…… 이라고 불리는 자 말이옵니다."

천 길 낭떠러지를 앞에 두고 선 것처럼 보현은 사색이 되었다.

"열 길 물속은 알아도 한 길 사람 속은 모른다는 말이 있어요. 내 사람으로 천거하였으나 나도 모르는 다른 속내를 숨겼나 보지요."

"소자가 이 문제를 조정에서 공론화시키지 않은 것은 어마마마와 문호를 지키기 위함이옵니다."

곤이 김직언을 돌아보았다.

"경은 과인의 그러한 마음을 알아야 할 것이오. 허니 무지몽매한 자들을 선동하고, 심약하신 어마마마를 흔들어 문호를 사지로 모는 일은 이쯤에서 그만 두어야 할 것이외다."

"시, 신은 전하께옵서 무엇을 말씀하시는지 알지 못하겠나이다."

곤이 두 눈에서 불길을 내뿜었다.

"그대가 어마마마를 꾀어 과인의 지밀을 짓밟게 한 자가 과인의 수중에 있다 하지를 않소!"

분을 이기지 못한 곤은 호통을 치며 다과상을 냅다 엎었다. 쏟아진 음식물이 김직언의 의대 위에 낭자했다. 울음을 그쳤던 창은 또다시 울음을 터트렸고, 보현의 숨소리가 거칠어졌다. 한바탕 소동 소리가 방문을 넘어서자 박 내관이 서둘러 들어와 엎드렸다.

"전하, 고정하시옵소서. 대비마마 안전이시옵니다."

정적이 감돌았다.

보현의 눈길이 창을 찾아 헤맸다.

"대군…… 대군은 어서 어미에게로 오너라."

분위기가 심상치 않은 것을 철모르는 아이도 아는지 창은 유씨 부인을 밀어내고 제 어미에게로 달려가 안겼다. 어린 몸뚱이를 꼭 껴안은 보현은 곤을 쏘아보며 사납게 외쳤다.

"아니 되십니다, 금상! 관례를 치르지 못한 대군은 궐에서 어미의 곁에 있도록 배려하는 것이 법도입니다. 내게서 아이를 뺏을 수는 없습니다. 나는 이 아이의 어미예요!"

곤이 밖을 향해 버럭 소리를 질렀다.

"밖에 내관과 금군들은 무엇을 하느냐? 당장 들어와 대군을 데려가지 않고!"

방문을 열고 우르르 들어오는 금군과 내관들을 보고 보현은 기가 질려 이를 악물었다.

내관들이 창을 데려가기 위에 보현의 보료까지 접근해 고개를 조아렸다. 아무리 지엄한 왕명을 받았기로 차마 대비의 옥체에 함부로 손을 대지 못하는 터라, 그 손으로 직접 내주기만을 안절부절 기다렸다.

"어마마마, 이는 소자가 어미의 품에서 자식을 떼어 놓으려는 것이 아니옵니다. 사특한 무리들은 이 순간에도 마마와 문호를 흔들어 군왕을 옥좌에서 끌어내리려는 간악한 수를 생각하고 있을 것이옵니다."

"나를 흔드는 것은 다른 누구도 아닌 금상이십니다."

"마마와 아우를 지키고자 하는 소자의 순정이옵니다. 무지도 죄요, 나약도 죄라지 않사옵니까? 나뭇가지를 흔드는 바람의 죄가 중하다 하나 심기를 굳건히 세우지 못하고 흔들면 흔드는 대로 좌지우지되다 결국엔 뿌리째 뽑히는 나무의 죄도 크다 할 것이옵니다. 소자가 늘 올리는 말씀이 아니옵니까?"

"금……."

"조용히, 평안히 계시라 하지 않았사옵니까. 허면 소자는 바랄 것이 없다 하였사온데 어찌하여 소자를 믿지 못하시옵니까?"

보현은 젖은 눈으로 곤을 노려보았다.

"내가 그대를 어찌 믿으리까? 내 아드님을 바라볼 때마다 수십 번, 수 백 번 어심에 칼바람이 부는 것을 내가 모를 줄 알았습니까? 구순(임금의 입술)은 웃고 있으나 안정은 찬 서리가 내려앉은 마냥 꽁꽁 얼어붙어 있는 것을 내가 정녕 보지 못한 줄 아셨습니까?"

"어마마마, 문호를 종친으로서 체통이라도 지키며 살게 하고 싶으시다면 이쯤 그만두셔야 할 것이옵니다."

"이제는 겁박을 아예 대놓고 하십니다."

"문호가 마마의 곁에 계속 있는 한 마마를 둘러싼 불측한 무리들이 멈추지 아니하고 대군을 흔들어 댈 것이니 이러는 것 아니옵니까? 만일 이래서도 아니 된다면 종친이 아니라 이름 없는 필부로 살게 할 것이옵니다."

"필부라니요? 대군은 선왕의 단 하나뿐인 적통입니다."

"그리고 소자는 나라의 군왕이지요. 어마마마와 마마를 따르는 자들의 소행이 필경 척이 되어 아우를 죽음으로 이르게 할 것을 왜 아직도 모르신단 말이옵니까? 소자가 죽이는 것이 아니라 마마께서 죽이시는 것이옵니다."

"무참한 말씀을 잘도 하십니다."

"소자는 아우를 보살필 것이옵니다. 어마마마와 좌상이 이끄는 반역 도당들에게서 말이옵니다."

"말씀을 삼가세요!"

"어마마마야말로 이럴 때일수록 말씀을 아끼소서. 웅크려야 할 때를 알아, 제때 웅크리는 자는 포화도 피해 가는 법이옵니다."

전의를 잃은 보현이 입을 다물었다. 곤은 상을 뒤엎느라 소매로 튄 찻물을 탈탈 털었다.

"좌상을 사직케 하고 대군을 사가로 내보내겠사옵니다. 소자가 잡아 둔 자객에 대해서는 추후에 다시 그 거취를 논할 것이니 이점 깊이 사료하소서. 이제 어쩌시겠사옵니까? 대비의 체통을 구기며 내관의 완력에 아이를 억지로 빼앗기시겠사옵니까?"

"나를 죽이란 말입니다."

"아우가 죽는다지를 않사옵니까! 위태로운 종친에서 필부로, 그러다 죄인으로 종당엔 죽을 것이란 말이옵니다. 허니 소자가 아우를 살리겠다고 이러는 것이 아니옵니까? 지금 아우를 내놓지 않으시면 소자의 수중에 있는 자객의 존재를 조정에서 밝혀 모든 일을 백일하에 드러내겠사옵니다. 그렇게 되면 문호는 종친이나 필부도 아닌 반역 도당의 수괴가 되는 것이옵니다. 겨우 네 해를 산 저 아이가 말이옵니다."

"단순히 내가 천거한 자라는 이유만으로 나와 문호에게 역모를 뒤집어씌울 순 없을 겝니다. 나 역시 그자에게 속았다고 하면 일은 원점으로 돌아가는 것이니까요."

"그럴지도 모르지요. 명분에 사로잡힌 편전의 고루한 늙은이들은 유교가 어쩌고, 군주의 효가 어쩌고 나불나불 떠들어 댈지 모르겠지만, 그보다 중요한 것은 소자가 군왕이라는 것이옵니다."

"군왕 된 유세 한번 장하십니다."

"예. 그 유세 한번 해야겠사옵니다. 소자에게 칼을 드는 자가 있다면 누구라도 불사하고 소자는 죽일 수밖에 없사옵니다. 재미없는 늙은이들이 무어라 떠들건 간에 말이옵니다. 죽여야 할 자를 죽이지 못하는 왕을 두려워 할 자는 없을 테니 말이지요. 소자가 소자의 손으로 문호의 죄를 명명백백 밝혀 죽이기를 바라시옵니까? 그렇게 되어야만 마마의 속이 시원하시겠사옵니까? 허면 소자가 그리해 드리겠사옵니다."

보현은 차라리 고개를 돌려 버렸다. 말로는 도저히 곤을 이길 자신이 없었다.

대체 그 아이, 무연은 어찌 된 것이란 말인가? 그렇게 말간 얼굴로, 그토록 정갈한 어투로 단정한 결기를 세우던 아이가 무슨 일을 이리 한단 말인가!

입 안 가득 설움이 퍼졌다. 이를 악물었다. 하 세월이 지나도록 창을 놓지 않을 것 같던 팔을 떨어트렸다. 재빨리 다가와 아이를 업은 내관이 밖으로 물러났다. 들어올 때와 마찬가지로 내관과 금군의 무리가 한꺼번에 우르르 빠져나가고 유 씨 부인이 마지막으로 나가자 방 안은 적막해졌다. 멀어지는 아이의 울음소리가 메아리처럼 들릴 듯 말 듯 아련했다.

"어마마마, 소자에게 잡힌 놈은 무엇도 자복한 것이 없사옵니다."

"……."

"안심하시란 말씀을 드리는 것이옵니다. 아직은 마마의 모든 것이 괜찮사옵니다."

보현은 쥐어뜯을 듯이 치맛자락을 움켜잡았다. 미끄덩한 이마에 구김이 갔다.

곤이 옷매무새를 다듬으며 자리에서 일어났다.

"나는 이 일을 결코 잊지 않을 것입니다."

보현이 다짐하듯 중얼거리는 말에, 곤은 아무런 대꾸 없이 대비전을 나왔다. 격렬했던 왕의 진노가 가라앉지 않음을 아는지 수행하여 따르는 자들의 긴장이 고스란히 느껴졌다.

바닷가 썰물처럼 사람들이 빠져나간 방 안은 왠지 짠 내가 났다. 눈가를 적시는 척척한 물기에서 나는 것인지도 모른다. 보현은 탄식과도 같은 한숨을 연이어 토해 냈다. 머리를 짓누르는 가채의 무게가 유난히 버거웠다. 신경질적인 손길로 이마를 눌렀다. 참으려 해도 찔끔거리며 흘러나오는 눈물을 막을 도리가 없었다.

분기탱천한 김직언이 언성을 높였다.

"마마! 이것은 패륜이옵니다. 군주의 가장 큰 덕목이 효이건만 천하에 이럴 수가 있단 말이옵니까?"

"도리가 있습니까? 세상에 무서울 것이 없는 자인 것을요."

보현은 힘없이 뇌었다. 곤의 고함 소리가 아직도 귓가에 남아 웅웅거렸다.

"어찌 이리도 나약하시옵니까? 이러시면 대군을 지켜 주실 수 없으시옵니다. 부디 심기 굳건히 하시고 무연부터 찾으셔야 하옵니다."

기진해 있는 보현의 모습은 안중에도 없는 듯 김직언은 제 할 말만 늘어놓으며 닦달했다.

정 상궁이 냉수를 대령했다. 겨우 두어 모금 넘기는 것도 힘이 들었다. 보현은 냉수 사발을 내려놓았다.

"무슨 수로 금상의 손아귀에 있는 무연을 찾아내겠습니까? 숙부님께서는 그만두세요. 조정에서 공론화시키지 않을 생각이 진심이라면 의금부 같은 곳에 허투루 숨기지는 않았을 것이 아닙니까? 그곳에 뒀다가는 언제고 중신들 귀에 들어갈 테니 말입니다."

"그래도 찾아서 뒤처리를 해야지요. 바로는 공론화시키지 않겠다고 하였지만 임금이 누구이옵니까? 영악하기가 그지없사옵니다. 무연이 임금의 손에 있는 이상 언제고 우리의 목을 조일 수단이 될 것이옵니다. 검계를 풀어서라도 찾아내야 하옵니다."

곤의 수중에 들어간 연옥의 존재가 충분히 위험 요소가 될 수 있음을 보현이 모를 리 없었다. 어떻게든 연옥을 보호하고자 하는 보현의 심속을 김직언은 당최 알 길이 없었다. 김직언은 물색 모르는 아이를 다루듯 살살 달래는 투로 말했다.

"마마, 임금의 손에 있는 무연은 언제 터질지 모르는 화약고와도 같사옵니다."

"글쎄, 함정일 수도 있으니 하는 말이에요. 우리가 뒤를 쫓기라도 하면 그것을 빌미로 칼을 뽑아 들 수도 있다는 말입니다. 대군이…… 내 아들 창이 저들 손에 있어요. 신중해야 합니다."

보현의 말이 성에 차지 않는 듯 김직언의 얼굴이 잔뜩 구겨졌다.

"무연이 의금부 옥사에 있다면 대궐 안에서야 이쪽의 동태가 훤히 드러나 운신이 어려운 것은 사실이옵니다. 그러나 무연이 궐 밖에 있다고 가정해 보았을 때 차라리 좋은 일이 아니옵니까? 검계만 잘 이용하면 찾아내는 것도 어렵지 않을 것이옵니다. 이쪽에서 죽였다고 생각지 못하게 일을 꾸미는 것은 식은 죽 먹기지요. 증좌만 없으면 되는 일이옵니다. 은밀히 계집을 찾으시옵소서."

보현은 여전히 머뭇거렸다. 어쩌면 김직언의 말이 모두 옳을지도 모른다. 하루하루 살얼음판을 걷듯 위험천만한 나날이었다. 적에게 사로잡힌 연옥의 존재는 당연히 악재일 수밖에 없었다.

불현듯 보현이 잊고 있었다는 말했다.

"출입패 말입니다. 무연이 금상의 수중에 있다면 출입패도 금상의 손에 들어간 것이 아닙니까?"

"출입패가 임금의 손에 있든 없든 그것만 보고 있을 순 없사옵니다. 무연이 그 자리에서 죽었을 때나 유용한 패지 저리 살아서 잡힌 상태라면 확신이 없는 일 아니옵니까? 무연…… 그 아이의 입에서 무슨 말이 나올지 모르는 일이옵니다."

보현의 어깨가 축 늘어졌다.

그렇게 무슨 일이 있어도 살아서 도망치라 내 그리 일렀거늘……

보현은 초간택을 위해 본궁을 나와 정릉동 행궁으로 떠나던 날이 떠올랐다. 흔들리던 사인교 안에서 초록색 곁마기 자락이 유일한 위안인 듯 질끈 움켜잡았다. 피가 나도록 입안의 여린 살을 깨물어 대던 날이었다.

어차피 뒷거래처럼 은밀히 정해진 왕비 자리였다. 모양새나마 갖추고자 하던 형식적인 절차였다. 그렇게 할아버지 신랑을 위해 끌려가듯 실려 가던 날이었다.

사인교에서 내려 올려다보던 하늘은 왜 그리도 맑던지. 잘게 부서져 내리던 햇살은 왜 또 그리 서럽던지. 그냥 비라도 와 버려라, 저주처럼 뇌까리던 그런 날이었다.

솥뚜껑을 넘다말고 돌아서서 멀리 어디인지도 모를 곳을 바라보았다. 방황하던 시선 끝에 환상인 듯 실재 같고, 실재인 듯 환상 같은 허무와 공허가 있었다. 보현은 앞으로 살아야 할 인생이 실재인지 환상인지 모를 허무와 공허의 연속이라는 것을 그 순간 깨달았다. 당연하지 않은가. 그가 없는 인생이 그러한 것을.

과거를 헤집던 보현이 눈물을 지우고 김직언을 보았다.

"숙부님."

"예 마마."

"가례를 올리고 오래지 않아 조실부모하니 이제는 정말 구중 궁궐 혼자인가 싶어 마음이 얼마나 힘겨웠는지 모릅니다. 다행이나마 고아가 된 저를 예까지 이끌어 주신 분이 숙부님이십니다."

"천부당만부당한 말씀이시옵니다. 마마의 모든 영광은 오롯이 마마의 홍복이옵니다."

"저와 대군을 지켜 주세요. 저는 오직 숙부님뿐입니다. 숙부님께서 지켜 주지 않으시면 우리 모자는 금상의 야욕에서 절대로 살아날 수가 없어요."

"성심을 다하겠나이다."

김직언은 이마가 바닥에 닿을 정도로 몸을 낮추었다.

"그러나…… 그러나 이것은 너무 심하지 않습니까? 중궁의 자리만으로 만족해 주셨다면 작금의 제가 이 자리에 앉아 이토록 추악한 짓거리를 하지 않아도 됐을 것이 아닙니까?"

보현의 목소리가 꿈속을 헤매는 것처럼 몽롱했다.

"추악하다니요? 늙은 숙부가 듣기에 참으로 송구하나이다."

"구중궁궐을 떠도는 쓸모없는 먼지처럼 살게 내버려 두시지 제게 무슨 짓을 하신 겁니까?"

언성이 높아지면서 보현이 매섭게 쏘아붙였다.

"제 속에서 자라나는 탐욕스러움은 대저 무엇을 위한 것이랍니까? 구중심처에서 제가 한 일이라곤 허망을 좇아 발악을 한 것뿐이지 않습니까? 제게 남은 것이 무엇입니까? 아무것도 없어요. 아무것도 없습니다! 심지어 내 속으로 난, 내 아들마저 품 안에 있지를 않아요. 왜 그러셨어요? 왜요! 그분을 제게서 그리도 참담하게 떼어 놓으셨으면……."

"마마!"

김직언이 새파랗게 질린 낯빛으로 다급히 보현의 말을 막았다. 정 상궁이 듣고 있기 민망한지 슬그머니 밖으로 물러났다. 보현의 말이 이어졌다.

"무연을 죽이세요. 그래야 산다고 말씀하실 것이 아닙니까?

늘 하시던 대로 이토록 심약한 질녀에게 두려움과 분노를 심어 주실 테니…… 그러니 원하시는 대로 죽이세요. 헌데 숙부님. 저는 숙부님이 하자는 대로 모두 했는데 어찌하여 가진 것이 아무것도 없는 것입니까? 제 속에서 자라는 탐욕이 이제는 누구의 통제도 듣지 아니하고 계속해서 허기가 진다 외치고 있어요."

연옥의 본질은 순수함에 있었다. 아비에 대한 애틋한 정이 만들어 낸, 지극히 정당한 근거를 가지고 있는 불순물 없는 분노였다. 연옥을 향한 보현의 부러움은 자격지심마저 들게 했다. 명확한 이유가 있기에 길을 잃지 않는 연옥과 달리 보현은 매일 길을 잃고 헤맬 수밖에 없었다. 애초에 무엇에 근거하는지도 모를, 날이 갈수록 더해지기만 하는 두려움과, 분노, 탐욕으로 인해 한때는 연옥처럼 순수했을 마음 한 자락마저도 불순물로 오염되고 말았다.

누군가를 음해하고, 누군가를 죽이는 일이 어찌 이리도 쉬워져 버렸단 말인가!

연옥을 죽이지 않는 것이 그나마 거침없이 사라져 가는 양심을 붙잡는 일인 듯 애써 버텼지만 이제는 그것마저 한순간에 와르르 무너져 버렸다.

쇳소리가 섞인 김직언의 목소리가 보현의 복잡한 머릿속을 파고들었다.

"마마, 되돌릴 수 없는 것이 인생 아니옵니까? 김 씨 문중에서 태어나신 이상 마마께옵서 해 주셔야 하는 일이 있는 것은 당연지사. 무지렁이 천한 백성들이야 그런대로 살다 간다지만 어디 명문의 여식이 그런다 하옵니까?"

어느새 평정을 되찾은 보현이 허리를 펴고 앉아 김직언을 차갑게 응시했다.

"기위 시작된 일, 중도에 작파할 요량이면…… 예, 숙부님. 시작지 아니한 만 못하지요."

보현의 말을 듣고 안심한 김직언의 표정이 슬며시 풀어졌다.

"그러하옵니다. 위태로워진 대군의 처지를 생각해 보건대 눈물이 앞을 가리옵니다. 그뿐이옵니까? 마마를 위하여 목숨을 초개(草芥 쓸모없고 하찮은 것)와 같이 버리겠다며 일을 도모하던 소북의 신료들과 옥중에서 모진 고초를 겪고 있을 친족들을 생각해 보소서. 감상은 대사를 그르침이옵니다. 심신을 굳건히 하시고 매사에 냉정함을 잃지 마시옵소서."

보현의 미소가 적요했다.

대비전을 나온 김직언은 방향을 어디로 잡아야 할지 고민했다. 잠시 잠깐 혁주의 살쾡이처럼 쫙 째진 눈을 떠올리고 이내 고개를 저었다. 무술년 옥사 전까지만 해도 서자성의 가노였던 그는 아직까지도 서연옥이라면 끔찍했다. 지난번에는 금군으로 들여보내 달라며 떼까지 쓰지 않았던가.

그럼 누구를 쓴단 말인가…… 옳거니! 그래 그놈이면 되겠구나.

선뜻 향로를 정하지 못하고 서성이던 김직언은 불현듯 누군가를 떠올렸다. 서둘러 퇴청하는 김직언의 발걸음이 조바심으로 빨라졌다.

二.

숫을대문에 청사초롱이 걸렸다. 한산하던 태평관이 손님 맞을 준비로 분주했다.

솜씨 좋은 찬모가 반빗간(반찬을 만드는 곳)의 굼뜬 반빗아치(반찬 만드는 일을 하는 하인)들을 재촉하고 곳간에서는 하룻밤 장사에 소용되는 물목(物目)을 일일이 챙기며 지시하는 청지기 영감의 걸걸한 목소리가 우렁찼다. 마당을 쓰는 마당쇠와 주연(酒筵)이 벌어질 방마다 쓸고 닦는 비자들의 수다로 장사를 개시하기도 전에 기방은 시끌벅적했다.

예닐곱이나 되었을까? 어린 계집아이가 안채 대청마루로 쪼르르 달려왔다. 옹기종기 모여 있는 기생들의 단장을 꼼꼼히 살피던 설로화가 아이를 보고 가까이 오라며 손짓했다.

"무슨 일이냐?"

"별채에 계신 분이요. 정신이 드셨다 하옵니다."

"알았으니 이제 그만 가 보거라."

아이를 보낸 설로화의 걸음이 안채를 떠나 별채로 향했다.

　　　　*　　　*　　　*

　방 안에는 몇 시각 전 마지막으로 보았을 때와 마찬가지로 연옥이 눈을 감고 누워 있었다.

　"깨어났다 하지 않으셨습니까?"

　연옥의 상태를 지키던 조웅래가 고개를 흔들었다.

　"그새 혼절했지 뭔가. 놀랄 것 없으이. 기가 쇠한데 팔팔하면 그게 더 이상하지. 얼마간은 이럴 것이네. 그보다도……."

　조웅래의 내색이 사뭇 심각했다.

　"어찌 그러십니까? 상태가 나빠지기라도 한 것입니까?"

　"아니, 그런 것이 아니라……."

　시원스레 말하지 못하고 미적거린 조웅래가 한숨을 쉬었다.

　"출혈이 심해 혈허(血虛 혈분이 부족해 생기는 증상)가 있을 것이지만 이는 침 치료와 함께 사물탕(四物湯 보혈補血 작용을 하는 탕약)을 달여 먹이거나 구증구포(九蒸九曝 찌고 말리기를 아홉 번 하는 것)한 숙지황을 씹어 먹게 하는 것으로 보할 수 있으니 큰 문제는 아닐세. 선지도 좋고…… 혈허가 아닌가? 피가 부족한 증상이니 선지를 많이 먹이시게나."

　"그러지요."

　"신열이 있지마는 응당 몸이 나으려는 과정일 게고 자상도 이만하면 잘 아물 터이니 이도 심려할 일은 아닐세. 단지……."

　연옥이 신음을 흘리며 몸을 뒤척였다.

"자신이 누구인지, 무엇 때문에 이리 누워 있는지 도통 기억을 하지 못하니 그것이 문제라는 것이네."

조웅래의 말을 들은 설로화가 놀라서 되물었다.

"무슨 말씀이신지…… 기억을 못 하다니요?"

"몸을 상한 것이야 약을 쓰고 침을 쓰면 나을 수 있으나 마음을 다쳤다면 쉬 낫겠는가? 기억을 못 하는 것인지, 아니 하는 것인지 모를 일이야."

"방도가 없는 것입니까?"

"기다려 봐야지."

"전하께 무어라 말씀을 올려야 할지……."

"사실대로 아뢰어야지 어쩌겠는가. 내금위장 영감께 연통을 넣었다네."

심란스레 고개를 끄덕인 설로화가 주의를 환기시키며 말했다.

"객방에 상을 차려 두라 일렀습니다. 요기나 하시지요."

"미안스럽게 뭘 그리 신경 쓰시나. 대충 알아서 할 일을."

평시 내의원에서 업무를 볼 때가 아니면 약초나 캐러 다니고, 의서나 보면서 나이만 먹은 조웅래였다. 기방 근처에는 얼씬도 하지 않고 내자만 위하고 산 그도 소문으로만 듣던 명기, 설로화를 목전에 두고 보니 괜스레 멋쩍었다. 의도치 않게 목소리가 퉁명스러웠다.

"사양치 마십시오. 환자를 살피신다고 끼니도 거르셨다 들었습니다."

다 늙은 주제에 주책바가지라며, 스스로를 책망한 조웅래가 가료 도구를 주섬주섬 챙겨들었다.

"그러면 그리 함세. 이왕 차린 것이니 감사히 잘 먹겠네. 환자에게 이상이라도 생기면 기별 넣으시고."

"건너가시지요."

조웅래가 밖으로 나가자 설로화는 잠든 연옥의 얼굴을 물끄러미 내려다보았다. 자신이 한 해 두 해 나이 들어 눈가의 주름이 짙어지는 동안 젖내를 풍기던 어린 소녀는 어느덧 젊고 아름다운 여인이 되어 기어코 돌아오고야 말았다.

왕께서 이이를 찾지 못하시기를 얼마나 바랐던지…….

치기 어린 감정이 스멀스멀 기어 올라와 마음을 번다하게 만들었다.

설로화는 연옥의 이마를 닦아 주기 위해 들었던 물수건을 신경질적으로 내던졌다. 조선의 남정네들을 웃고 울리던 꽃다운 미소는 간데없고 사납게 일그러진 추한 표정만이 면면 가득 드리워졌다.

*   *   *

곤은 인경을 치고 나서야 잠행에 나섰다. 검은 하늘이 천지를 무겁게 짓눌렀다.

호위하는 자들은 이록과 박 내관 둘뿐으로 그들 역시 곤이 그렁듯 미복 차림의 단출한 행장이었다. 통행이 제한된 시각이라 거리에는 개미 새끼 하나 보이지 않았다. 기껏해야 순라군들이 전부였다.

한숨을 쉰 박 내관이 속으로 불평했다.

지밀을 범한 자객을 궐 밖에 숨겨 두다니 조정 중신들이 알면 한바탕 난리가 벌어질 일이었다. 백성의 살림을 살피러 잠행에 나서는 왕을 누가 뭐라 하겠느냐만 여인을, 그것도 자객을 보러 밤공기를 뚫고 돌아다닌다면 문제가 달랐다. 앞으로는 의금부와 금군을 내세워 자객을 찾는 척하면서 뒤로는 숨겨 두고 있었음을 알고 가만있을 조정 신료들이 아니었다. 자칫 왕의 꿍꿍이속이 무엇이냐며 중신들에게 지탄의 빌미를 제공할 수도 있었다.

내금위장은 왕이 하자는 대로 무조건 따르는 인사라 있으나 마나니, 저라도 왕이 잘못된 길을 가려 하면 충언을 해야 한다고 생각한 박 내관이 생전 수행한 적 없는 곤의 잠행을 부득불 따라나섰다.

"뒤를 밟는 자들이 있사옵니다."

이록의 말에 박 내관의 머리털이 쭈뼛 섰다.

무과에 떨어진 자들이 하나둘 모여 사조직을 만들었는데 처음에는 어쩌다 한두 개였던 지방의 조직들이 이제는 우후죽순 늘어나, 도성 바닥을 제집 안방처럼 휩쓸고 다니는 지경이었다. 밤만 되면 귀신처럼 쏘다니다가 마주치는 사람들을 괴롭히는데,

투전장과 사창가에 그 종적이 두루 미치며, 그들이 하는 일이란 대개가 입에 담기 흉한 것들이었다. 양가의 부녀자 겁탈과 약탈은 기본이고, 살인까지 아무렇지 않게 저지르는 무뢰배들은 자신들의 조직을 검계라 칭했다.

제아무리 내금위장이 고수라 할지라도 무리로 달려드는 자들을 혼자서 감당할 수 있을지 박 내관은 걱정이 앞섰다. 그렇다고 칼 한 번 잡아 보지 못한 자신이 할 수 있는 일도 없었다. 숭엄하신 왕께서 몸소 그것들과 칼부림을 하시는 사이 저 혼자 뒤로 물러나 숨는 망극한 일이 일어날까 봐 전전긍긍했다.

박 내관이 겁을 먹은 투로 말했다.

"근자에 검계 무리가 판을 친다 하옵니다."

"원하는 것을 내주면 될 것이 아니냐? 공연히 소란 일으켜 좋을 것이 없느니. 천천히 걷자."

괴한들을 쫓거나 따돌리기는커녕 천천히 걷자니 도시 모를 일이었다.

입을 닫아걸고 걷기만 하던 곤이 이록을 돌아보았다.

"……기억을 잃었다 하였느냐?"

이록은 고개를 숙이는 것으로 답을 대신했다.

*   *   *

이미 반 시진 전에 태평관에 당도한 곤은 차마 연옥이 있는 방 안에 들어가지 못하고 별채 대청마루에 앉아 움직일 줄 몰랐다.

겨울밤 그믐달이 얼마나 차고 시퍼런지…….

곤은 이지러진 그믐달에 사로잡혀 있었다. 갓난 아이 볼처럼 오동통하던 살이 이리 뜯기고 저리 뜯겨 홀쭉해져 버린 가년스러운 달이었다. 가늘게 살아남은 한 줌의 달빛은 살아남은 것 특유의 독기를 뿜어내면서도 나약했고, 매몰차되 안쓰러웠다.

곤은 연옥이 그믐달처럼 생각되었다. 그녀는 이지러진 그믐달이었다.

곤이 그믐달에서 시선을 떼지 않은 채, 조웅래에게 물었다.

"기억을 잃은 것이냐, 하지 않는 것이냐?"

"사람의 심속을 어리석은 소신이 어찌 속속들이 알겠나이까."

"그래도 답해 보거라. 의관이 아니더냐."

"……잃은 것이든, 하지 않는 것이든 종내는 심상의 문제라 사료되옵니다."

곤은 조웅래의 말이 자신을 향한 질책처럼 들렸다.

"자신이 누구인지, 어쩌다 그리 되었는지 알지 못한단 말이지?"

"그러하옵니다."

"저가 누구인지 말해 주었느냐?"

"전하께서 친히 살피실 일이 아니시옵니까? 의관 나부랭이가 함부로 나설 일이 아닌 줄로 아옵니다."

달을 향한 시선을 거둔 곤이 조웅래의 좁은 흑립을 보았다.

"어찌해야 하느냐?"

"마음이 하는 일이옵니다. 타인이 어쩔 수 있는 일이 아니옵니다."

"전혀 할 것이 없다는 말이렷다?"

"백복령과 원지 석창포를 달여 먹이면 그나마 기혈 순환을 원활하게 하고 정신을 맑게 할 것이옵니다."

"그리하도록 하라."

곤은 그제야 연옥이 있는 방으로 들어갔다.

곤은 잠이 든 연옥의 얼굴을 들여다보았다. 등불 아래, 그녀는 소멸해 버릴 것처럼 뿌옇게 보였다.

너는 아직도 내게서 도망치는 중이구나.

낮게 뇌까리고

내가 싫어 그런 것이냐, 무서워 그런 것이냐!

윽박지르며

무언가 지독한 꿈이라도 꾸는 것일까? 아니면 상처가 덧나 고통스러운 것일까?

절박하게 물었다.

절박함에 답을 하듯 뒤척이는 연옥의 입술이 희미하게 벌어졌다. 얕은 신음 소리가 메마른 입술을 타고 흘러나왔다. 신음은 곧 억눌린 비명 소리가 되어 그녀의 입안을 떠돌았다. 이상하고 탁한 소리였다. 출구가 보이지 않는 어둠 속 동굴의 공명과도 같았고, 덫에 걸린 짐승의 울음과도 같았다.

연옥은 온몸에 경기를 일으키며 발작했다. 그녀는 짓밟힌 새처럼, 짓이겨진 꽃잎처럼 괴로워했다. 겨울밤의 이지러진 그믐달처럼, 무의식의 그녀는 그렇게 슬피 울었다.

울지 마라.

울지 마라.

울지 말란 말이다!

곤은 연옥을 와락 끌어안았다. 늘어져 흐느적거리는 몸이 믿을 수 없을 정도로 가벼웠다. 들썩이며 요동을 치는 그녀의 어깨에 얼굴을 묻었다. 탕제나 뜸을 떴던 쑥의 쌉쌀한 냄새가 그녀의 몸에 남아 아득했다.

연옥은 불현듯 눈을 떴다. 수년 동안 육체가 익힌 무예는 잊히지 않고 살아남아 본능이 되었다. 무릎을 세워 곤의 복부를 가격하며 뒤로 물러난 연옥은 갑작스러운 공격에 고통스러워하는 그의 얼굴을 발로 걷어찼다.

고개가 옆으로 돌아가면서 흑립이 벗겨졌다. 곤은 바닥에 나뒹구는 흑립을 흘깃 보았다. 얼굴 가리개가 풀어져 그의 얼굴이 온전히 드러났다. 펄럭이며 젖혀진 도포 사이로 그의 칼이 철컹이며 소리를 냈다. 달려들어 칼을 뺏으려는 연옥의 손목을 잡아 쓰러트린 곤은 순식간에 그녀를 타고 올랐다. 버둥거리는 연옥의 양팔을 머리 위로 올려 그녀가 반항하지 못하도록 힘을 주었다.

연옥은 고통에 찬 신음을 내며 거칠게 호흡했다. 뒤늦게 그녀의 상처 부위를 자신이 몸으로 짓누르고 있음을 깨달은 곤은 그녀의 몸에서 내려와 옆으로 비켜 앉았다. 몸을 새우처럼 웅크린 연옥은 한동안 일어나지 못했다. 자상이 터졌는지 그녀의 허리 부근에 뻘건 핏물이 번졌다.

곤은 연옥의 몸을 바로 눕히고 옷고름을 풀어헤쳤다. 연옥이 그의 손을 뿌리쳤다. 임종을 기다리는 늙은 여인의 것처럼 흐느적거리는 그녀의 팔은 힘이 전혀 느껴지지 않았다. 그녀의 손목을 곤이 거칠게 움켜잡았다.

벌어진 옷섶 사이로 상처를 싸맨 흰 천이 제 색을 알 수 없을 만큼 붉어져 있었다. 곤은 급한 마음에 자신의 도포 자락을 찢어 핏물로 흥건해진 천 대신 연옥의 상처를 싸맸다. 어설프게나마 지혈을 끝내고 조웅래를 부르려는데 연옥이 그의 소맷자락을 붙잡았다.

"뉘시옵니까? 제가 누군지 아…… 아시는 분이옵니까?"

정말이었다. 진실로 그녀는 아무것도 기억하지 못했다.

* * *

꼬박 엿새가 지나도록 연옥은 열에 들떠 혼절했다가 깨어나기를 반복했다. 태평관의 별채는 외부인의 출입이 철저히 통제됐다. 내부인 또한 그곳을 드나들 수 있는 자들이 제한되었다.

인경이 치면 곤은 태평관으로 잠행을 나와 연옥의 병간을 하다가 파루가 치기 전에 환궁했다. 판내시부사(判內侍府事 종이품의 내시부 으뜸 벼슬)가 간하고, 박 내관이 안달복달했지만 누구의 말도 듣지 않았다. 말이 잠행이지 누구 눈에 띄어도 상관없다는 듯 곤은 돈화문으로 떳떳이 출입했다. 정히 잠행을 다니실 것 같으면 남들 눈에 띄지 않도록 지밀의 비밀 통로를 이용하시라 박 내관이 간했지만 들은 척도 하지 않았다.

오래지 않아 조정에서는 이를 두고 수군거리는 소리가 요란했다. 왕이 밤마다 지밀을 비운다는 소문이 조금씩 퍼지더니 궐 밖에 여인을 숨겨 두고 매일 찾는다는 이야기가 궐 안에 파다했다.

연옥은 태평관에서 눈을 뜬, 이전의 세월에 대해서 전혀 아는 것이 없었다. 텅 빈 뇌리에 천장만 응시하고 누운 그녀의 모습이 흡사 백치처럼 보였다. 그녀는 해가 지면 찾아드는 곤을 낯설어했다. 이마에 물수건을 얹어 주는 그의 손길에 매번 흠칫거렸다.

저가 누구냐고, 나으리는 누구냐고 묻는 말에 곤은 칼에 찔려 쓰러진 것을 데려와 살폈을 뿐, 네가 모르는 것들이야 때가 되면 알지 않겠느냐고, 단지 그렇게 대답했다. 문밖에 칼을 차고 서성이는 자들은 어찌 된 영문이냐, 하기에 해를 당해 죽다 살아났으니 또다시 그런 일이 일어날지 몰라 경계를 세웠다고 둘러쳤다.

물수건을 얹어 주는 곤의 손길에 익숙해져 갈 즈음 연옥은 누워 있던 몸을 일으켜 앉아 생활할 수 있게 되었다.

"사가에 누이가 있다 하였느냐?"

잠행에 나설 차비를 하던 곤이 박 내관에게 뜬금없이 물었다. 술대를 매어 주던 박 내관이 그렇다고 답하자

"무엇을 좋아하더냐?"

밑도 끝도 없이 아리송한 질문이 이어졌다.

"좋아하다니, 무엇을 말씀하시는지……."

"어찌해 주어야 여인이 기뻐하는지 묻는 것이다."

서 소저를 말씀하시는 것인가…….

여인이라면 길가의 돌멩이 보듯 무정하게 구시던 분이 급변하신 것도 기이한데 하필이면 맺어질 수도, 이제 와 맺어져서도 아니 되는 이에게 애달파하시니 그 여인이야말로 요물이라고 박 내관은 생각했다. 뚱한 심사에 고민할 것이 무어냐며 박 내관이 손사래를 쳤다.

"세상천지 뉘라서 전하의 총애를 잣대질하겠사옵니까? 어명만 내리시면 알아서들 엎드려 대령할 것이옵니다."

박 내관은 갓상자에서 흑립을 꺼내 먼지 한 톨이라도 묻었으랴, 후후 불었다. 양태가 넓은 흑립을 꼼꼼히 살핀 후 만족해서 곤에게 씌워 주려는데 곤이 흑립을 심술 사납게 뺏어들었다. 직접 흑립을 쓰는 동작이 거칠었다.

"눈치가 그 모양이래서야 어느 세월에 판내시부사까지 해 먹

겠느냐? 내가 밥상을 차려 주려 해도 멋모르고 뒷발질하다 밥상 찰 놈이로다."

곤은 얼굴가리개를 귀 뒤로 질근 묶고 방문을 확 밀쳤다. 밖으로 휘적휘적 걸어 나가는 그를 보며, 애꿎은 핀잔에 된서리를 맞은 양 얼떨떨해하던 박 내관이 어깨를 늘어트렸다.

설사 서 소저에게 문제의 소지가 있을지라도 나중의 일이었다. 종일 정적들 틈바구니에서 씨름하시는 분, 말린다고 들을 왕도 아니었다. 차라리 한밤의 나들이가 어심에 위안이 되기를 바라는 것이 낫지 싶었다. 좋지 않은 머리로 골치 썩지 말자 했다.

"전하! 전하!"

벌써 월대 아래까지 내려가 버린 곤을 박 내관이 고꾸라질 듯 말 듯 부리나케 쫓아가며 애타게 불렀다. 곤이 궐 안 사람 다 듣도록 수선을 떤다며 그를 흘겨보았다.

"전하, 물선이옵니다."

시급히 아뢰는 말에 곤의 눈초리가 슬며시 풀어졌다.

"물선?"

"예, 전하. 신분의 고하나 노소를 막론하고 물선 싫다는 여인은 없사옵니다."

"무엇을 주어야 한단 말이냐?"

"패물은 어떠시옵니까? 노리개며, 가락지며, 떨새나 비녀 같은…… 명에서 들여온 비단도 좋고 말이옵니다. 아! 은으로 만든 면경도 좋은 물선이 될 것이옵니다."

연옥이?

산더미처럼 쌓아 놓은 패물들에 파묻혀 좋아할 연옥의 모습이 그려지지 않았다. 고운 인물에 꾸며 놓기까지 하면 더할 나위 없이 아름답겠지만 그녀는 곤이나 박 내관이 아는 보통의 여인들과 확연히 달랐다.

그녀를 기쁘게 하기엔 박 내관이 나열한 것들로는 턱없이 부족했다.

떨떠름한 반응에 실망한 박 내관이 도움을 청하듯 이록을 보았다. 애초에 멋없는 인사가 그럴듯한 대답을 할 리 없는데도 곤의 눈이 기대 반, 재미 반으로 짓궂어졌다.

화살이 저에게 쏠리자 이록은 눈만 껌벅거리다 한참 뒤에야 자신 없이 답했다.

"칼이나 각궁을 하사하시면……."

그렇지 않아도 사내 복색을 하고 저가 사내라도 되는 듯 천지 사방 활개 치고 다니던 연옥이었다. 그런데 물선마저 칼이나 각궁으로 주라니? 더 들어 볼 것도 없다며 곤이 돌아서자 박 내관이 혀를 차며 이록에게 퉁을 주었다.

"치마 두른 여인에게 칼이나 각궁이 웬 말입니까? 장가 못 드신 태를 이리 내시다니. 쯧쯧쯧."

양물 떼어 낸 내관이 헌헌장부 내금위장더러 댕기 머리 총각이라고 타박하는 꼴이었다.

　　　　*　　　*　　　*

　취기 오른 웃음소리가 태평관 곳곳에 왁자했다. 반빗아치들이 산해진미를 차려 올린 술상을 들고 주연이 열리는 장소로 종종걸음 했다. 이리 비틀, 저리 비틀 세월아 네월아 기생 치맛자락 붙들고 내 가는 곳이 어디인지, 너 가는 곳 어디인지 제정신 못 차리는 인사들은 마당에 흩어져 어화둥둥 신선놀음이 한창이었다. 기생 기둥서방 노릇이 장하다는 대궐 별감부터 관직깨나 높은 양반에 하다못해 유생과 시정잡배까지 신분도 천차만별이었다. 반상(班常 양반과 상민을 아울러 이르는 말)이 유별하다며 점잔 떨던 자들도 이곳에서는 하나같이 술독에 빠진 술꾼에 지나지 않았다. 상참 때 편전에서 마주치는 얼굴들도 빈번히 보이는지라 곤의 표정이 좋지 않았다.

　나라의 녹을 먹는다는 것들이!

　술빚을 갚지 않겠다고 고의적삼 차림으로 고래고래 소리를 지르는 주객과 실랑이를 벌이던 설로화가 곤을 발견하고 서둘러 달려왔다. 가리개로 얼굴을 가렸어도 그녀는 곤을 바로 알아보았다.

　"오셨나이까?"

　"누구냐?"

　"이판의 서자라 하옵니다. 그간 밀린 술빚이 제법이라 더는 공술 못 내주겠다, 하였더니 억지를 부리옵니다."

"장부나 잘 적어 두어라. 후일 몇 곱의 이자를 쳐서 한 푼도 빠짐없이 받아 낼 터이니."

"그리하겠사옵니다."

"조용히 있다 갈 것이다. 별채 쪽으로는 신경 쓸 것 없다. 공연히 눈에 띄기 십상이다."

"날이 차옵니다. 온주라도 올리겠사옵니다."

"됐다지 않느냐. 네 볼일이나 보거라."

칸마다 달아 놓은 홍등의 불빛이 강렬했다. 곤은 흥청거리는 기방의 풍경을 엄혹한 눈길로 훑어보고 별채가 있는 곳으로 방향을 틀었다.

……참말 냉정하신 분이시다.

쓸쓸히 돌아선 설로화는 청지기를 불러 이판의 아들을 홀딱 벗겨 대문 밖으로 쫓아내도록 지시했다.

*　　　*　　　*

누구에게나 꺼리는 기억, 꺼리는 장소가 있기 마련이었다. 그것은 무의식에 남아 있는 본능과 같아서 기억을 잃은 연옥에게도 동일하게 적용되었다.

연옥이 아는 자신의 첫 번째 기억은 쑥뜸 향과 탕약 냄새였다. 코밑을 자극하는 알싸한 냄새가 어느 시점에서 홀연히 눈을 뜬 그녀를 맞이했다.

말하자면 쑥뜸 향과 탕약 냄새가 진동을 하는 태평관의 별채는 연옥에게 있어 막 태어난 젖먹이의 젖내 나는 강보 속이었다. 그러나 젖먹이 아이에게는 강보 속이 편안한 제 세상이겠지만 연옥은 이곳이 기방이라는 사실을 앎과 동시에 거북스러운 곳이 되었다.

　태평관은 연일 불야성이었다. 왁자지껄한 소음은 기방이 토해 내는 불빛에 더해져 연옥의 귓전을 뒤흔들었다. 원치 않는 자극이었다. 그럴 때면 그녀는 발작적으로 태평관의 별채를 뛰쳐나갔다. 별채의 중문을 나서는 즉시 뻘겋게 달아오른 홍등의 불빛이 일제히 그녀에게 몰아쳤다. 별채를 지키던 자들이 쫓아와 데려갈 때까지 그녀는 앞으로 나가지도 물러나지도 못하고 얼어붙은 채 빛에 사로잡혀 있었다.

　등잔불을 끈 연옥은 구석으로 기어가 웅크리고 앉아, 눈을 질끈 감았다. 공포에 가까운 불쾌감이 방 안 전체를 차지하며 그녀를 짓눌렀다.

　"또 그러고 있느냐?"

　방문을 열고 들어온 곤이 등잔에 불을 붙였다. 등불 주변으로 빛살이 은은하게 퍼졌다. 오들오들 떨던 연옥이 흔들리는 눈으로 그를 올려다보았다.

　"바깥의 빛과 소음이 그리도 싫으냐?"

　조웅래는 과거에 기방과 연결된 어떤 고리가 연옥에게 과민한 증상을 불러일으키는 것 같다고 했다. 곤이 짐작할 수 있는 기방에 얽힌 연옥의 과거라고는 무술년, 그녀가 빗속을 뚫고 이곳에서 도망친 것이 전부였다. 쭉 만종 밑에서 사사했다고 했으니 그것 말고는 달리 짐작되는 일이 없었다.

"더는 두고 못 보겠구나."

두꺼운 누비이불로 연옥의 몸을 꽁꽁 싸맨 곤이 그녀를 안아 들었다. 연옥이 거부할 틈도 없이 순식간에 일어난 일이었다.

"가자."

무턱대고 어디를 가느냐고 연옥이 곤의 얼굴을 뚫어지게 응시했다. 내려 달라는 무언의 항의였다. 모르는 척 헛기침을 하고 밖으로 나가자 박 내관과 이록이 눈을 동그랗게 뜨고 다가왔다.

"금사(거문고와 가야금을 가르치는 스승)가 바뀌었다고 했느냐?"

"얼마 전에 들어온 새로운 이가 예기들의 수업을 맡고 있다 하옵니다."

"그자에게 가서 소리가 가장 좋은 것으로 거문고를 빌려 오거라. 누각에 있을 것이다."

연옥이 몸을 뒤틀며 곤의 관심을 끌었다.

"내려 주시면 제 발로 걸을 것이옵니다."

"싫다."

일갈한 곤은 연옥을 바짝 고쳐 안았다.

누각에 화로와 방석이 놓이고 십 수개의 촛대들이 세워졌다. 이록이 화로에 불을 지피는 사이 박 내관이 거문고를 구해 왔다.

촛불로 밝아진 누각은 기방의 전경을 훤히 보여 주었다.

높다란 누각은 마치 밤바다를 떠다니는 나룻배 같았다. 누각 너머 보이는 무수한 홍등이 바다에 드리워진 버드나무 잎처럼 하늘거렸다. 연옥은 이불을 움켜쥐었다. 기를 쓰고 홍등의 빛을 거부했다.

누각에 둘만 남게 되자 곤은 말없이 거문고를 끌어안고 조율을 시작했다. 언제까지나 조율만 할 것 같더니 어느새 그는 현을 타고 연주를 하고 있었다.

쏴아—

바람이 불었다. 바람에 실린 눈이 드문드문 흩날리며 어디는 녹고 어디는 녹지 않은 땅을 향해 떨어졌다. 자칫 허공에 둥둥 떠다니는 것처럼 보이는 홍등에 흰 눈이 붉게 물들어 보였다.

곤은 애무하듯 여섯 개의 현을 다루었다. 달래고 어르는 손길이 능숙했다. 팽팽하게 당겨진 현이 튕겨져 나갔다가 허물어지면서 신묘한 음을 냈다. 사내 특유의 힘이 느껴지면서도 사내의 내면 깊숙이 숨은 애련의 감정을 끌어냈다. 세월의 신산스러움이 깃들어 있으면서도 그 고생스러움은 다시 감상적인 서정으로 탈을 바꾸었다.

태평관의 불야성은 더 이상 연옥에게 위협이 되지 못했다. 금운은 곤의 손길에 다루어지면서 찌르는 빛과 소음들로부터 연옥을 차단시켜 주었다. 기방의 와자함과 원색적으로 발하는 홍등의 빛을 금운이 잡아먹었다.

연옥은 곤이 선사하는 음률의 고아함에 빠져들었다.

바람이 우는 소리, 바람에 마른 잎사귀가 조락하는 소리였다.

사내의 도포 자락이, 여인네 치맛자락이 이별하는 소리였다.

바람이 노래하는 소리고 바람에 춤을 추는 잎사귀의 노래였다.

헤어짐이 만남을 부르며 이지러진 달이 차오르는 소리였다.

너울너울 우주의 율려가 숨을 쉬는 소리였다.

살아 있는 자의 살아 숨 쉬는 소리였다.

눈물이 볼을 타고 입술로 흘러들었다. 악다문 입술이 자꾸 미어졌다. 연옥은 우는 것도, 울지 않는 것도 아닌 상태로 고개를 돌려 공중에 부유하는 붉은빛들만 주시했다. 얼굴이 울먹울먹 일그러졌다. 손바닥으로 젖은 눈을 가렸다. 비어진 손가락 사이 빛은 여지없이 침투했다. 두려움과 불쾌감이 아닌 처량함과 애련의 감정이 까닭 모르게 그녀의 눈물샘을 건드렸다.

거문고 소리가 그치고 적요가 찾아들었다.

고개를 든 곤이 연옥을 보았다. 사내의 복색임에도 그녀의 몸태는 지극히 여성스러웠다. 작은 어깨를 움츠리고 있어 유난히 가녀려 보이는 몸이었다.

저런 것을 진관사에서는 어찌 알아보지 못했을까?

제멋대로 뻗어 나간 손이 연옥의 눈가에서 멈칫했다.

"너는 눈물이 많구나."

눈물이 흐른 흔적을 따라 연옥의 입술에 안착한 곤의 손이 미세한 경련을 일으켰다. 그의 시선이 연옥의 입술에서 떨어질 줄 몰랐다.

파르르 떠는 입술은 인위의 것을 섞지 않고 붉었으며 눈물을 받아 윤이 났다.

곤은 불가항력에 이끌려 고개를 숙였다. 그의 입술이 연옥의 입술 주변에서 머뭇거렸다.

"이리 눈물 많은 아이가 어찌 살아남았느냐?"

"……."

"계집이 사내 옷을 입고 칼을 찼다면 당연히 풍상이 많은 세월이었을 것 아니냐?"

"……."

"어찌 이겨 냈느냐? 울면서…… 이리 울면서 어찌 이날까지 버텼느냐?"

벌어진 연옥의 입에서 온기가 새어 나왔다. 그녀의 입술을 가볍게 쓰다듬은 곤은 시선을 떨어뜨렸다. 화염에 둘러싸인 듯 온몸이 뜨거웠다. 거칠게 그녀를 밀어낸 곤은 도망치듯 누각 난간에 섰다. 손톱이 난간을 파고들었다.

"빛이 두렵거든 빛을 마주하여라. 저들의 흥청거리는 소리가 두렵거든 너도 같이 흥청거려라. 두려운 것이 있거든 두려움에 마주 서거라."

"금운이 기방의 빛과 소리를 잡아먹듯 말이옵니까?"

그래, 그리하여라. 나로 인해 생긴 두려움이라면 나를 잡아먹으려무나.

연옥을 찾아 헤맬 때는 헤매는 이유가 죄스러움 때문인지, 그리움 때문인지, 그리움 때문이라면 그리움의 발로가 무엇인지 알지 못했다. 침방에서 연옥을 오롯이 맞닥뜨린 그때야 비로소 케케묵은 감정의 정체를 깨달았다.

곤은 고개를 세차게 저었다.

아니 될 일. 저 아이를 상대로 사내 노릇이 웬 말이더냐!

박 내관과 이록에게 연옥이 무엇을 받으면 좋아할지 묻고 설레었던 것이 창피했다. 돌아선 곤이 연옥을 보았다.

"괴물을 본 적 있느냐?"

박 내관이 금사에게서 거문고를 가져갔다는 소리에 다과상을 차려 별채로 건너온 설로화가 누각의 계단을 오르다 말고 멈칫거렸다.

곤은 설로화의 접근을 알아채지 못했다. 그의 신경은 온통 연옥을 향해 있었다.

"내가 바로 그 괴물이다."

"어인 연유로 스스로를 가리켜 괴물이라 칭하시옵니까? 소인에게는 은인이시옵니다."

"말을 아껴라. 네 발등을 네가 찧을 터이니."

"한 번은…… 꼭 한 번은 은혜 갚을 기회가 있기를 바라옵니다."

"선비님이 소녀를 지켜 주셨으니, 소녀도 선비님을 지켜 드릴 것이옵니다. 선비님은 이제 소녀가 책임질 것이옵니다."

뇌리를 뚫고 튀어나온 기억 한 조각에 곤은 실소를 터트리고 말았다. 저 때문에 상처가 난 것이 아니냐며 훌쩍거리던 발그레하게 상기된 동안을 지우기 위해 머리를 흔들었다.

예나 지금이나 눈물이 많은 것처럼 갚을 것이 있기는 그때도 지금도 매한가지였다.

은혜이거나, 원한이거나…….

"내게 함부로 빚지지 말거라. 고리를 쳐서 몇 곱절로 되돌려 받고 싶어지니 말이다."

"……."

흘러내린 이불을 다시 여며 주며 곤은 언제 그랬냐는 듯 딱딱한 분위기를 풀고 다소 장난기가 드러나는 목소리로 말했다.

"눈물도 많고, 빚도 많고 게다 툭하면 입을 다무는구나. 암만 해도 내가 별스러운 이를 주은 듯하다."

"……옵니까?"

가늘게 중얼거리는 연옥의 말을 제대로 알아듣지 못하고 곤이 귀를 기울였다.

"무어라 하였느냐?"

"함자를…… 어찌하여 함자를 말씀해 주지 않으시옵니까? 별채를 지키는 자들에게 물어봐도, 의원이나 행수에게 물어봐도 제대로 알려 주는 이들이 없사옵니다."

"알아 무엇하려고?"

연옥은 곤의 얼굴을 가리고 있는 가리개를 빤히 바라보았다. 그녀가 다시 물었다.

"어찌 면부를 보이지 않으시옵니까?"

"글쎄, 나를 알아 무엇을 하려고 그러느냐?"

"뉘에게 은혜를 입었는지 알아야 도리가 아니옵니까?"

"그냥 한량이다."

"그리 아니 보이시옵니다."

"아비 잘 만나 하는 일 없이 떵떵거리며 큰 소리깨나 치고 다니는 서자 놈이니라. 파락호니라."

곤은 두말하지 말라며 연옥을 덥석 안아 들었다.

"이만하면 너를 괴롭히는 빛과 소리에 맞서 한바탕 잘 싸운 것이 아니냐. 성치 않은 몸, 그만 방에 들여다 놔야겠다."

"소인의 발로 걸을 것이옵니다."

하나 마나 한 소리 말라며 곤이 코웃음을 쳤다.

"안고 왔으니 안고 가야지."

"보는 눈들이 민망하옵니다."

"신도 없이 무슨 수로 방까지 가겠느냐? 날아가련? 칼만 쓰는 것이 아니라 경공술도 하는 모양이구나."

곤은 연옥이야 버둥거리든 말든 누각을 내려갔다. 내려가면서 너를 보지 말까 보다, 입 안으로 뇌었다.

누각 계단에 서서 그들을 지켜보던 설로화는 들킬세라 얼른 발길을 되돌렸다. 박 내관이 다과상을 올리지 않느냐며 쳐다보는 것을 무시하고 제 처소가 있는 안채로 달려갔다. 처소로 돌아온 그녀는 들고 있던 다과상을 내던지며 보료에 쓰러졌다. 누가 들어오기라도 할까 봐 마음 놓고 소리 내어 울지도 못했다. 치맛자락을 입에 욱여 놓고 제 안의 설움을 입 안에 삭이는 것이 고작이었다.

三.

"아따! 쪼께 말 좀 해 봐야. 어쩐다고 나만 따돌린다냐?"

낡아 빠진 교의에 다리 한 짝을 세우고 앉은 홍지가 혁주를 닦달했다. 치마 밑에 속곳이 드러났지만 개의치 않았다.

"말이야 바른말이제. 딴 때는 니하고 애기씨만 맨날 먼 야그를 고로코롬 해 쌌어도 사정이 있겠지, 하고 나가 암말도 안 했어야. 중한 일 하시는 줄 빤히 아는디 무식한 나까지 콩이야 팥이야 할 것이 뭐다냐, 했다니까?!"

소리를 고래고래 지르며 탁자를 주먹으로 내리치자 물목 장부가 휘리릭 날리고 서류가 흩어졌다. 장부에서 눈을 떼지 않고 있던 혁주가 설핏 짜증이 서린 얼굴로 홍지를 보았다.

짜증이 나기는 홍지도 마찬가지였다. 연옥이 대궐의 무예별감으로 들어간 것을 그녀는 최근까지도 모르고 있었다. 입추 즈음에 본 것을 마지막으로 몇 달이 지나도록 연옥에게서 소식 한 자가 없자 혁주를 달달 볶아 겨우 알아낸 것이다.

"나한테만 일언반구 한 마디가 없어, 한 마디가! 애기씨는 나가 걱정할깨비 그러셨다 치고, 니는야, 싸가지가 바가지랑께? 한 솥밥 먹는 사이에 그러는 거 아녀! 아따, 지만 애기씨 모시는 갑네. 섭하다. 참말로 섭하다고!"

자객이 왕을 공격하고 도망 중이라는 저잣거리 풍설을 듣게 된 홍지는 단박에 그 자객이 연옥이라는 사실을 알아챘다. 서운하고 꽁했던 심사가 기어이 폭발했다.

"야그 들어 보니께 일곱 날도 훨씬 지났대매? 그 소리를 나가 바깥에서 들어야 쓰겠냐? 다른 일도 아니고 애기씨에 관한 것인디 어찌케 돌아가는 사정인지는 나가 알아야 되는 거 아니겄어? 안 그냐고!"

급기야 물목 장부와 서류를 한 움큼 거머잡고 찢어발길 듯 구겼다. 구겨진 종이를 혁주에게 내던진 홍지는 그래도 성에 차지 않는지 머리를 거칠게 흐트러트리면서 씩씩거렸다.

"도대체가 니는 머시가 고로코롬 잘났다냐? 니만 애기씨 업고 피란길 올랐냐? 나하고 애기씨는야, 신분만 다르제 친 동기간하고 똑같아야. 뭐를 알고 사람을 무시해야제. 이걸 그냥, 확!"

교의를 박차고 일어난 홍지가 허공에 대고 주먹을 휘둘렀다. 혁주에게서 별 반응이 없자 김이 빠진 그녀는 나동그라진 교의를 도로 끌어다 앉고 숨을 크게 내쉬었다. 홍지는 한결 진정된 목소리로 혁주를 살살 달랬다.

"아야, 그래서 시방 애기씨 어디 계시냐? 이짝으로 안 오셨응께 진관사로 가셨겄지? 아니믄, 머시기 다른 곳에 계신다냐? 부리는 염알이꾼(남의 사정이나 비밀 따위를 몰래 염탐하는 사람)이 한둘도 아니고 금방 찾았겄지."

묵묵부답, 요지부동인 혁주다.

"워매, 답답시럽네. 애기씨, 찾았는지 못 찾았는지 나가 묻고 있잖냐. 시원스럽게 말 쪼까 해 봐야. 응? 니 인나, 빨랑 말 안 하믄 나가 이 길로 섶을 지고 김 대감네 대문 앞으로 달려간단께?"

소싯적부터 피붙이처럼 지내 온 사이지만 거친 말투로 쨍쨍거리는 홍지의 잔소리가 혁주는 도시 적응되지 않았다.

실지로 염알이꾼들과 단계의 부상단(등짐장수)을 풀어 연옥이 있을 만한 곳을 샅샅이 뒤져 본 혁주지만 그녀의 행적을 찾을 수 없었기 때문에 홍지에게 말해 줄 만한 내용을 가지고 있지 않았다. 그러한 사실을 필첩에 언문으로 적어 보여 주자 홍지의 얼굴에는 당황한 기색이 역력했다.

단계와 연결이 된 염알이꾼들은 조선 팔도에 고루 흩어져 있었는데, 주로 관에서 허드렛일을 맡거나 시전의 차인꾼(장사 일 시중드는 사람) 또는 지역 유지의 식객과 머슴으로 잠복해 있다가 부상단이 들르면 그들을 통해 정보를 넘기곤 했다. 단계에서 술이나 물산을 유통시키는 장사 외에도, 주 수입원으로 삼는 제법 방대한 조직이었다. 내로라하는 도성 양반치고 단계의 염알이조직에 의뢰 한 번 해 보지 않은 이가 없을 정도였다.

믿는 구석이 있었던 홍지는 혁주가 자신에게 말을 아끼는 것에만 화가 났지 연옥을 찾지 못했다고는 생각하지 못했다.

"사람들이 허는 야그 듣자니께 애기씨 몸도 성치 않을 거라던디? 거시기, 염알이꾼 중에 궐에서 각심이(상궁이나 나인의 방에서 잡일을 하는 여종)로 있는 가시나 있잖냐. 갸 불러서 야그는 들어 봤냐? 진짜로 다치셨다디?"

대궐 세답방 궁녀의 각심이로 일하던 계집은 지밀에서 나온 왕의 야장의가 벌겋게 핏물이 들었다고 했다. 왕은 다친 곳 없이 멀쩡하다 했다.

혁주는 대답 없이 홍지의 얼굴만 빤히 보았다. 홍지의 얼굴이 급속도로 어두워졌다.

"거짓부렁이 아닌갑네. 어째야쓰까. 애기씨는 도망을 치셨으믄 이짝으로 오셔야제 어디를 가서 갖고 사람 애를 태우신다냐? 나가 걱정이 돼서 하는 말인디, 말도 못 허게 다치셔 갖고 저짝 어느 구석에 쓰러져 계신 것은 아니겠지? 워매, 그믄 안 되는 것인디…… 벌써 여러 날이 지나 부렀는디……."

눈물을 찔끔대며 넋두리를 늘어놓던 홍지가 혁주에게 김직언의 집을 찾아가 보았느냐고 물었다.

그렇지 않아도 연옥의 실종을 알게 된 직후 혁주가 제일 먼저 찾은 곳이 김직언의 사랑채였다. 김직언은 찾아온 혁주에게 연옥의 행방을 모른다며 다신 이 일로 자신을 찾지 말라 했다. 일을 맡았으면 뒤처리가 깔끔해야지 긁어 부스럼이나 만든 꼴이라며 자리에 있지도 않은 연옥에게 노발대발 호통이었다.

"염병할 노인네. 저 살자고 꼬리라도 자르겠다는 심보네."

붓을 미처 놓기도 전에 혁주에게서 필첩을 뺏어 읽은 홍지가 씩씩거렸다.

혁주는 김직언을 찾아간 날, 그 집 대문을 열고 나오던 구창을 본 것에 대해서는 전하지 않았다.

단계가 비교적 짧은 시간 동안 이만큼 세력을 키울 수 있었던 것은 김직언의 검계 노릇을 한 덕분이었다. 단계는 김직언의 구린 일을 도맡아 하고 김직언은 단계의 뒷배를 봐주는 식이었다. 김직언의 고대광실을 드나들며 김직언과의 담판을 짓는 일은 으레 단계의 계주인 연옥이나 부계주인 혁주의 몫이었다. 구창은 칼이나 쓰고 다니는 일개 계원에 지나지 않았기 때문에 그와 김직언의 독대가 심히 의심쩍었다.

교의를 밀치고 일어난 혁주는 창가로 걸어가 밖을 내다보았다. 길바닥을 어슬렁거리며 행인들을 희롱하는 구창이 보였다. 낄낄거리는 웃음소리가 천하고 경박했다.

*　　　*　　　*

연옥이 침을 맞느라 풀어헤친 옷섶을 여미는 동안 돌아앉은 조웅래가 침통에 침을 정리했다. 곁눈으로 연옥이 저고리 고름을 매는 것을 확인하고, 늘 가지고 다니는 함 속에서 손바닥보다 작은 종지를 꺼내 건네주었다.

"자운고요. 일전의 것은 다 바르셨소?"

"아직 두어 번 쓸 양은 남았습니다."

"밀랍이나 쇠붙이로 인한 상처에는 이만한 것도 없으니 아끼지 말고 부지런히 바르도록 하시오. 자초는 상처의 염증을 가라앉혀 주고 당귀는 혈액을 잘 돌게 하여 새 살을 돋게 하는 데 효험이 있다오."

"말씀대로 하겠습니다."

"새살이 비집고 나오느라 가려움증이 있을 게요. 긁으면 덧나니 가려워도 참아야 하오."

"예."

방문을 나서는 조웅래를 따라 연옥이 대청마루까지 나왔다.

"기력이야 어지간히 보해진 것 같지만, 아물었다가도 터지는 것이 자상이외다. 조심해야 하오. 새로 처방한 약제는 놓고 갈 테니 잊지 말고 꼭 달여 드시오."

"신경을 써 주시니 고마움을 무엇으로 보답드려야 할지 모르겠습니다."

"사람 살리는 것이 업인 사람이오. 할 일 하는데 보답은 무슨……."

"말씀을 놓으시지요."

왕이 각별히 여기는 여인이었다. 승은을 입기는커녕 궐 안의 여인도 아니지만 무턱대고 말을 놓을 수도 없었다. 조웅래는 허허실실 웃고 말았다.

"저기…… 어르신."

대청마루 끝에 걸터앉아 둥구미 신(볏짚으로 만든 방한용 신발)에 발을 꿰던 조웅래가 의아한 얼굴로 섬돌 옆에 내려선 연옥을 올려다보았다. 한참을 머뭇거리던 연옥이 아니라며, 고개를 저었다. 목화솜이 두툼히 들어간 두루마기 자락을 털며 일어선 조웅래가 어이쿠, 춥다. 몸서리를 쳤다. 그는 지나는 투로 대수롭지 않게 말했다.

"기억을 잃은 자들을 자주 본 것은 아니지만, 때를 모를 뿐이지 그래도 거의가 돌아오기는 한다오. 어쨌거나 뭐든 심속이 편해야 하는 법이니 너무 안달복달하지 마시오."

속내를 들킨 연옥이 면구쩍은지 낯을 모로 돌렸다.

"눈길이 미끄럽습니다. 조심해서 돌아가시지요."

"일간 다시 들르겠소. 그때까지 다른 생각은 말고 조섭이나 잘 하고 계시오."

조웅래를 중문까지 배웅한 연옥은 방으로 들어가려다 말고 생각을 바꿔 후원의 누각으로 향했다. 추운 것이 당연한 겨울이지만 오늘은 작은설(동지의 다른 말)이었다. 해가 바뀌는 동짓날에 날씨가 따뜻하면 명년에 질병이 돈다더니 유난히 추운 것으로 보아 아마도 질병 대신 풍년이 오려나 보다, 실없이 미소했다.

　누각에서 보는 기방의 전경이 평거와 달리 낮부터 분주했다. 종들이 기방 안팎을 청소하고 반빗간 굴뚝에서는 김이 쉴 새 없이 모락모락 피어올랐다. 단장을 하지 않은 기생들이 편안한 복색으로 바깥채 대청마루에 모여 무언가를 열심히 하고 있었다. 이따금 까르르 웃음을 터트리는 것이 즐거워 보였다. 자세히 보니 복조리와 복주머니를 만들고 있는 듯했다. 본래 새해의 무사안일을 기원하며 동짓날 밤에 만드는데, 해가 지고 난 후의 시간이 제일 바쁜 기방 특성상 낮에 짬을 내는 모양이었다.

　연옥은 무의식적으로 누각 난간을 긁었다.

　홍등의 불빛과 밤의 왁자함이 걷힌 기방은 평온했다. 두연 괴물을 본 적 있느냐, 묻던 곤의 눈빛이 떠올랐다. 그가 튕기던 거문고 소리에 담긴 애조만큼이나 묘한 서글픔이 비치던 눈동자였다. 그 자신이 괴물이라던 그는 괴물은커녕 도리어 상처받은 나약한 짐승의 새끼처럼 보였다.

　연옥은 며칠째 발길이 뜸한 곤이 궁금했다.

　"동짓날이라고 다들 들떠 있지요."

　갑자기 들리는 목소리에 연옥이 뒤를 돌아보았다. 누각으로 올라온 설로화가 짧게 목례를 하고 연옥과 나란히 섰다. 그녀의 시선이 기생들에게 닿았다.

　"복조리니 복주머니니 그게 다 무엇이라고 저러는지 모르겠습니다."

설로화의 눈길을 따라 연옥이 새삼스레 기생들을 보았다. 한 기생이 저가 만든 복조리를 높이 들고 자랑에 여념이 없었다.

"그래도 좋아하는 모습들이 보기에 아름답습니다."

설로화는 그렇지 않다며 고개를 좌우로 흔들었다.

"환몽입니다. 제아무리 화려한 꽃이라도 종내 지고 마는 기생 팔자입니다. 타고나기를 박복하게 태어난 것들이 무슨 복을 바라고 저리들 좋아하는지…… 허망하고 물색 모르는 아이들입니다."

단호한 부정에 연옥은 당황했다. 순간 할 말을 잊은 연옥이 낮게 중얼거렸다.

"잠시나마 현실을 잊혀 주는 꿈이 있어 고단한 삶을 견딜 수 있는 것이 아니겠는지요."

"꿈을 꾸시는 중입니까?"

불쑥 자신을 향해 날아든 질문에 연옥은 이마를 찡그렸다. 설로화를 깊이 응시한 그녀는 질문이 가지는 의미를 파악하고자 했다.

"삶이 고달프셨습니까? 고달파 꿈을 꾸시는 것입니까?"

"무슨 뜻입니까?"

"그전의 삶을 잊고자 하시는지 묻고 있습니다. 누군가가 꾸는 꿈이 또 다른 누군가에게는 상처가 될 수도 있음입니다. 그예 깨어야 할 꿈이 아닙니까? 그 꿈…… 이만 깨어 주시면 아니 되겠습니까?"

연옥의 얼굴이 창백해졌다.

"제가 행수께 신세를 크게 졌습니다."

"그저 도움이 필요한 자였으면 이보다 더한 불편을 감수하고서라도 기꺼이 도와 드리고 살펴 드렸을 것입니다. 소저의 탓이 아닙니다. 이건 순전히 제 개인의 문······."

설로화는 말을 하다 말았다. 그녀는 어깨를 담담히 으쓱였다.

내가 무엇을 하고, 무엇을 말할 자격이 있기라도 하단 말인가. 보잘것없는 퇴기인 것을······.

태어나기를 박복하게 태어난 기생 팔자, 품어 주면 품어 주는 대로, 내치면 내치는 대로 한 자리에만 있으면 될 것이다. 하물며 왕을 상대로 연정이 웬 말인가. 그도 호사스러운데 질투라니, 사치스러웠다. 어떠한 언질도, 약속도 없건만 염치없이 척애의 나날이 길어 구차했다.

"반빗간에서 팥죽을 쑤었는데 방에 아니 계셔서 놓고 나왔습니다. 아직 따뜻할 겝니다. 동짓날 팥죽은 드셔야지요."

이번에도 연옥을 잃으면 곤은 분노하는 것에서 그치지 않을 터였다. 신열로 고통스러워하던 연옥을 지켜보던 그가 얼마나 절박하게 굴었는지 설로화는 두 눈으로 똑똑히 지켜보았다.

"이리 되기 전의 저를 아십니까?"

연옥의 물음에 설로화의 표정이 알 듯 모를 듯 묘했다. 연옥이 질문을 바꾸었다.

"제가 행수께 상처를 드렸습니까?"

설로화는 부답하고 누각을 내려갔다.

*　　*　　*

북이 울렸다.

열여덟 척 크기의 붉은 과녁 정중앙에 화살이 몰렸다. 다섯 번째 순까지 모두 쏜 상태였다. 상호군이 획(獲)이오! 소리쳐 결과를 알리기도 전에 장사위에 선 곤은 스물다섯 번째 화살이 명중했음을 직감했다. 상호군이 몰려 있던 다섯 개의 화살을 뽑자 과녁에 그려진 곰 머리의 검은 형상이 온전히 드러났다.

곤이 화살을 받들고 서 있는 군사에게 손을 내밀자 박 내관이 만류하고 나섰다.

"전하, 벌써 다섯 순을 모두 쏘셨사옵니다. 이만……."

"가원아."

박 내관이 말을 매듭짓기도 전에 시위에 화살을 메운 곤이 활을 들어 올리며 그를 불렀다.

"네놈을 웅후(임금이 사용하는 과녁) 앞에 세우랴?"

"예?"

"바짓가랑이 사이로 살을 쏘기 전에 나불대는 입 좀 다물라는 소리다."

그러면서 곤은 화살을 있는 힘껏 당겼다. 적시에 발시(당겨진 상태의 화살을 쏘는 동작)된 화살이 튕겨져 나가갔다. 반동으로 화살을 잡았던 손이 저절로 펴졌다. 기겁을 한 박 내관이 다리 사이를 오므리며 주춤거렸다. 북이 울리고 과녁을 지키던 상호가 획이오! 하고 외쳤다. 깃발이 넓게 펄럭였다.

곤이 박 내관의 아랫도리를 쓱 훑어보았다.

"뭐라도 있어서 가리는 게냐? 걱정 말거라. 쥐뿔도 없는 놈이 유세는."

"전하!"

발갛게 달아오른 얼굴로 박 내관이 펄쩍 뛰었다.

피식 웃음을 흘린 곤은 군사에게 화살 하나를 더 건네받았다. 묵묵히 화살을 시위에 메고 있자니, 심일강이 장사위까지 올라와 읍을 했다.

"장인께서 어인 일이시오? 마침 잘됐구려. 이왕지사 오셨으니 시사를 해 봄이 어떠하시오? 여기 내금위장도 있으니 두 순에 걸쳐 한 발씩 번갈아 하는 것이 좋겠소. 지면 아니 될 것이외다. 벌주를 철철 넘치도록 따라 드릴 터이니."

"전하, 아뢰올 말씀이……."

"왕을 면전에 두고 주사를 부리지 않으려면 정신을 바짝 차려야 할 것이오."

"전하, 급하게……."

"영상!"

곤이 손을 들어 심일강의 말을 가로막았다.

"급하게 고할 말이 무엇인지 모르겠으나 과인이 먼저 말을 할까 하오."

김샌 얼굴로 활과 화살을 군사에게 넘겨준 곤이 활깍지를 벗으며 용교의에 앉았다.

"내금위 군관 무연은 과인이 심부름을 보냈소이다."

심일강은 곤이 자신이 말하고자 하는 내용을 정확하게 간파한 것을 보고도 놀라는 눈치가 아니었다. 그는 이록을 흘끔 쳐다보고 미간에 내천(川)자를 새겨 넣었다.

과연 왕의 충직한 그림자가 아닌가. 이번 일도 그새 고해바쳤다는 것은 내금위의 결원이 왕과 관련됐다는 뜻인데…….

심일강이 금군별장에게 보고를 받은 것은 불과 한 시진 전이었다. 왕을 암살하려던 자객의 행적이 이날까지도 오리무중이었다. 진척 없는 상황에 심화가 난 심일강이 궐내에 드나드는 자들의 입퇴궐 기록과 궐에 기거하는 각처 관속들의 출입기록까지 모조리 다시 살피라는 지시를 내린 뒤의 일이었다.

본시 금군별장의 자리가 내삼청을 통솔하는 주장의 직이라곤 하나 내금위, 겸사복, 우림위는 각자 장을 따로 두고 있었다. 때문에 큰일이 아니고서는 수반되는 자잘한 사항에 대해서 각 장의 구두 보고만 듣는 것이 관례였다.

자객의 지밀 침투 이후에도 내금위 내에서의 의심스러운 결원은 없다는 이록의 말만 듣고 그대로 윗선에 보고했던 금군별장은 심일강의 분노에 부랴부랴 제 눈으로 명부를 확인했다.

암살 시도가 있었던 이튿날부터 무연이라는 이름 옆에 쭉 공란이 이어진 명부를 흔들며 어떻게 된 것이냐는 추궁에도 이록이 입을 닫고 해명하지 않자 혹시 모를 책임 추궁에서 벗어나기 위해 금군별장이 명부를 들고 곧장 심일강에게 달려간 것이었다.

"전하, 일개 내금위 군관이 무단으로 자리를 비운 지 한참이 지났사옵니다."

"무단이 아니라니까 그러오. 쓰임 할 일이 있어 심부름 보냈다는데 과인이 여러 말 해야 하는 것이오?"

"송구하옵니다, 전하. 하오나 천지간에 망극하기 이를 데 없는 일이 일어난 후가 아니옵니까? 비록 전하의 명으로 자리를 비웠다고는 하나 내금위장은 의당 직속상관인 금군별장에게 이러한 사실을 보고해야함에도 거짓으로 결원이 없다 하였으니 이는 짚고 넘어가게 해 주시옵소서."

"군관이 자리를 비운 일을 아무도 모르게 하라 하였소. 내금위장은 어명을 받든 죄밖에 없소이다."

"아무리 그렇다 해도 전하, 이번에는 상황이 심각하옵니다. 수사에 빈틈이 있어서는 아니 되기에 사소한 것 하나라도 그냥 넘길 수는 없사옵니다."

"장인."

"전하, 연이어 터진 일로 대궐의 분위기가 어수선하옵니다. 의심되는 것이 있다면……."

"의심이라니. 영상은 말을 삼가도록 하시오!"

사뭇 강경해진 말투에 심일강의 목소리가 잦아들었다.

곤은 쓸데없이 만지작거리던 활깍지를 용교의 옆, 간이 탁자에 놓았다. 군사가 활깍지를 결습함(활깍지와 활팔찌를 담는 함)에 담아 물러났다. 용교의에서 일어난 곤이 뒷짐을 지고 심일강 앞으로 걸어갔다. 그는 심일강의 회백색 수염을 물끄러미 보았다.

"혹시 장인이 알고 계시는지 모르겠소."

"무엇을 말씀이시옵니까?"

"과인이 왕이라오. 그대의 사위이기 이전에 말이오."

심일강이 몸을 낮추었다. 입술을 지그시 사리물었다.

"지당하신 말씀이시옵니다."

곤은 어깨를 쭉 펴고 눈을 가느스름하게 떴다. 시선만 주었을 뿐인데 그의 눈빛이 천 근처럼 무겁게 심일강의 관모를 내리눌렀다.

"왕이 왕의 친병을, 쓰고자 하는 곳에 쓰겠다는데 신하의 허락을 구해야 하는 것이오? 그것이 정녕 과인이 신하이자 장인에게 의심받을 일이냔 말이오."

"그러한 것이 아니오라……."

"왕에게도 개인사가 있는 법이라오. 그러니 내금위 군관 무연의 일은 잊고 함구하시오. 영상이 해야 할 일은 왕이 사적인 일로 심부름 보낸 일개 내금위 군관을 신경 쓰는 것이 아니라 왕의 침전을 범한 자객과 사라졌다 나타난 선위교서 건을 처리하는 것이오. 아시겠소?"

왕에게 사적인 일이라니, 말도 안 되는 일이다. 수탉도 울지 않는 첫새벽부터 잠자리에 들 때까지, 숨 쉬는 일조차 왕에게 개인적인 일이란 없었다.

선위교서 건으로 다급해진 김직언과 대비가 성상의 암살을 꾸민 것이 틀림없었다. 그들을 치기 위해 반드시 자객을 찾아야 했다.

땅으로 꺼졌는지, 하늘로 솟아올랐는지 대궐 문 어디로도 통하지 않고 감쪽같이 사라져 버린 자객이었다.

심일강은 아무래도 자객과 동일한 시기에 모습을 보이지 않은 내금위 군관이 거슬렸다. 함묵하는 왕에게 의구심이 들었다. 아무려면 왕이 지밀을 침범한 자객을 감싸랴, 싶지만 영 꺼림칙한 느낌을 지울 수 없었다.

"거참, 이 사위를 기어이 면박 주려는 것이오? 이러면 과인이 어찌해야 한다?!"

곤은 이마를 무심히 문지르며 고민에 빠진 듯 중얼거렸다. 마지못해 심일강이 한발 물러섰다.

"허면 내금위 군관에 대해서는 그리 알고 신은 물러가 있겠사옵니다."

곤이 경직된 입매를 부드럽게 풀었다.

"하루라도 빨리 자객을 잡아 부디 배후를 파헤쳐 주시오."

"명심하겠사옵니다."

"역시 장인은 화통하시오. 하하하!"

물러나는 심일강을 보며 곤이 넉살 좋게 웃었다.

이젠 습사를 그만두시고 거둥하시려나, 박 내관이 선정전 쪽으로 방향을 잡았다. 그러나 곤은 박 내관의 짐작과 달리 활을 받쳐 들고 있는 군사 앞으로 걸어갔다. 웃음이 걷힌 얼굴로 여러 종류의 활을 이리저리 살펴보고 고르는 곤의 모습이 얄궂었다. 고개를 푹 숙인 박 내관이 깊은 한숨을 내쉬었다.

"전하, 그만 주강에 납셔야 하옵니다."

"파하라."

"전하, 신료들이 가만있지 않을 것이옵니다."

"미령하여 쉴 것이다 해라."

"전에 없이 강건하셔 보이옵니다."

말은 그렇게 해도 옥후에 이상이라도 생길라, 박 내관의 마음이 조마조마했다.

간경에 왕은 다른 때의 두 배, 세 배의 일을 해내고 있었다. 시골구석부터 도성에 이르기까지 조선에서 일어나는 문제란 문제는 모두 걸머쥐고 골치를 썩는가 하면 산더미처럼 쌓인 상소문을 읽느라 인경이 치고, 파루가 치는 줄도 몰랐다. 하나부터 열까지 자신을 거쳐야 안심이 되는 것처럼 왕은 문젯거리들을 찾아다니며 관련 업무를 보는 자들을 여지없이 닦달했다.

그것만이라면 그나마 다행이었다. 침수 들 틈도 없이 정무를 보면서도 활을 하루에 십 순 이상씩 쏘지를 않나―일 순에 다섯 발씩이다—격검을 한다고 내금위 군관들을 여럿 나가떨어지게 만들었으며, 격구(擊毬 말을 타거나 걸으면서 공채로 공을 치던 무예 또는 그런 운동)를 얼마나 격렬하게 하는지 함께하는 자들의 입에서 단내가 났다.

만기친람이라더니 진짜로 만기친람이었다. 매일같이 잠행을 나가던 태평관에도 발길을 끊고서 왕은 작정한 이처럼 몸을 혹사시키고 있었다. 서 소저를 찾아 계실 때는 염려스럽고 마땅치 않더니 차라리 그때가 그리울 지경이었다.

박 내관이 슬그머니 운을 뗐다.

"전하, 의관 조 주부의 말이 서 소저의 상처가 잘 아물고 있다 하옵니다. 몸을 쓰는 데 불편함이 거의 없을 정도라 하옵니다."

곤은 괜스레 활시위만 잡아당길 뿐 심드렁했다. 이 활이 어쩌고, 저 화살이 어쩌고 딴소리였다. 세자 시절에도 이따금 울화를 제 몸 혹사하는 것으로 가라앉히던 곤이다.

무엇에 어심이 상하셔서 저러시는가?

그 속을 들여다보지 못하니 박 내관은 안타까웠다.

흥미가 떨어진 듯 갑자기 활을 내려놓은 곤이 몸을 돌려 장사위를 저벅저벅 내려갔다.

박 내관이 종종걸음으로 쫓아갔다.

"전하, 주강에 드시려면 선정전으로 납시옵소서."

걸음을 멈춘 곤이 박 내관을 돌아보고 소리를 버럭 질렀다.

"구시렁구시렁 갈수록 늙은이처럼 말만 많아지는구나! 주강이 그리 듣고 싶으면 네놈이 나 대신 들어라. 나는 아니 듣는다!"

씨근거리며 한동안 박 내관을 노려보던 곤이 대뜸 물었다.

"탐라에서 진상품이 올라왔더냐?"

난데없이 당한 지청구에 그렇다고 대답하는 박 내관의 목소리가 뾰로통했다. 다시 희정당을 향해 터덜터덜 걷던 곤이 월대에 오르려다 말고 급하게 몸을 돌려 박 내관을 제 옆으로 잡아당겼다. 화가 한풀 꺾였는지 은근해진 목소리로 넌지시 물었다.

"탐라에서 진상품이 올라왔다면 귤도 있겠구나?"

"금년에 수확한 귤은 예년보다 특히 더 달다 하옵니다."

"그것 참 맛나겠다."

번뜩, 이때다 싶은 박 내관이 언제 뾰로통했냐는 듯 신이 나서 말했다.

"고관대작들도 구하기 힘들다는 귤이 아니옵니까? 백성들은 구경도 못 해 보았을 것이옵니다. 새콤하고 향기로운 것이 여인네들 입맛에 딱인 줄로 아옵니다."

주위를 두리번거린 박 내관이 목소리를 낮추고 소곤거렸다.

"전하, 내수사에 일러 몇 개 챙겨 놓으라 하올까요?"

곤은 얼른 대답하지 않았다. 발로 애먼 바닥을 툭툭 찼다. 발길질을 멈춘 그가 어깨를 으쓱거렸다.

"그리할 테면 그리하든지."

짐짓 대수롭잖게 중얼거렸다.

월대 계단을 성큼 올라가는 곤을 보며 박 내관이 고개를 갸웃거렸다. 그가 혼잣말처럼 중얼거렸다.

"멀리하시라 그토록 간청드릴 때는 모르쇠로 일관하시더니 이새엔 어찌 태평관 쪽으로는 고개도 돌리지 않으신단 말인가. 이상해. 이상한 일이야."

왕이 희정당 안으로 들어가자 내금위들이 월대 주변으로 일사불란하게 경계 태세를 갖췄다.

곁으로 다가온 이록이 박 내관을 빤히 보았다.

"왜 그러십니까?"

"내수사에 간다지 않았는가?"

"가야지요. 갑니다, 가요. 헌데 요 전날 태평관에 잠행 다녀오셨을 적에 서 소저와 필경 일이 있었던 것이 분명하단 말이지요. 그러니 애틋해 마지 않으셨던 서 소저를 저리 찾지 않으시는 것이 아닙니까. 계속 어심이 편치 않으신 데는 서 소저의 탓일 클겝니다."

"귤은……."

"그래요, 귤! 귀한 것은 주고 싶어 하시는 것을 보세요. 아직 서 소저에게서 어심이 떠나지 않으셨다는 뜻이겠지요? 저리 옥체를 혹사하시는 것을 뵈오니 필시 어심이 어지러우신 겝니다. 좋게 이어진 연도 아니고, 멀리하시기를 바랐지만 어쩝니까. 작금으로는 어심을 위안 받을 곳이 서 소저 밖에는 없어 보이니 말입니다."

박 내관이 이록의 턱 밑으로 제 얼굴을 쑥 들이밀었다.

"서 소저가 귤을 받고 좋아할까요?"

그는 고개를 절레절레 흔들며 제 말에 저가 답을 했다.

"그래야 전하의 풍랑 맞은 어심이 잔잔해지실 겝니다."

주절주절 떠들던 박 내관이 내수사로 발길을 돌렸다.

＊　　＊　　＊

동짓날 밤이라더니 낮 동안 소강상태에 있던 눈이 하나둘 떨어지기 시작했다. 눈은 내리는 속도도, 쌓이는 속도도 빨랐다.

박 내관 손에 들린 길밝이등이 이리저리 흔들렸다. 이록이 들고 있는 푸른 비단보로 싼 함을 곁눈질 하면서 곤은 마음이 심란했다.

기어이 밤길을 나서는구나.

연옥만 보면 염치도 없이 사내처럼 굴고 싶어졌다. 궐 안 지천에 피어 있는 꽃들을 보고서도 마음 한 번 동한 적 없었다. 서온돌(대조전에 있는 왕비의 침방)에 들 때도, 임 숙용을 맞아 첫 합방을 치렀을 때도 곤은 사내가 아니었다. 왕손을 남길 의무를 가진 용포 입은 씨내리에 지나지 않았다.

그렇게 냉기 돌던 마음이 연옥을 찾고 나서는 들불처럼 타올랐다.

억울하게 아비를 잃고 부초인 듯 떠돌던 것이 연옥의 인생이었다. 기억마저 잃어 자신이 원수의 손에 의탁중인 것조차 자각하지 못하는 가여운 삶이었다.

욕심을 부리는 게지. 내가 나쁜 게다.

보지 않으면 욕심 사나운 마음이 가라앉을까, 부러 발길하지 않았다. 가는 마음 억지로 잡아 놓았다. 그랬더니 들불처럼 타오르던 마음이 요동을 치면서 아우성이다. 곤은 연옥을 향한 자신의 마음이 지치기만을 바랐다.

심신이 노곤해져서 정신이 아뜩아뜩해지면 생각에서 멀어질까, 뇌리에서 사라질까 먹지 않고, 자지 않고 정무에만 파묻혔다. 그러고도 힘이 돌면 활을 쏘고 격구를 하고 말을 탔다. 심신이 아득해질 때마다 연옥은 전날보다, 그 전날보다 더욱, 더더욱 선명해져서 그의 뇌리에 찾아들었다.

곤은 이록의 손에 들린 함을 뚫어져라 보았다.

그는 귤에 대해서 생각했다. 푸른 비단보로 싸인 함 속에는 말캉하게 잘 익은 귤이 그득히 들어 있었다. 신듯 하면서도 달달한, 물 많은 과일이었다. 시리고, 다정하고, 눈물이 많은 연옥과 그 모습이 닮아 있었다.

보고 싶구나.

보지 않고는 도저히 살 수 없겠다.

계집아, 계집이지 말지 어이하여 너는 계집일까.

걸음을 멈추자 박 내관과 이록이 덩달아 멈춰 섰다.

"누이라면 나을까……."

뇌까리는 말뜻을 헤아리지 못하고 박 내관과 이록이 곤을 옹시했다.

"꽃 같던 아이, 내가 망가트린 인생이 아니더냐. 추악한 내 욕심으로 더럽히기까지 할 수 있나. 홍옥 당혜, 비단 꽃신 신겨 꽃길 깔아 주련다. 누이 삼아 살피련다. 그것으로 족하련다. 보지 않으면 아니 되겠으니 곁에 두면서도 곁에 두지 않는 고통, 감수해야겠다."

차디찬 눈이 날아와 곤의 속눈썹에 이슬방울처럼 맺혔다. 눈시울이 젖은 듯 보이는 것은 아마도 보는 이의 착각일 것이다. 수행하는 자들의 당황한 심사야 아랑곳없이 마음을 추스른 곤은 오련히 보이는 태평관의 홍등을 따라 걸음을 옮겼다.

여느 때와 다름없이 벅적거리는 기방의 홍취를 관심 없다는 듯 뒤로했다. 곧장 별채로 향한 곤은 중문에서 발걸음을 멈추고 귀를 기울였다. 어린아이 까르륵 웃는 소리가 중문 너머까지 들렸다. 중문을 지키던 자를 쳐다보았다.

"밖에 나와 있사옵니다."

그자의 말에 하늘을 보았다. 싸라기눈은 함박눈이 되어 태평관의 박공지붕과 낮은 담벼락, 야윈 나무의 마른 가지 위에 솜이 불처럼 도톰하게 쌓였다. 고개를 숙여 땅을 보았다. 걸음을 옮길 때마다 선명한 발자국이 눈밭에 남았다.

중문을 열고 뜰 안으로 들어가자 낯선 풍경이 펼쳐졌다. 검은 밤이 무색할 만큼 세상은 온통 하얀데 오로지 연옥만이 색을 가진 것처럼 보였다. 펑펑 쏟아져 내리는 함박눈을 맞아 눈에 파묻힐 것처럼 보이면서도 그녀는 온몸으로 웃고 있었다. 세상이라 불리는 목판 위에 저 홀로 양각된 것처럼 입체적이었다. 시중을 들기 위해 별채에 함께 지내던 어린 계집아이가, 부러진 나뭇가지를 들고 흉내 내는 어설픈 검법을 보며 그녀는 마냥 즐거워했다.

곤은 숨이 막혔다.

"웃지만 마시고 한번 보여 주시면 아니 되는 것입니까?"

계집아이의 이름은 간난이었다. 태평관 대문 앞에 버려져 있던 젖먹이를 업둥이로 받아들여 기방 식구들이 공동으로 키운 아이였다. 아이가 입술을 삐쭉이며 투정을 부렸다.

"보여 주면 따라서는 하겠느냐?"

"그거야 보여 주지도 않으셨으면서 어찌 물으십니까? 저도 따라 해 보지를 않았으니 드릴 말씀이 없습니다."

종알거리는 간난이의 볼이 부풀어 올랐다. 영리해 뵈는 아이의 머리를 쓰다듬어 준 연옥이 나뭇가지를 흔쾌히 받아 들었다.

연옥은 땅이 아니라 구름을 밟고 있는 듯 보였다. 날아갈 듯 가벼운 움직임에 곤은 자신도 덩달아 구름 위에 서 있는 것처럼 느껴졌다. 연옥의 손끝에서 낭창하게 휘어지며 흔들리는 나뭇가지에 마음을 빼앗겼다.

멀거니 서 있는 곤을 발견한 연옥이 동작을 멈추고 고개를 조아렸다.

"눈이 오질 않느냐."

성하지도 않은 몸으로 눈을 맞느냐는 질책에

"나은 듯하여……."

언제 웃었냐며 굳어 버리는 얼굴이다.

"의원은?"

"다녀갔사옵니다. 몸은 이제 그만하다기에 그런 줄로 아옵니다."

"어디 쉬 나을 상처더냐."

대청마루로 올라서던 곤이 연옥을 돌아보았다. 빨갛게 언 그녀의 손이 눈에 들어왔다.

"홍등의 불빛이…… 저들의 시끄러움이 이제는 아무렇지 않느냐?"

"맞서라 하지 않으셨사옵니까? 맞서는 중이옵니다."

말없이 방안으로 들어가는 곤을 연옥이 따라 들어갔다.

더 이상 탕약과 쑥 냄새가 방 안을 부유하지 않았다. 노상 깔려 있던 이부자리가 말끔하게 정돈되어 있었다. 더는 누구의 보살핌도 필요 없이 건강해진 연옥이었다. 곤은 반가우면서도 공연히 심화가 일었다.

"근자에 들르지 못했구나."

"내내 살펴 주셨사옵니다. 장히 하실 일이 마땅히 계시겠지요."

등잔에 기름을 부은 연옥이 보료가 있는 상석으로 좌정을 청했다. 곤은 고집부리는 아이처럼 뒷짐을 진 채 우두커니 서 있기만 했다.

"주안상이옵니다."

밖에서 고하는 소리가 들렸다. 문을 열어 주자 반빗아치 둘이서 주안상을 들여다 놓고 재빨리 밖으로 물러났다.

상을 사이에 두고 마지못해 연옥과 마주 앉은 곤은 귤이 들어 있는 함을 옆에 내려놓았다.

"누가 주안상을 들여오라 했더냐?"

타박하는 소리에 연옥이 고개를 숙였다. 흑단처럼 까만 머리 위로 하얀 눈이 아직 남아 있었다. 그 눈이 불빛에 반짝거렸다. 그예 녹아내릴 눈이었다.

심하였던가 싶어 마음을 누인 곤이 잔을 들었다. 연옥이 굴곡진 백자 주병을 들어 쪼르륵 술을 따랐다. 얼음이 녹아내린 겨울의 냇물처럼 맑은 청주였다. 주병을 내려놓은 연옥이 상에서 조금 물러나 앉았다.

곤은 입 안에 술을 털어 넣었다. 잔을 내려놓자 잔과 상의 마찰음이 방 안에 파동을 일으켰다.

"쾌차하였다지만 자상이 아니냐? 눈까지 맞아 가며 몸을 그리 쓰면……."

"나으리."

연옥이 곤의 말을 막았다.

곤은 조붓하게 다물린 연옥의 입술을 쏘아보았다. 연옥은 실재하는 이처럼 보이지 않았다. 금방이라도 환몽 속에 흩어져 버릴 존재요, 거친 파도에 쓸려 내려갈 모래성처럼 아슬아슬했다. 빈 잔에 술을 콸콸 따르자 술이 잔을 넘쳐흘렀다.

곤은 술을 단숨에 들이켰다.

"내게 할 말이 있느냐?"

음식의 기름진 냄새가 방 안에 진동했다. 상 위에는 육선(肉膳 고기반찬)이 그다지 많이 올라 있지도 않건만 누리고 비린 냄새가 코끝을 무자비하게 찔러 댔다.

불빛이 연옥의 얼굴을 비추며 너울거렸다. 벌써 머리 위의 눈이 녹아 까만 머리카락이 촉촉하게 젖었다. 애타는 자신의 마음과 달리 차분하기만 한 그녀의 표정이 곤의 화를 부채질했다.

"말하라."

"그만 이곳을 떠나고자 하옵니다."

목이 탔다. 심한 갈급증에 곤은 세 번째 잔을 채웠다. 연옥이 다가와 따라 주려는 것을 밀어냈다.

"네 이름이 무엇이냐?"

"……."

"네 갈 곳이 어디냐?"

"……."

"네가 무엇 때문에 칼에 찔렸는지 아느냐?"

"……."

곤은 잔을 비우며 실소를 터트렸다.

"하! 그것 보아라. 아무것도 모르지 않느냐? 네 이름도, 네 갈 곳도, 네가 어찌 이리 되었는지도 아무것도 모르면서 어디로 가겠다는 말이냐?"

"미천한 것이 나으리의 은덕을 입었사옵니다. 죽었을 몸뚱이를 거둬 주시어 이리 살려 놓으셨으니 은혜와 신세가 어찌 작으리까? 비록 기억나는 것이 없어 천치를 면하지는 못하였으나 몸이 쾌차하였으니 이상 신세를 지는 것은 아니 될 일인 줄로 아옵니다."

곤은 입술을 심술궂게 비틀었다.

"그래, 네 말대로 너는 아는 것이 없는 천치가 아니냐? 그런 것이 밖에 나가 어찌 살려하느냐? 예 있어도 탓하는 이 없을 것이다."

연옥이 기억을 잃었다 하였을 때 심속으로 차라리 잘되었다며 안도했다.

맑은 눈동자로 제 아비를 어찌 죽였느냐 물으면 무어라 할까.

또다시 그런 상황이 온다면 똑같이 할 수밖에 없음을 어찌 이해시켜야 할까.

내가 바라는 나의 세상은 오로지 비겁할 수밖에 없음을 알아주기나 할까.

차라리 지워진 연옥의 기억을 기꺼워했던 곤이다.

"기억이 언제 돌아올지 모르는 일이 아니옵니까? 무위도식하며 신세만 진다고 기억이 돌아오겠는지요?"

고집스레 결심을 꺾지 않는 연옥을 한동안 노려보던 곤이 탄식처럼 한숨을 토해 냈다.

"무엇이 그리도 급하단 말이냐? 빠른 듯하면서도 하세월인 것이 세상사이지마는 느리다 타박하여도 종당엔 갈 곳으로 가고, 흐를 곳으로 흘러가건만 서두를 것이 무에야?"

사납게 올라간 곤의 눈초리가 얼음장 같았다. 그가 주안상을 밀어내며 자리에서 일어나자 연옥이 몸을 숙이며 바닥에 이마를 대었다. 그러고는 기어코 제 할 말을 하고야 말았다.

"그간에 살펴 주신 정리는 죽는 날까지 잊지 못할 것이옵니다."

"입을 다물라지 않느냐!"

분기 어린 외침이 연옥의 정수리에 내리꽂혔다. 곤이 손을 뻗어 연옥을 일으켜 세웠다. 으스러질 듯 그녀의 어깨를 움켜잡았다.

신음을 삼킨 연옥이 알 수 없는 눈길로 곤을 보았다. 눈이 녹아 젖은 연옥에게서 미미한 물비린내가 났다. 탕제도 쑥 냄새도 아닌 물비린내였다.

정처 없이 흐르는 물에서 나는 짙은 내음…….

냇물에서도 나고 강물에서도 나고 바닷물에서도 나는…….

그래서 어디로든 떠나 버릴 수 있는 그런 물비린내…….

"내가 왜 너를 데리고 있는지 말을 해 주랴?"

"나으리."

곤은 제 얼굴을 가리고 있는 가리개를 거칠게 벗어 던졌다.

"나를 봐. 똑바로 보란 말이다."

하며 윽박질렀다. 그의 목에 퍼런 힘줄이 도드라졌다.

"내가 이 나라의 왕이니라."

저잣거리에 몇 걸음 걷다 보면 흔히 부딪치는 필부가 아니었다. 나라의 왕이었고, 왕은 아무 때고 쉽사리 볼 수 있는 대상이 아니었다. 지존인 왕은 우러러 보기조차 죄스러운 숭엄의 대상이었다.

제 눈앞에 서 있는 사내가 바로 그런 왕이라는 소리에 연옥은 잘못 들은 것이 아닐까 했다가도 어쩐지 왕이라는 그의 말에 수긍하고 말았다.

곤은 연옥을 계속 몰아붙였다.

"그런 나를 네가 죽이려 하였다. 하여 내가 네 몸속에 내 칼을 찔러 넣었다. 네 상처는 그래서 생긴 것이다. 그러니 너를 어찌 놓아주겠느냐? 네 뒤에 누가 있는지, 누구에게 사주를 받았는지 알아낸 것이 없는데 내가 너를 어찌 놓아줘!"

침묵이 찾아들었다. 흔들리던 불빛마저 잠잠해졌다. 소리가 새 나갔는지 문밖에 사람 그림자가 어른거리다 사라졌다. 이록과 박 내관이었으리라.

연옥을 풀어 준 곤은 그녀의 시선을 피해 병풍 속의 화려한 화초에 시선을 고정했다. 그는 병풍인 듯 서 있었다.

연옥이 믿기지 않는다며 고개를 내저었다.

"저 같은 것이 어찌…… 나으리를 해하려 했단 말이옵니까?"

곤은 꿀 먹은 벙어리가 되었다. 한참 만에야 입을 뗄 수 있었다.

"사람이 하는 행동에 이유가 없다면 그건 그냥 금수가 아니겠느냐? 네가 금수가 아닌 이상에야 그것이 무엇이든 연유가 있으니 내게 그리했을 것을."

"어찌하여 소인을 살려 두신 것이옵니까?"

목에 걸린 생선 가시처럼 연옥의 물음이 가슴을 찔러 대고 머릿속을 찔러 대더니 급기야 목울대까지 찔러 댔다. 침을 삼키자 목구멍이 따끔거렸다.

방문을 향해 돌아선 곤은 문고리를 잡고 깊숙이 호흡했다. 그는 한참이 지난 후에야 입을 열었다.

"말하지 않았느냐? 아직 네 배후를 모른다고 말이다. 너 하나 잡아 무엇 하겠느냐? 너보다 더한 것들이 나를 노리고 있는데."

"손수 소인을 살펴 주셨사옵니다."

그러게 말이다. 나는 내 손으로 누군가를 살펴 본 적도, 그럴 필요도, 그럴 일도 없는데 그럼에도 너에게만은 내가 나도 모르게 달리 구는구나. 어찌 그러느냐, 묻지 말거라. 진정을 말하지 못하니 그저 모른다 답할 밖에.

"이치에 맞지 않으시옵니다. 마땅히 의금부로 압송될 일이옵니다."

곤은 혼란스러워하며 표정을 일그러트렸다.

"살려 달라 애걸하여도 시원찮을 사정에 어찌하여 의금부에 가두지 않았느냐고 도리어 네가 내게 묻는 것이냐? 일국의 왕을 죽이려 하였다면 대역죄이거늘 의금부로 압송이 된다면 도리 없이 죽을 목숨…… 개의치 않는 것이야? 왜? 어찌하여! 네 목숨이 그토록 하찮은 것이더냐?"

순간순간의 격정을 증명해 내듯 곤의 어깨가 들썩이고 등이 꿈틀거렸다. 그를 보는 연옥의 눈이 검게 일렁거렸다.

강가의 밤은 흑막을 쳐 놓은 벽처럼 단단하고 어두워서 아무것도 보이지 않았다. 본래 존재하는 것이 없었던 것처럼 그렇게 아무것도 말이다.

연옥의 눈은 그런 한밤의 강물처럼 새까맸다.

"왕을 시해하는 일이옵니다. 그에 대한 각오를 하지 않았겠는지요?"

문고리를 놓친 곤이 비틀거리며 문설주를 짚었다.

죽기 위해 나를 죽이려 했던 것이냐, 아니면 나를 죽이기 위해 죽음도 불사한 것이냐? 무엇이 되었건 너는 죽으려 했던 것이구나. 네가 어느 산촌 싸구려 창기나 노비로라도 팔렸을까 봐 노심초사했던 것은 차라리 사치였던 게야. 내가 찾던 너의 모습은 이름 모를 사내의 잔에 술을 따르거나 시골 관아의 노비로 끌려가 물 깃는 부엌데기가 되어서도 살기 위해 버둥거리는 모습이지 이런 네가 아니었다. 진정 너의 이런 모습을 바란 것이 아니란 말이다.

곤은 몸을 바로 세우고 크게 심호흡했다.

"너는 죽고 싶은 것이냐, 죽을 수밖에 없는 것이냐?"

저도 모르게 속내의 울림이 소리가 되어 나왔다.

내가 너를 그리 만든 것이더냐? 너만은 살리고 싶었으나 진정 너는 이미 죽었더냐?

뒷말을 애써 삼키는 곤이다. 한참을 침묵하던 연옥이 말했다.

"죽고 싶다는 것은 죽을 수밖에 없음을 이르는 것이 아니옵니까? 과연 무엇이 다름이옵니까?"

몸이 익힌 무예가 잊히지 않고 살아남아 본능이 된 것처럼, 기억을 잃어 지나온 삶의 실체를 알 수 없어도 심신에 스며든 어렴풋한 감정의 잔재들은 그대로인 것일까?

연옥의 목소리는 차분했으나 실상은 허무했으며 공허했다.

"죽을 수밖에 없어 죽고 싶은 삶이었다면 그러한 삶, 기억하여 무엇하랴? 망각이 있어 인간이 사는 것이다. 그렇다면 때로는 기억하지 못하는 것을 기쁘게 여길 수도 있음이 아니겠느냐? 조바심 낼 것 없다. 세상사 마음먹기 나름이라 하지 않더냐? 살 수 있기에, 살아야만 하기에 살고 싶어지는 인생을 지금부터라도 만들어 가면 될 것이다."

궤변이다. 망언이다. 아무것도 모르는 척 진실을 가리는 것에 지나지 않다. 기름칠한 입으로 휘휘 잘도 둘러댄다.

곤은 자신의 치졸함이 부끄러웠다.

"잊지 마라. 너는 대역 죄인의 신분으로 이곳에 있는 것이다. 내가 허하지 않는 이상 태평관을 떠날 수 없으니 그만 단념해야 할 것이다."

연옥이 무어라 답하기도 전에 곤은 방문을 발칵 열고 나갔다.

그는 섬돌에 놓인 태사혜는 신지도 않고 차디찬 맨 땅에 그대로 내려섰다. 눈 쌓인 별당의 뜰을 가로질러 저벅저벅 걸었다.

"전하, 어혜를……!"

박 내관이 태사혜를 들고 다급한 걸음으로 쫓아 나오며 불렀으나 돌아보지 않았다. 중문을 넘자 마침 별채로 오던 설로화와 마주쳤다. 무시하고 지나쳤다. 그녀가 무슨 일이냐며 의아한 시선을 박 내관에게 보냈다. 박 내관은 저도 모르겠다며 도리질만 해 댔다.

二章
귤, 그 야릇한 향에

태평관을 나온 곤은 눈 내리는 밤길을 무작정 걸었다. 대궐로 가는 길도 아니었고 목적지가 있어 걷는 길도 아니었다. 버선발이 흥건히 젖어 들었다. 그러다 동상이라도 걸리면 큰일인지라 박 내관이 전전긍긍했다.

그렇게 얼마나 걸었을까. 곤은 말없이 뒤따르던 이록의 멱살을 잡고 골목길 담벼락 밑으로 밀어붙였다. 주변의 공기를 흐트러트리는 비밀스러운 기운이 느껴졌다. 이록도 느꼈는지 그의 손이 어느새 칼집에 가 있었다. 필시 잠행 나올 적마다 따라붙던 무리다. 곤이 가만히 있으라는 듯 고개를 저었다. 이록의 귀에 대고 낮고 은밀하게 속삭였다.

"태평관의 경계를 풀어라. 별채를 호위하던 자들은 눈에 보이지 않도록 잠복케 해야 할 것이야. 김직언의 명으로 연옥을 찾아 해하려는 무리가 나타날 것이다. 그자들을 잡아들여야 한다. 그 래야 김직언을 잡을 것이고 대비가 조용히 지내게 될 터이니."

곤이 보란 듯이 대궐의 정문을 이용해 잠행을 다니며 부러 사 람들 입방아에 오른 이유가 이 때문이었다. 김직언의 끄나풀들 을 유인하는 것. 그것이 곤의 목적이었다.

이록이 눈을 내리깔았다. 할 말이 있는 듯 보였다. 곤은 이록 의 멱을 바짝 끌어당겼다.

"연옥이 다칠지도 모른다는 것이냐?"

그리되면…… 서 소저가 다치면 아픈 쪽은 오히려 전하가 아 니시옵니까?

이록의 속내를 간파한 곤의 얼굴이 시나브로 일그러졌다.

지난 여덟 해 동안 숱한 밤을 뜬눈으로 지새운 왕이었다. 죄책 감과 부채감 때문이라고 생각했으나 아니었다. 연심이었다. 그 리움이었다. 그렇게 샐 수 없는 밤을 홀로 괴로워했으면서 왕은 또다시 서 소저를 위험 속으로 밀어 넣으려 하고 있었다.

속내와 달리 이록의 입은 습관과도 같은 답을 내놓았다.

"아니옵니다. 분부 받자와 거행하겠사옵니다."

"다치지 않게, 눈곱만큼도 어디 한 군데 상하는 곳 없이…… 알겠느냐?"

직접 불구덩이 안으로 떠밀어 넣으면서도 못내 불안하여 덧붙 이는 왕이다.

……안쓰러운 건 왕이었다.

이록의 멱을 놓아준 곤은 제 얼굴을 거칠게 문질렀다. 문득 동작을 멈춘 그가 거슬해진 목소리로 느리게 뇌까렸다.

"떠나겠다는 것을 잡아 두었다. 윽박질러 주저앉혔다. 누이로라도 곁에 두려 하였다. 허나 그마저도 욕심이더냐?"

곤은 한동안 얼굴을 가린 손을 내리지 않았다. 가만히 다가온 박 내관이 주저앉아 흙과 눈이 뒤섞인 발을 털어 주었다. 차갑게 젖어 버린 발에 태사혜를 신겨 주었다.

풍랑 치는 어심을 위안 받으시라, 태평관으로의 잠행을 권했던 박 내관은 자신의 가벼운 주둥이가 후회스러웠다. 딴에는 왕을 위한다고 행한 것이 왕을 참담케 만들었다.

박 내관은 곤의 발에 꿰어진 태사혜를 소매로 정성스레 문질러 닦았다.

이록은 번뇌하는 곤을 보면서 그가 느끼는 괴로움에 동조하고 통감했다. 깊숙이 묻혀 있던 기억의 한 조각이 뇌리를 스치고 지나갔다.

갑자기 쏟아지는 소낙비의 시원함과 청량함이 선연했다. 남의 집 처마 밑에 쭈그려 앉아 올려다보던, 나비처럼 하늘거리던 소녀의 홍안이 싱그러웠다.

보현…… 김보현!

소녀의 이름을 소리 없이 뇌던 이록은 재빨리 기억의 잔상을 지워 냈다. 어쩌면 연심이란 부운(浮雲)과 같은 것일지도 모른다.

그는 돌아서는 곤을 말없이 쫓았다.

*　　　*　　　*

곤이 떠난 자리엔 그가 두고 간 함이 흔적처럼 남아 있었다. 등잔 불빛에 비친 푸른 비단보의 빛깔이 오묘했다. 비단보의 매듭을 풀고 함 뚜껑을 열자 가지런히 담긴 귤이 눈에 들어왔다. 하나를 집어 코 밑에 대고 숨을 깊이 들이쉬었다. 달고 상쾌한 향이 은은했다.

연옥은 귤을 방바닥에 내려놓고, 낮에 서투르나마 만들어 둔 복주머니를 소매 밑에서 꺼내 귤 옆에 나란히 두었다. 그녀는 그 두 개를 한없이 바라보았다.

태평관을 떠나야 하지 않을까, 고민하던 차였다. 다만 아무것도 기억하지 못하는 주제에, 텅 빈 머릿속으로 세상에 나가 어찌 살아가야 할지 막막했다. 차일피일 결심이 미루어지기만 했다. 기방의 불야성이 거북스러우면서도 막상 떠나지 못하는 것이 우습기도 했지만 처지가 그러했다. 하여 공밥 먹으며 계속 신세지기도 미안한 일이라 기억이 돌아오거나, 그렇지 않더라도 떠날 용기가 생길 때까지 뭐든 시키는 일이라면 잡일이라도 하겠다고 나설 생각이었다.

그러나 꿈에서 깨어 주면 아니 되겠냐는 설로화의 말에 더는 머무를 수 없겠구나, 결심했다. 주인이 청하는데 객식구가 버티고 있는 것도 사리에 어긋나지만 그보다, 그리 청하는 설로화의 눈빛이 가슴 먹먹할 정도로 간절해서 차마 거부하지 못했다. 직접적으로 떠나 달라 청한 것은 아니었으나 입 안으로 삼키는 뒷말이 충분히 짐작되었다.

복주머니는 가진 것이 일절 없는 연옥이 할 수 있는, 은혜에 대한 사소한 보답이었다. 며칠 모습을 보이지 않던 곤이었기에 이 밤에도 들르지 않으면 짧은 서간과 함께 남겨 두고 떠날 참이었다.

다행히 곤의 얼굴을 볼 수 있어 좋았지만 그의 분노는 예상 밖이었다. 게다가 그가 왕이라니, 그도 실감나지 않는데 자신이 그를 죽이려 했던 자객이라는 말은 그보다 더욱 아리송했다.

나는 대체 어디서 무엇을 하고 살아온 것일까.

문밖에서 인기척이 났다.

"잠시 들어가겠습니다."

방으로 들어온 설로화가 귤을 보더니 멈칫했다. 연옥이 재빨리 복주머니를 소매 속에 밀어 넣었다. 뚜껑을 닫은 귤 함을 들고 일어나 머뭇머뭇 설로화에게 내밀었다.

"나으리께서 기방 분들 나눠 드시라고 챙겨 주신 듯합니다."

"두고 드시지요. 드시라고 가져오신 것 같으니 말입니다."

"이리 귀한 것을 어찌 저만 먹으라고 주셨겠습니까? 가지고 가셔서……."

"됐다지 않습니까!"

설로화는 자꾸 권하는 연옥의 손을 밀치며 소리를 질렀다. 함이 연옥의 손에서 나가떨어졌다. 함 뚜껑이 열리고 안에 들어 있던 귤들이 데구루루 굴러 흩어졌다.

"죄송하게 되었습니다."

사죄할 사람은 따로 있는데, 연옥은 저가 죄송하단다. 설로화는 그것마저 얄궂게 생각되었다.

"나으리께서 어인 연유로 저리 노하신 겝니까?"

"하직 인사를 올렸습니다."

허둥거리며 귤을 주워 담던 연옥은 고개를 숙인 채 흩어진 귤들을 물끄러미 보았다. 약간의 시간을 보내고 귤을 마저 담은 연옥이 함을 한쪽으로 치우고 일어섰다. 입가에 서먹한 미소가 흐릿하게 그어졌다.

"염치가 있지 제 사정 딱하다고 연고도 없는 분께 장시 신세 지기 뭐하여서 말이지요."

입을 꾹 다물고 벽만 노려보던 설로화가 그래, 나으리가 뭐라 하시더냐고 물었다. 선뜻 답을 하지 못하고 주저하던 연옥이 어렵게 입을 열었다.

"제가…… 나으리께 해를 입히려 하였다고 말씀하시더이다."

"그런 말씀을 하셨단 말입니까?"

"말씀으로는 일의 배후 사정을 알기 위하여 저를 여기에 두신다 하셨습니다."

대화가 단절된 상태로 약간의 시간이 흘렀다. 연옥이 불편한 침묵을 깨고 청했다.

"공밥은 아니 먹을 것입니다. 시키시는 일은 가리지 않고 할 터이니 잠시만 더 머무르게 허하여 주시겠습니까? 아무래도 지워진 제 기억의 실마리는 나으리 곁에서 풀어야 할 듯합니다."

"나으리께서 신분을 밝히셨습니까?"

"예."

설로화는 자신도 모르게 눈을 감았다. 옅은 한숨이 연지 바른 입술을 비집고 새어 나왔다.

"제가 언제 떠나 달라 하였단 말입니까? 꿈에서 깨어 달라 하였지요. 기억을…… 부디 찾으시라는 말씀을 드린 것인데 오해하셨습니다."

치졸한 변명이다. 알아서 도망이라도 가 주기를 바랐다.

설로화는 미간에 잡힌 주름을 펴고 얼음처럼 차갑게 말했다.

"그분께서 원하시면 그리해야지요."

그것이 늘 내가 하던 일이니.

설로화가 방문을 열고 나가자 연옥은 그대로 바닥에 주저앉았다. 그녀는 날마다 무력감에 짓눌려 있었다. 등잔불에 의지한 어둠 속에서 그녀가 할 수 있는 일이라곤 귤이 든 함을 주시하는 것이 전부였다.

一.

박 내관이 원자 호의 입궐 소식을 전한 것은 곤이 지방관 윤대(행정 부서 관료들의 업무 보고)를 마친 다음이었다. 숙직 관료의 명단을 훑으며 야간 군호를 정하던 곤의 얼굴에 희색이 만연했다.

"어찌 대전부터 아니 들고 내전으로 걸음 하였다더냐?"

"전하께서 윤대 중이시라 중궁전에 먼저 문안을 든 듯하옵니다."

"원자가 천자문을 떼고 배강(사람들 앞에서 책을 보지 않고 뒤돌아 앉아 그 내용을 외우는 것으로 일종의 발표회)을 할 때 봤으니 제법 자랐겠구나."

최근에 도통 밝은 빛을 보기 힘들었던 얼굴 위로 잔잔한 미소가 퍼졌다.

"보양관을 불러 듣기로 원자의 명민함이 하나를 가르쳐 주면 열을 안다더라. 가서 데려오거라. 내가 직접 앉혀 놓고 글을 읽혀 봐야…… 아니다. 부모 품에서 떨어져 지내는 아이, 잠시간 제 어미 곁에 있는 것마저 떼어 놓을 순 없지. 내가 내전으로 가마."

곤은 서둘러 선정전을 나와 대조전으로 향했다. 즉위한 후, 처음으로 걸음 하는 대조전이었다.

*　　*　　*

오랜만에 어린아이 목소리가 대조전의 담장을 타고 흘러나왔다. 부부인이 심일강을 보채 원자 호를 데리고 입궐했다. 제 어미를 닮아 허약한 원자가 외가로 피접을 나간 세월이 벌써 세 해째였다.

연잎이 새겨진 과반에는 금번에 제주에서 진상했다는 귤을 비롯해 다식이며, 약과, 곶감 같은 아이가 좋아할 만한 것들이 한상 가득 푸짐했다.

지난해부터 보양청(세자와 세손을 보좌하고 가르치던 관아)을 설치해 글을 배우기 시작한 아이는 영특했다. 보양관이 써 준 글씨본마다 하도 가지고 놀아서 다 헤졌다는 이야기를 부부인은 몇 번이고 왕비에게 자랑스레 말했다. 책읽기를 좋아하여 책을 잡으면 시간이 가는 줄 모른다고도 했다. 원자가 부왕을 닮아 왕재를 타고 났음이라고 부부인은 입에 침이 마르도록 칭찬했다. 몸만 강건하면 오죽이나 좋을까, 부부인이 기어이 눈물 바람을 하자 심일강이 자중하라며 면박을 주었다.

명년에 여섯 살이 될 호는 아이 태가 여전한 동안과 달리 행동거지가 바르고 차분했다. 왕비가 마른기침을 하자 제 어미를 바라보는 눈이 안타까움으로 일렁였다. 먹던 다식을 내려놓고 힘없이 고개를 떨어트렸다.

"더 먹지 않고?"

왕비의 목소리는 잦은 기침의 여파로 가슬가슬했다.

"어미가 귤을 까 주랴?"

손안에 쏙 들어오는 귤을 집어 껍질을 까자 터질 듯 탱글탱글한 과육이 드러났다. 호가 속살이 드러난, 제 주먹만 한 크기의 귤을 받아 들었다. 한 조각 떼어 입 안에 넣고 우물거리는 호의 동그란 눈에서 닭똥 같은 눈물이 툭 떨어졌다. 당황한 부부인이 얼른 당의 소매로 아이의 눈물을 닦아 주었다.

"어미를 보았으면 웃어야지 어찌 우느냐?"

"어마마마, 아프지 마시옵소서."

기침이 연이어 터져 나왔다. 왕비는 반듯하게 접힌 수건으로 입을 틀어막았다. 병풍을 향해 돌아 앉아 기침을 수습하고서야 바로 보고 앉았다. 물 한 모금을 넘긴 왕비가 부부인더러 호와 함께 대궐 구경을 하는 것이 어떻겠느냐고 물었다.

"본궁에만 나가 있던 아이니 궐이 낯설 것입니다. 어머님께서 산책을 좀 다녀오시지요. 밖에 누가 있느냐? 원자와 부부인을 뫼 시어라."

시녀상궁의 안내를 받은 부부인이 훌쩍거리는 아이를 달래며 밖으로 나갔다.

왕비가 서안을 밀치고 보료에서 내려와 심일강 앞에 마주 앉았다. 문밖의 눈치를 살핀 왕비는 이내 심속에 담아 둔 말을 꺼내놓았다.

"아버님, 공론을 좀 모아주셔야겠습니다."

"무엇에 대하여 말씀이시옵니까?"

"원자를 세자로 만들어야겠어요."

뜻밖의 말에 당혹한 심일강의 목소리가 낮아졌다.

"그러기에는 원자의 나이가 아직 어리지 않습니까?"

"기록에는 이보다도 빨리 세자 책봉을 행한 적도 있다 하더이다."

"하오나 마마, 지금은 자중하셔야 할 때이옵니다. 성상께서 즉위하신 원년이 아니옵니까? 젊고 강건하신 성상을 두고 원자의 세자 책봉을 서두르시다가는 공연한 오해를 사실 것이옵니다."

약기는커녕 순하기만 해서 탈이었다. 왕비의 자리에 있으면서도 왕에게 베갯머리송사 한번을 할 줄 몰라, 매번 일러 주어야 억지로 입을 떼던 여식이었다. 무정한 왕의 냉대를 그러려니, 습벽처럼 참고 살더니 이제 와 조급을 내는 것이 심상치 않았다.

심일강은 눈 밑이 거뭇한 왕비의 안색을 살폈다.

"마마, 홍안의 기색이 더 안 좋아지신 듯하옵니다."

"예, 아버님. 제가 실은 편치만은 않습니다."

"쯧쯧쯧."

못마땅한 얼굴로 혀를 내찬 심일강이 왕비의 얼굴을 흘겨보았다. 도무지 곱상하게 생긴 홍안 말고는 마음에 드는 데가 없었다. 몸이라도 강건하여 왕비의 자리나 흔들림 없이 지켜 주면 좋으련만 그도 시원찮아 보여 마뜩잖았다.

"여하간 원자의 일은 차차 어심을 살펴서 행할 일입니다."

"제 몸이 오래 버티지 못할 것 같아 그러합니다."

"흉한 소리를 하십니다! 늙은 아비 앞에서 하실 말씀이 따로 있지요."

짐짓 큰소리를 내며 심일강이 왕비를 나무랐다. 우수에 젖은 왕비의 눈이 흔들렸다.

"궐 밖에 여인을 두고 성상께서 자주 행차를 하신다 합니다. 만에 하나, 제가 세상을 뜨기라도 한다면 원자의 입지가 지금보다 불리해질 것 아닙니까?"

"글쎄, 괜한 걱정이십니다."

"이제껏 어떤 여인에게도 곁을 내주지 않으신 분이에요. 오로지 정무만 보시던 분이 잠행을 다니실 정도의 여인이라면 하시라도 대궐로 불러들이실 것입니다. 그런 여인에게서 아들이라도 낳아 보세요. 원자는 천덕꾸러기 신세가 되고 말 겁니다."

"일어나지 않은 일입니다. 더군다나 원자예요. 누가 그를 건드린다는 말입니까? 소문만 무성하지 성상께서 궐 밖 잠행을 즐겨하신다는 사실은 아직 입증되지 않았사옵니다."

절박해진 왕비는 세차게 도리머리를 하며 목소리를 높였다.

"아닙니다. 그렇지가 않아요. 설사 잠행에 대해선 헛소문에 불과할지라도…… 성상께서 저를 꺼려하시는 건 사실이 아닙니까? 어심에 다른 여인이 차기 전에 원자를 저위에 올려야 합니다. 잊지 마세요. 성상께서도 적자를 밀어내고 그 자리에 앉으셨습니다."

"그거야 상황이 그러한 탓이었지요."

왕비는 입술을 지그시 깨물었다. 심일강을 노려보는 그녀의 눈길이 의미심장했다.

"제가 죽고 없으면 다른 누구도 아닌 아버님이 나서서 중궁전에 새로운 주인을 들이실 겁니다. 아닙니까?"

정곡을 찔리자 심일강은 시선을 내리고 입을 다물었다. 왕비의 몸이 눈에 띄게 나빠지고 있음을 확인한 심일강은 여식의 건강보다 외척의 자리를 잃는 것이 걱정스러웠다. 수일 전에 본 생질녀의 미색과 품행이 흡족했던 것을 떠올린 그는 미리 계비 감을 물색해야 하나 고민하다 왕비의 말을 듣고 뜨끔했다.

"계비야, 죽으면 그만인 제가 어쩌겠습니까? 그러나 저위는 다릅니다. 성상의 보력이 젊으시니 계비의 몸에서 대군이 생산될 가능성도 크지 않겠습니까? 그러니 아버님, 다른 말씀 마시고 세자 책봉을 주청 드려 주세요. 제가 아직 살아 이 자리에 있을 때 원자의 세자 책봉을 보아야겠습니다."

"어허, 거참. 아비 앞에서 하실 말씀이 아니라는데도 그러십니다."

"그래야 제가 안심을 하겠어요."

왕비는 전혀 다른 이처럼 굴었다. 친정 사가와 자신의 자리만 굳건하다면 달리 바랄 것이 없던 여인이었다. 대조전에서 소일하며 시간이나 보내더니 제 몸이 편치 않음을 알고 사람이 아예 변한 듯했다. 제 속으로 난 피붙이에 대한 연민과 근심이 그녀의 불안증을 키우고 있었다.

"원자의 입지가 탄탄해야 본궁에도 좋을 것이 아닙니까? 고모님의 여식을 보셨다고 들었습니다. 아버님, 생질녀는 생질녀일 뿐입니다."

하기는…… 생질녀를 왕비의 자리에 올린다 치더라도 차기 보위는 외손자를 올리는 것이 심일강 입장에서 가장 안전한 수였다. 저위가 비어 있는 상태에서 계비가 덜컥 대군이라도 낳는다면 골치 아픈 후계 싸움이 대를 이어 일어날 가능성이 컸다.

"원자가 후궁 소생도 아니고 적장자 아닙니까? 게다 이렇게 아비 앞에 멀쩡히 앉아 계시는 분이 지나치게 근심하십니다. 원자의 세자 책봉에 관해서는 아비가 숙고할 터이니 어의를 불러 옥체를 살펴⋯⋯."

"이거 과인이 방해를 한 모양이오."

미처 말을 끝내기도 전에 장지문이 좌우로 벌어지면서 곤이 모습을 드러냈다. 왕비와 심일강이 황급히 자리에서 일어났다.

"원자가 입궐을 했다기에 부정이 동하여 한달음에 달려왔소이다. 헌데⋯⋯ 두 분이서 긴한 말씀을 나누고 계셨구려."

곤은 왕비와 심일강을 묘한 표정으로 번갈아 보았다. 비소 혹은 미소 같은 웃음을 지었다. 왕비와 심일강은 곤이 그들의 이야기를 어디부터 들었는지 몰라 진땀이 났다. 속내를 알 수 없는 눈길로 그들을 응시하던 곤이 심드렁히 말했다.

"왜들 전전긍긍하시오? 누가 보면 과인이 모르는 작당이라도 한 줄 알겠소."

"전하!"

"그런 해괴한 말씀을!"

왕비와 심일강의 입에서 동시에 고성이 터져 나왔다. 당황한 왕비가 즉각 용서를 구했다.

"송구하옵니다, 전하. 신첩과 부원군의 목소리가 컸사옵니다. 일단 좌정을……."

"원자가 없구려."

왕비의 말을 자르며 곤이 호를 찾았다. 무심한 듯 구는 그의 태도가 오히려 왕비를 두렵게 만들었다.

"원자가 혹여 대궐을 낯설어하면 어쩌나 저어되어 어머님 따라 산책을 보냈나이다. 찾아오라 이르겠사옵니다."

"한참 뛰어 놀 나이가 아니오? 굳이 찾을 것 없소. 어련히 문안 올까. 과인은 그럼 정무가 바빠서 이만 가 보리다. 부녀간의 도타운 시간을 보내도록 하구려."

즉위 후, 생전 처음으로 찾은 대조전이다. 보료에 좌정조차 않고 돌아서는 곤을 보며 왕비는 입술을 사려 물었다. 잦아들었던 기침이 나왔다. 반쯤 고개를 돌린 곤이 기침하는 왕비를 향해 사뭇 걱정스레 말했다.

"내전께서는 원자보다도 그대의 심신을 먼저 챙기도록 하오. 과인이 이토록 강건한데 원자가 급할 것이 무엇이오. 심신이 허약하여 쓸데없는 곳에 예민한 듯하니, 스스로를 잘 다스리시오."

얼굴빛이 하얗게 질린 왕비가 부들부들 떨었다. 나오던 기침이 지레 놀라 쏙 들어갔다.

"전하, 그러한 것이 아니오라……."

심일강이 다급하게 해명하려는 것을 가로챈 곤의 음성이 한층 자상해졌다.

"어의를 불러 진맥케 하시오. 세상일에는 때가 있지 않겠소? 해가 뜨자마자 이튿날의 해를 기다리는 것은 때를 모르는 철부지에 지나지 않소이다. 원자를 위한 때는 과인이 정하리니. 내전은 그저 옥체의 활기를 되찾도록 하오."

경고였다. 아주 명백한.

*　　*　　*

박 내관은 차 한 잔 마실 시간도 머무르지 않고 밖으로 나오는 곤의 얼굴을 살피다가 그러면 그렇지, 남이 알지 못하게 고개를 흔들고는 어혜를 섬돌 위에 가지런히 모았다.

친히 납신다기에 혹시나 했더니 역시나군.

처음에는 왕비에게 정을 주지 않는 왕이 야속해 보였다. 성미가 고약해 처소 궁인들을 쥐 잡듯이 잡는다는 임 숙용과 비교를 해도 미색이나 성품, 뭐 하나 딸리는 것도, 부족한 것도 없는 왕비였다.

도대체 무엇이 문제란 말인가.

왕비에 대한 곤의 무심함이 깊어질수록 박 내관은 오히려 어심을 잡지 못하는 왕비에게 섭섭했다. 정궁이든 후궁이든 왕에게 사랑받지 못한 여인의 궁한 처지를 잘 아는 터라 안쓰럽지 않은 것은 아니지만 그는 곤의 사람이었다.

나라의 지존이건만 궐 안팎, 하고많은 여인네 중 어심을 달래

줄 여인 하나 없다니 박 내관은 이럴 수 있나 난망했다.

마침 부부인의 손을 잡고 선평문을 들어서던 호가 곤을 보더니 곧바로 예를 갖췄다. 공손히 모은 두 손이 오동통한 것이 복성스러웠다. 부왕의 위엄에 사로잡힌 듯 약간의 두려움과 반가움으로 아이의 눈이 광채를 띠었다.

"아바마마, 소자 문후 드리옵니다. 심동에 별래무양(別來無恙) 옥체만안(玉體萬安) 하오신지요?"

"오냐, 그래. 너도 설한에 걸음 하였구나."

"아니옵니다. 양전마마 뵈올 생각에 기뻤사옵니다."

아이의 목소리에서 잔 떨림이 느껴졌다. 물끄러미 아이를 내려다보던 곤은 아이의 긴장을 풀어 주려는 듯 근엄해 뵈는 얼굴을 한풀 눅였다.

"원자는 볼 때마다 크는구나. 머지않아 장성한 사내가 될 게다. 그러려면 무엇보다도 건강에 유념하여야 할 것이야. 그래야 환궁을 할 것이 아니냐."

"송구하옵니다. 소자가 미욱하여 아직 혼정신성(부모를 잘 모시고 효성을 다함)의 예를 다하지 못하옵니다. 하루라도 빨리 건강을 회복하여 환궁할 수 있도록 노력할 것이옵니다."

아이를 내려다보는 곤의 눈길이 복잡했다. 그는 옆에 서 있는 부부인을 보았다.

"장모께서 수고가 많으시오."

부부인이 고개를 조아렸다.

"송구하옵니다. 응연히 할 일이옵니다."

"내전이 편치 않은 듯하오. 들어가 보도록 하시오."

다시 호를 본 곤이 아이의 손을 잡았다.

"원자는 나와 함께 징광루에 올라가 보겠느냐? 그곳에서 보는 금원의 경치가 장관이니라."

대조전 뒤편 서쪽 건물인 경훈각 위층으로 곤이 아이를 인도했다.

"이번에 소학의 내편을 배우게 되었다지?"

"예, 아바마마."

"외워 보겠느냐? 잘하면 상을 주마."

부자(父子)는 징광루 난간에 나란히 서서 금원의 설경을 바라보았다. 호는 소학의 내편을 줄줄 막힘없이 암송했다. 곤이 아이의 어깨에 손을 얹었다. 아이를 대하는 곤의 심정이 여러 갈래로 나뉘었다.

"호야."

암송을 멈춘 호가 고개를 들고 곤을 바라보았다.

"기억하려무나. 나는 언제고 네게 손을 내밀 것이다."

뜬금없는 말에 호의 고개가 옆으로 기울었다.

"명심하여라. 바람은 언제고 불어닥친단다. 불어닥친 바람이 너를 흔들려 할 게야. 그러니 머리카락 한 올 보이지 말고 꽁꽁 숨어 있어야 한다."

아이는 은연중 겁이 났다. 침을 꿀꺽 삼키며 눈썹을 깜박였다. 곤이 아이의 어깨를 지그시 눌렀다. 손에 힘이 들어갔다.

"너는 내게서조차 숨어 있어야 하고, 조용히 커야 한다. 조용히 너 스스로를 단련하여라. 누구의 꾐에도 귀를 기울이지 말거라. 네 자리가 그러하니라."

"소자가 무엇을 잘못하였사옵니까?"

"네가 잘못한 것이 무엇이겠느냐."

"소자는 아바마마의 말씀을 헤아리지 못하겠사옵니다."

"그저 원자는 숨고 또 숨어라. 네가 너를 흔드는 바람에 맞서 버틸 수 있을 때까지…… 네가 저들을 흔들 힘이 생길 때까지 너는 한낱 아무것도 아닌 듯 있어야 한다. 그러면 언젠가는 내가 네게 손을 내밀 것이다."

곤이 무릎을 굽히고 호와 눈을 마주쳤다.

"조바심 내지 말거라. 귀를 열고, 눈을 열고 모든 것을 살피되 느긋함을 벗 삼아라."

여전히 아이는 부왕의 말이 아리송했다. 곤은 아이를 끌어안았다. 아이의 귀에 대고 낮게 속삭였다.

"그것이 천하를 얻는 방법이니라. 부디 이…… 아비의 말을 잊지 말 것이다."

＊　　＊　　＊

철통같던 별채의 경계가 어쩐 일인지 며칠째 느슨했다. 대청마루 앞을 어슬렁거리던 자들도 보이지 않았다.

"없습니다. 개미 새끼 한 마리 아니 보입니다."

머름창밖을 두리번거린 간난이 창문을 닫으며 종알거렸다. 아이 앞에는 귤 함이 뚜껑이 열린 채 놓여 있었다. 아이는 먹던 귤을 입에 욱여넣더니 새것을 들고 껍질을 까려다가

"아, 맞다!"

허둥대며 자리에서 벌떡 일어났다.

"반촌 쇠석이 아재네 푸줏간에 다녀와야 하는데 깜박했사옵니다."

"현방(푸줏간)에?"

"오늘 밤 장사에 쓰일 고기가 다 떨어졌다고 급히 다녀오라는 것을 그만……."

간난은 말을 하다 말고 몸을 배배 꼬았다. 곤이 두고 간 귤의 양이 많아 전날에 연옥이 두어 개 나누어 주었더니 그 생각이 또 났었던 모양이다. 심부름하는 것도 잊고 귤을 얻어먹으러 왔다는 소리는 어린 마음에도 차마 멋쩍어 못하겠던지 비시시 웃기만 했다.

"지금 가려고?"

"빨리 가야 됩니다. 벌써 엄청 늦었습니다."

그렇게 말하는 중에도 아이의 눈은 아쉬운 듯 귤을 향했다. 연옥이 아이의 손에 귤을 쥐어 주었다.

"먹으면서 가."

그러곤 나도 같이 가자며 방문을 열고 나섰다. 당분간 태평관
에 머무르기로 마음을 정했지만—실상 구금 상태라 마음을 정하
고 말고 할 것은 아니었다—몸이 웬만해지니 하는 일 없이 방 안
에만 있기도 고역이었다. 날씨도 화창하게 개어 햇살이 따뜻했
다. 눈이 녹은 자리마다 남아 있는 물기가 햇살에 반짝거렸다.

절대 안 된다며 도리질하는 간난의 낡은 댕기가 나풀거렸다.

"나가시면 아니 되실 건데……."

"쉿!"

입술에 손가락을 대고 눈짓을 한 연옥이 간난의 만류에도 아
랑곳하지 않고 조심스럽게 뜰로 내려갔다. 별채 뒤편이며 지붕
위까지 쓱 훑고는 중문 쪽으로 발을 살그머니 내디뎠다.

"진짜 이상하옵니다. 여기서 지키던 아재들이 감쪽같이 사라
져 버렸습니다."

등 뒤에 바짝 붙어서 간난이 소곤댔다. 연옥도 미심쩍기는 마
찬가지였다. 자신이 허하지 않는 이상 태평관을 떠날 수 없다던
곤의 말이 떠올랐다. 허언은 아닐 테고 경계가 갑자기 풀린 이유
가 궁금했다.

*　　　*　　　*

학진은 범바위골의 신출내기 군사로 새로운 임무에 차출되었

다는 소리를 들었을 때 세상을 다 가진 기분이었다. 전쟁고아로 길바닥에 쓰러져 굶어 죽어 가던 것을 거두어 범바위골로 데려간 이가 곤이었다. 그런 식으로 곤과 이록이 범바위골에 하나둘 거두어들인 소년들의 수가 수백이었고 전국 각지로 임무를 하달받고 흩어진 군사들의 수 역시 수백이었다. 장성한 소년들은 왕의 친병이 되어 이제나저제나 쓰임 받기만을 기다렸다.

이번 일은 학진이 맡은 첫 번째 임무였다. 공을 세울 기회가 왔다고 좋아하였는데 알고 보니 계집인지 소년인지 모를 어린놈 보모 노릇이나 하라는 거였다. 그것도 감히 옥체에 위해를 가하려던 자객이라고 했다. 지저분한 옥사에 던져 놓아도 시원찮을 놈을 따뜻한 온돌방에 호의호식시키며 데리고 있으려니 분통이 터졌다.

전하를 시해하려던 죄인인데 거동을 자유롭게 풀어 주고 지근에서 지켜보기만 하라니 있을 법한 일이란 말인가!

새롭게 하달된 명으로 학진과 그의 동료들은 반촌으로 가는 연옥과 간난의 앞을 막는 대신 몰래 뒤를 쫓았다. 그러면서도 학진은 연신 잠자코 있을 것이지 어디를 빨빨거리고 가는 게야? 투덜거렸다.

*　　　*　　　*

반촌 쇠석이네 현방에는 당일 도축된 수 십 마리의 소가 핏물을 뚝뚝 떨어트리며 진열되어 있었다. 발골 솜씨로 정평이 난 쇠석은 성균관과 도성 양반들한테 독점적으로 황육(쇠고기)을 공급하는 자였다.

연옥과 간난이 도착했을 때도 현방 앞은 줄을 서서 황육을 구하려는 사람들로 문전성시였다. 저보다 두세 배는 큰 어른들 틈에서 간난은 폴짝폴짝 뛰며 팔을 휘휘 저었다. 칼로 고기를 석둑거리며 토막 내던 쇠석이 간난을 보고 눈초리를 꿈틀거렸다. 그의 관심을 끄는 데 성공한 간난이 사람들을 헤집고 도마 앞으로 달려갔다. 쇠석이 핏물 밴 도마에 칼을 꽂아 넣고 행주에 손을 닦았다.

"고기 떨어졌냐?"

"급해요. 빨리, 빨리!"

"미리 말을 해야지 갑자기 이러면 쓰나. 여기 모여 있는 사람들 안 보여? 고기 필요한 데가 태평관만 있는 것도 아니고. 에잇."

구시렁거리면서도 쇠석은 짚을 간 수레를 끌고 와 싱싱한 황육을 쓰임과 부위별로 담았다.

"아무튼 알았다. 바로 가져다주마. 달려가서 오늘은 갓 잡은 고기 상태가 상급 중에 최상급이니 값을 단단히 쳐줘야 할 것이라고 전해."

고기 사기만을 기다리던 사람들이 웅성거렸지만 쇠석의 생김새가 워낙 험상스러운 까닭에 딱히 나서서 항의하는 자가 없었다.

누군가 우리 대감마님이 뉘신데…… 하자 쇠석이 나한테는 고기 값을 많이 쳐주는 이가 정승판서요. 태평관만큼 줄 거 아니면 대감마님이든 영감마님이든 게서 기다리든가 딴 데 가쇼! 라며

통을 주었다.

황육 주문을 마치고 돌아서는 간난을 쇠석이 어깨를 붙잡아 돌려 세웠다. 그는 간난이 뒤에 서 있는 연옥을 곁눈질로 흘끔거리더니 턱짓을 하며 물었다.

"누구냐?"

"별채에 계…… 신 분인데……."

라며, 생각 없이 주절거리던 간난이 얼른 제 입을 틀어막았다. 별채의 손에 대해 바깥사람들에게 일절 말 한마디 해서는 아니 된다, 그토록 주의를 받았는데 큰일이다 싶었다. 낭패한 간난이 획 돌아서서 연옥의 손을 잡고 도망치듯 헛방을 떠났다.

쇠석은 소매 밑에서 화상이 그려진 종이를 꺼내 들었다. 단계의 부계주인 혁주가 은밀히 도성의 염알이꾼들을 통해 사라진 계주를 찾고 있었다. 화상과 연옥의 뒷모습을 번갈아 본 쇠석이 고개를 기우뚱했다.

분명히 단계 계주가 맞는데…….

먼발치에서 몇 번 본 것이 다였지만 워낙 사내 같지 않은 용모에 그 생김새를 확실히 기억하고 있었다.

어째 아닌 것도 같고…….

화상과 대조해 봐도 생김새는 틀림이 없으나 분위기가 미묘하게 달랐다. 칼을 쓰는 자가 칼을 들고 있지 않은 것도 이상하고 사내 옷만 입혀 놨지 새치름하게 서 있는 모양새가 그가 그전에 알던 단계의 계주가 아닌듯했다.

기연가미연가 머뭇거리다 말 한마디 못 붙여보고 연옥을 그대로 보낸 쇠석은 현방에서 잔심부름이나 하는 떠꺼머리 둘을 불렀다.

　"너 단계옥에 좀 다녀와야겠다. 부랄 빠지게 달려가서 부계주를 찾아."

　"부계주 어른을요?"

　걸음이 재발라 보이는 녀석의 귀에 대고 쇠석이 빠르게 속삭였다. 돈의문 방향으로 녀석이 내달려 가는 것을 본 그는 화상을 다시 소매 밑에 구겨 넣었다. 그러곤 남아 있는 녀석을 시켜 간난과 연옥을 쫓도록 했다.

　"저들을 쫓으라굽쇼? 왜요?"

　"쫓으라면 쫓을 것이 말이 많아. 놓쳤다가는 나한테 죽기 전에 부계주한테 뒤질 것이다. 얼른 가. 가서 저 사낸지 계집인지 모를 인사가 어디서 뭔 짓을 하고 사나 보란 말이야."

　고기 발라내는 법이나 가르쳐 줄 것이지 별놈의 심부름을 다 시킨다며 녀석이 투덜거렸다. 쇠석이 무쇠 같은 주먹을 쥐고 흔들었다.

　"이놈이!"

　"간다고요. 가. 누가 안 간댔나? 뻑하면 주먹질이야."

　허둥지둥 달려가는 녀석이다.

　"곱게 갈 것이지 꼭 큰 소리를 내게 하네. 아이고, 날씨 한번 우라지게 춥다."

쇠석은 아무 일 없었다는 듯이 큼지막한 우족을 수레에 실었다.

*　　　*　　　*

"이렇게 막 돌아다니시면 아니 되십니다."

입술을 뿌루퉁하게 내민 간난이 종종 걸음으로 따라오면서 종알거렸다. 땟국이 질질 흐르는 소매 끝으로 훌쩍이는 코를 쓱 문질러 닦았다.

심부름을 마쳤으니 그만 태평관으로 돌아가자는 간난을 연옥이 장시 구경 가자며 막무가내로 얼러 운종가까지 나온 길이었다. 내막이야 알지 못해도 연옥이 함부로 돌아다닐 입장이 아니라는 것을 눈치로나마 대충 짐작하는 간난은 마음이 급했다. 우악스러운 데가 있는 찬모에게 어디를 싸돌아다니느냐고 야단 들을 것도 걱정이었고 방 안에 얌전히 있어야 할 연옥 때문에 저가 괜히 불벼락 맞을까 그것도 걱정이었다. 더구나 비밀로 해야 할 연옥의 존재를 현방의 쇠석에게 고스란히 말해 바쳤으니 그건 더 큰일이었다. 그러면서도 아이는 아이인지라 휘둥그레진 눈이 여기저기 세상 구경하기 바빴다.

앞서 걷던 연옥이 걸음을 멈추고 간난을 돌아보았다.

낡긴 했지만 목화솜을 두둑이 넣어 지은 배자까지 걸쳐 입은 입성으로도 간난은 겨울나기가 힘겨워 보였다. 다른 날보다 푹한 날씨건만 아이는 추위를 타며 부르르 몸을 떨었다.

"방 안에 가만히 앉아 있으면 뭐하니. 그렇지 않아도 천치가 된 머리, 멍하니 천장만 바라보다가는 아예 영영 그 꼴을 벗어나지 못할까 봐 그러지."

"장시 구경 나간다고 뭐가 다릅니까?"

연옥이 쭈뼛거리며 다가온 간난의 머리에 다정히 손을 얹었다.

"어디서 무엇을 하고 살았는지 모르지만, 세상 밖으로 나오면 조금이라도 기억을 떠올릴 여지가 남아 있을지 모르니까."

"그래서 지금 기억나는 것이 있습니까?"

천진한 물음에 연옥은 고개를 저었다.

기억이 이대로 돌아오지 않으면 어떡하나 두려웠다. 돌아온 기억이 가혹한 삶을 대변할까 그도 두려웠다. 왕을 시해하려 했다니 무서운 말이었다. 칼이 들어왔다 나간 상처는 아무는 것과 상관없이 욱신거렸다. 따끔한 통증이 두서없이 일었다. 어느 여인네처럼 평범히 살아온 삶이면 좋으련만 몸에 걸친 사내 옷과 자상 흔적이 그녀의 바람을 철저히 묵살했다.

무엇이 그리도 급하냐고, 느리다 타박하여도 종당엔 갈 곳으로 가고 흐를 곳으로 흘러가건만 서둘러 득 될 것이 무어냐, 하던 곤의 말에 수긍을 하면서도 조바심이 나는 것은 어쩔 수 없었다. 예상과 다른 삶이라 해도, 그로 인해 두려울지라도 자신이 살아온 삶의 흔적이 궁금한 것은 인지상정이었다.

연옥은 저가 저를 기억하지 못하면, 저를 기억하는 자를 찾기로 했다. 운종가는 오만 군상이 모여드는 곳이었다. 이곳에 나와 거

닐다 보면 저를 아는 이가 하나쯤은 나타나지 않을까 생각했다.

어느새 간난은 걱정하던 것들을 싹 잊고 운종가에 모인 특산품들을 구경하기에 여념이 없었다. 한걸음씩 옮길 때마다 가판에 나와 있는 물품들을 보고 매번 놀라거나 감탄했다. 계집아이답게 노리개 따위의 장신구를 파는 족두리전 앞에 머무는 시간이 길었다. 고사리 손을 하고서 하루 종일 동동거리며 일을 하는 아이였다. 안쓰러움을 담은 연옥의 시선이 간난이 쥐고서 구경하는 노리개를 향했다.

샛노란 나비 노리개가 화사하면서도 앙증맞은 것이 간난에게 어울려 보였다. 주인에게 값을 물으려다 말고 가진 돈이 한 푼도 없다는 것을 깨달았다. 공연히 미안한 마음이 들었다.

멀리 다리 밑에 빨래터가 보였다. 언 손을 호호 불어 가며 빨래하는 아낙들이 있었다. 각설이패 아이들이 몰려다니며 시끄럽게 시전 주인들을 약 올렸다. 익숙한 느낌의 풍경들이 또한 낯설기도 했다.

"저놈 잡아라! 도둑이야, 도둑!"

난데없이 들리는 외침에 고개를 돌려 소리가 난 곳을 보았다.

족두리전 주인에게 멱살을 잡힌 간난이 발버둥을 치며 빠져나오기 위해 안간힘을 쓰고 있었다. 몰려드는 사람들 너머 족두리전 주인은 무언가를 보며 소리를 질러 댔고 그러면서도 간난을 놓지 않았다.

"무슨 일입니까?"

연옥이 간난을 낚아채며 물었다. 겁에 질린 아이가 그녀의 등 뒤로 숨었다.

"넌 또 뭐야? 오호라 이제 보니까 네놈도 한패구먼!"

팔을 걷어붙인 족두리전 주인이 턱을 치켜들며 쏘아붙였다.

"한패라니요?"

"저기 도망간 저놈의 자식이 요년 손에 있던 노리개를 가지고 도망쳤단 말이다, 이놈아! 구경하는 척하면서 의뭉스레 노리개를 건네준 것이지."

"그럴 리 있습니까? 이 아이는 제가 데려온 아입니다."

의심을 풀기 위해 한 말이 오히려 족두리전 주인을 부채질한 꼴이 되고 말았다. 그는 의기양양해서 목소리를 높였다.

"그렇지, 그렇지! 이제야 네놈이 바른 소리를 하네. 네 입으로 동패임을 이실직고 했겠다?!"

"그런 소리가 아니지 않습니까? 물건을 구경하였을 뿐입니다."

"억울한 것이 있으면 관아로 가서 풀면 될 터. 이놈, 나랑 가자. 어서 가자니까! 이보시오들, 여기 이 연놈들 좀 보시오!"

족두리전 주인에게 목덜미를 움켜잡힌 연옥이 몸을 비틀어 뿌리쳤다. 반동에 나동그라진 족두리전 주인이 눈을 울부라리며 가판대에 기대어 세워 놓은 싸리비를 움켜쥐고 일어났다.

"이놈이 이제는 사람을 개 패듯이 패네. 아이고 나 죽겠다. 캬악, 퉤!"

그는 가래침을 뱉으며 싸리비가 대단한 명검이라도 되는 양

연옥에게 겨눴다.

　연옥은 수군거리는 사람들과 눈물이 그렁그렁해져서 훌쩍이는 간난을 번갈아 보았다. 어린 계집아이가 도적질한 혐의로 관에 끌려갔다가는 일의 시시비비를 떠나서 된맛을 볼 것이 분명했다.

　"그럼 제가 직접 노리개를 찾아오면 되겠습니까?"

　"내가 네놈을 어떻게 믿어?"

　족두리전 주인의 말에 연옥이 턱으로 간난을 가리켰다.

　"아이를 데리고 있을 것이 아닙니까? 제가 오지 않으면 그때 아이를 데리고 관아로 가도 늦지 않을 것입니다. 관아라면 그깟 도둑놈 몇이야 금세 잡을 것이니 걱정할 일이 무엇이란 말입니까?"

　간난을 내려다본 연옥은 아이를 안심시키기 위해 고개를 단호히 끄덕였다.

　"걱정하지 마. 내가 꼭 노리개 찾아올게."

　노리개를 들고 달아난 놈을 쫓아 연옥이 사람들 속으로 사라졌다.

＊　　＊　　＊

　노리개의 풍성한 술이 들치기 꾼의 손에서 팔랑였다.

　좁은 피맛골의 구불구불한 길과 발 디딜 틈 없이 쏟아져 나오는 사람들, 띄엄띄엄 나 있는 미로 같은 골목은 들치기 꾼에게 전혀 장애가 되지 않았다.

요리조리 발에 차이는 장애물들을 용케 피한 들치기 꾼은 날다 람쥐처럼 내달렸다. 그러나 결국 막다른 골목에 다다랐을 때, 뛰던 것을 멈추고 뒤를 돌아보는 것 외에 그에겐 다른 수가 없었다. 이제 겨우 열 두엇이나 되었을까. 들치기 꾼은 의외로 어렸다.

연옥은 수염조차 나지 않은 소년의 얼굴을 물끄러미 보다가 손을 내밀었다.

"이리 내."

"뭘 말이우?"

"노리개."

"가져갈 수 있으면 가져가 보든가."

"돌려주지 않으면 널 억지로 끌고 갈 거야. 관아에 가고 싶니?"

"굶어 죽으나, 끌려가서 맞아 죽으나 죽는 건 마찬가지우. 이거 팔아 실컷 처먹고 배 터져 죽는 것이 낫지!"

소년의 이름은 석달이었다. 어미 배에서 나올 적에 워낙 왜소한 것이 석 달밖에 못 살 놈이라고 그의 아비가 아무렇게나 지은 이름이었다. 물론 그가 깡마르고 왜소한 것은 사실이었다. 그렇지만 그는 아비의 예상보다 훨씬 오래 살고 있었다. 그것이 그가 막다른 상황에 닥쳤을 때 막무가내로 콧대를 세울 수 있는 근거요, 용기였다. 애초에 죽었을 석 달 신세, 열 살도 넘게 살아 있으니 여한이 없다는 것이다. 사람들은 머리도 여물지 않은 놈이 얼토당토 않는 소리를 한다고 타박했지만 그는 늘 그런 소리를 지껄이고 다녔다.

"너 때문에 죄 없는 어린애가 관아에 붙잡혀 가게 생겼어. 그래도 내놓지 않을 거니?"

움찔하며 머뭇대던 석달은 이를 악물고 고개를 가로저었다.

"내가 먼저 살아야지 그깟 것의 남이 무슨 상관이람?"

그러면서도 그는 죄책감을 완전히 숨기지 못했다.

연옥이 막 석달을 향해 한 발짝 앞으로 내디뎠을 때였다.

느닷없이 괴한 무리가 골목의 담을 타고 넘어왔다. 검은 복면을 한 그들은 햇빛을 받아 시퍼렇게 날 선 칼을 빼 들고 석달과 연옥을 에워쌌다.

"뭐…… 뭐야?!"

위험을 예감한 석달이 무리를 뚫고 도망가다가 붙잡혔다. 허공에 번쩍 몸이 들려 사정없이 바닥에 내동댕이쳐졌다. 길가의 하찮은 돌멩이처럼 굴러 떨어진 석달은 몸을 둥글게 말고 주변을 쏘아보았다. 장바닥 들치기로만 몇 년이었다. 눈치로 도통을 했다 해도 무방했다. 덤으로 사는 인생이라지만 이렇게 죽는 건 아니지 싶었다.

암만 그래도 울 누이 배는 채우고 죽어야지!

석달은 화가 자신을 피해 가길 바라며 눈을 질끈 감았다.

"왜들 이러십니까?"

포위를 좁혀 오는 괴한들을 피해 연옥이 뒷걸음질하며 물었다.

"글쎄, 내가 아나? 시키는 대로 하는 것이지. 어른께서 보자시니 그만 지껄이고 조용히 따라오기나 하라고. 안 그럼, 다쳐."

연옥은 자신을 에워싼 자들을 재빨리 훑었다. 정면에 셋, 좌우로 하나씩, 뒤에 있는 두 놈까지 도합 일곱 명이 그녀를 포위하고 있었다.

"누가 시킨 일입니까?"

"계집처럼 생긴 놈이 그새 말까지 많아졌네."

나를…… 안다?!

연옥은 혼란스러웠다.

"영문도 모르고 따라나설 순 없습니다."

나를 아느냐고, 물으려 했지만 그럴 틈조차 주어지지 않았다.

"가고 말고는 우리가 정하는 것이지."

그를 신호로 괴한들이 한꺼번에 달려들었다.

연옥은 오른편에 있던 자를 낚아채 날아오는 칼을 대신 받게 했다. 그자에게서 칼을 빼앗아 든 그녀는 골목 담을 등에 지고 섰다. 칼이 하나 들어와 쳐 내면 또 다른 칼이 달려들었다. 그들의 칼 솜씨는 오합지졸의 무뢰배들 것이 아니었다. 잘 훈련된 솜씨들로 움직임이 일사불란하고 서로의 호흡이 척척 들어맞았다. 오랫동안 함께한 자들로 그저 그런 자들이 아님이 분명했다.

연옥은 부상에서 회복되고 얼마 되지 않은 몸이었다. 본능에 남아 있던 감으로 싸우는 것이기에 수 명의 실력자들을 상대로 버티는 일이 쉽지 않았다. 기력이 달리고, 기력이 달리다 보니 칼의 날렵함과 예리함도 그만큼 둔해졌다. 괴한 중 하나가 칼을 크게 휘저으며 맞은편 벽을 타고 높이 날아올랐다. 햇빛에 반사되어 그자의 움직임이 제대로 보이지 않았다.

연옥은 멍하니 상대를 올려다보았다.

* * *

한편 학진과 그의 동료들은 난감한 상태로 길바닥을 서성였다. 미간을 찌푸린 학진이 머리를 거칠게 문질렀다. 망건 밖으로 잔머리가 우수수 삐져나왔다. 반촌의 현방까지는 놓치지 않고 잘 따라다녔는데 순식간에 연옥을 놓치고 말았다. 정말이지 눈 깜짝할 새였다.

들치기로 잔뼈가 굵은 석달이나, 연옥은 발이 빨랐다. 몸마저 가벼워 덩치 큰 학진과 그의 동료들 보다 훨씬 날렸다. 더구나 이곳은 골목도 많고 사람도 많은 운종가였다. 전란이 끝나고 수년이 흐르면서 죽었던 상권이 살아나 예전의 번영을 누리기 시작한 거리는 사람과 사물이 뒤섞여 번잡했다.

* * *

칼등으로 목 뒤의 급소를 찍힌 연옥은 정신을 잃었다가 밀폐된 공간에서 깨어났다. 교의에 앉아 등 뒤로 손목이 묶이고 입에는 재갈이 물린 채였다.

어둠이 눈에 익기를 기다린 그녀는 주위를 두리번거렸다. 자그마한 광창으로 가는 빛줄기가 들어왔다. 바깥이 소란스럽고 시전에 내다 팔 만한 물건들과 나무 궤짝이 어두운 실내에 가득인 것으로 보아, 운종가에서 멀리 떨어지지 않은 어느 시전의 곳집(곳간으로 쓰는 집)인 듯했다.

연옥은 굳게 닫혀 있는 판장문을 노려보았다. 재갈 물린 입으로 소리쳐 도움을 청해 봐야 소용없는 일이었다.

급소를 찍힌 후유증으로 두통이 일었다. 연옥은 통증이 완화되기를 기다리는 동안 족두리전에 붙잡혀 있을 간난이 염려스러웠다. 빛이 들어오는 것으로 보아 생각보다 시간이 많이 흐른 것 같지 않지만 족두리전 주인은 성질이 급해 보였다. 필시 간난을 관에 넘기려 하거나 이미 넘겼을 가능성도 있었다. 단단히 틀어묶인 손목 때문에 무엇을 어찌해 볼 도리가 없었다.

때마침 등 뒤의 기둥이 눈에 들어왔다. 연옥은 교의를 조금씩 뒤로 밀며 기둥에 밀착했다. 손목을 묶은 새끼줄을 기둥에 대고 줄이 끊어질 때까지 쉬지 않고 문질렀다.

됐다!

새끼줄이 끊어질 기미가 보이자 연옥은 있는 힘을 다해 손목을 비틀었다. 마침내 손목을 옭아맨 새끼줄이 끊어지자 서둘러 재갈을 풀고 일어섰다. 일어나자마자 적당한 크기의 나무 궤짝을 집어 든 연옥이 판장문을 향해 냅다 던졌다. 우당탕탕! 요란한 소리를 내며 궤짝이 나가떨어졌다.

문밖을 지키던 괴한들 중 하나가 성을 내며 문을 벌컥 열고 들어왔다.

"얌전히 있지 않고 뭘 하는…… 커억!"

벽에 몸을 붙이고 숨어 있던 연옥이 문이 열리자마자 그자의 턱을 발로 대뜸 걷어찼다. 단발의 비명을 지르며 비틀거리는 놈의 칼을 뺏어 들고 우르르 몰려 들어오는 괴한들을 향해 칼끝을 겨눴다.

"어른께서 곧 오신다니까 그걸 못 참고 그새 까분단 말이야. 응?"

누군가 제 칼로 연옥이 겨눈 칼을 툭툭 건드리며 이죽거렸다.

연옥은 상대의 칼을 팅겨 내면서 몸을 유연하게 틀었다. 괴한들 사이를 날렵하게 파고들었다가 뒤로 빠지기를 반복했다. 무리를 지어 연옥에게 달려든 괴한들은 자기들끼리 뒤엉켰다.

찰나의 틈이 보이자 연옥은 곳집을 박차고 뛰쳐나갔다. 그녀는 곧바로 장애물에 부닥쳤다. 비틀거리는 그녀의 몸을 강하게 잡아 주는 손이 있었다. 고개를 든 연옥의 눈에 이글거리는 눈동자가 들어왔다. 분명 가리개로 얼굴을 가렸건만 곤이 확실했다.

"나으리?"

멍하니 중얼거리는 연옥을 옆으로 밀치며 곤이 출렁쇠처럼 튀어 올랐다.

얼핏 공기를 가르는 바람 소리가 들리는 듯했다. 괴한 하나가 그녀의 머리 위로 분연히 날아올랐다가 허공으로부터 맥없이 떨어졌다. 그자의 명치에 두 개의 칼이 정확히 꽂혔다.

토해져 나온 괴한의 피가 검붉었다. 솟아오르는 피를 피해 연옥은 본능적으로 고개를 돌렸다. 그녀는 제 얼굴에 튄 괴한의 피를 문질러 닦았다.

제 손에서 벗어난 칼이 꽂혀야 할 자리에 틀림없이 꽂힌 것을 확인한 곤은 이록의 칼을 빼앗아 들고 저벅저벅 앞으로 나아갔다. 한 걸음씩 내디딜 때마다 속도가 빨라졌다.

학진을 비롯한 범바위골의 군사들이 활을 겨냥했다. 이록은 칼을 곤에게 빼앗기고 맨주먹으로 싸웠다.

곤이 휘두르는 칼에 괴한들은 순서 없이 거꾸러졌다. 곤은 토끼몰이 하듯 그들을 곳집으로 몰아넣었다. 알 수 없는 사이에 얼굴 가리개가 벗겨졌다. 여기저기서 튀어 오른 피가 곤의 얼굴과 도포 자락에 여과 없이 달려들었다. 빳빳하게 풀을 먹인 도포 자락에 핏줄기가 난을 치듯 이리저리 휘어져 스며들었다.

"나으리!"

이록이 부르는 소리에 마지막 남은 괴한을 베려던 곤이 칼을 멈칫했다.

"누가 보낸 자들인지 알아봐야지 않겠사옵니까?"

군사들이 이록의 눈짓을 받고 달려와 살아남은 자를 일으켜 세웠다.

살기 어린 눈으로 괴한을 노려본 곤이 그자의 복면을 벗겼다. 시선을 피하는 놈의 턱을 잡아 자신을 보게 했다. 아귀에 힘을 주고 턱을 지그시 눌렀다. 혀를 깨물 요량으로 악다물었던 놈의 입술이 억지로 벌어졌다.

이록이 재갈을 대령했다. 곤이 직접 놈의 입에 재갈을 물렸다. 차고 으스스한 목소리로 경고했다.

"제발 죽여 달라고 소원하게 될 것이다."

군사들이 괴한을 끌고 가자 곤의 눈길이 곳집 바닥에 널브러진 시체들을 향했다. 누군가 얼굴 가리개를 주워 바쳤으나 귀찮다는 듯이 손으로 쳐서 떨어트렸다. 밖으로 나간 그는 먼저 죽인 시체에 꽂힌 두 개의 칼을 보았다. 자신의 칼을 뽑아 칼집에 넣으며 다른 칼에 시선을 고정했다.

"주인을 찾아라."

주위를 수습하고 다가온 이록이 남은 칼을 시체에서 뽑았다.

피가 낭자한 곳집을 망연히 보던 연옥은 군사들에게 끌려가는 괴한을 붙잡기 위해 급하게 몸을 돌렸다. 그들이 누구의 사주를 무엇 때문에 받았는지 알아야 자신이 누구인지 단초라도 잡을 것 같았다.

그러나 연옥이 몇 걸음 떼기도 전에 곤이 성큼성큼 걸어왔다. 가리지 않은 얼굴이 분노를 온전히 드러냈다. 그를 피해 뒷걸음질하던 연옥은 퇴로가 막혀 벽에 부딪치고 말았다. 하얀 얼굴에 튄 피가 유독 붉어 보였다.

곤은 피칠갑을 하고 침방 바닥에 쓰러지던 연옥의 모습을 떠올렸다. 그의 입술이 미세하게 경련했다.

"내가 허하지 않으면 너는 태평관을 떠날 수 없다고 말하지 않았더냐."

낮게 으르렁거리는 말의 기세가 워낙 사나웠다. 연옥은 입이 얼어붙어 아무 말도 하지 못하고 고개를 떨어트렸다. 순간 곤의 주먹이 연옥의 볼을 스쳐 토벽을 쫓었다. 오래되어 군데군데 갈라져 있던 토벽이 우지끈 소리를 내며 금이 갔다. 흙이 투두둑 떨어졌다. 이록과 박 내관이 놀라서 쳐다보다가 이내 보지 못한 척 고개를 돌렸다. 거친 숨을 들이쉰 연옥이 위압감에 입술만 깨물었다.

곤은 관 속의 부왕을 닮고 싶지 않았다. 제 자식만은 저가 당한 설움을 겪게 하고 싶지 않았다. 부왕의 견제를 받고 아우를 견제하던 그는 오늘, 유일한 자식마저 견제하게 되었다. 용포를 입고 있는 한 그의 고혈(孤孑 가족이나 친척이 없는 외로움)은 필연이었다.

곤은 연옥을 생각했다. 떠나겠다는 것이 미워 정무에만 집중해 보려 해도 도무지 그녀에 대한 생각에서 벗어나지 않았다. 고혈은 그녀에 대한 그의 갈급을 심화시켰다. 결국 정무를 작파하고 해가 지기도 전에 잠행을 나섰다.

태평관에 없는 연옥을 찾아 저잣거리로 나올 때만 하더라도 곤은 괜찮았다. 기방에 남아 있던 군사가 학진이 연옥을 따라갔다고 했기에 금방 만날 줄 알았다. 학진을 길 위에서 만나고 나서야 곤은 연옥이 사라진 사실을 온전히 인지했다.

학진은 오전 나절에 운종가 한가운데서 연옥을 놓쳤다고 했다. 여덟 해 전으로 돌아간 것인가, 덜컥 겁이 났다. 겨우 찾은 새를 놓쳤을까 봐 두려웠다.

토벽을 친 주먹을 내리며 소조히 중얼거렸다.

"내 눈앞에서 사라지지 말란 말이다."

단연코 모순이었다. 그 옛날 서자성에게 그랬던 것처럼 오늘날도 곤은 놈들을 끌어내기 위해 연옥을 미끼로 내몰았다. 자기 혐오에 빠진 곤은 피하듯 시선을 돌렸다.

석달이 박 내관에게 덜미를 잡힌 채 실랑이 중이었다.

천하에 용맹한 자가 무식한 자라 했던가. 뭣도 모르는 어린놈은 혈기만 방장해서 호랑이 앞에 하룻강아지처럼 성난 얼굴로 씩씩거렸다. 억지로 꿇려진 무릎을 일으키려고 할 때마다 박 내관이 목덜미를 콱 내리눌렀다.

"아, 진짜!"

성깔을 부리는 석달의 머리통을 박 내관이 매운 손으로 찰싹, 휘갈겼다.

"이놈. 고개를 조아리지 않고."

"조아리고 싶으면 내가 알아서 조아릴 일이지! 남의 고개는 가지고 왜 난린데?"

녀석이 희번덕거리는 눈으로 박 내관을 째려보았다.

"그래도 이놈이. 얌전히 고개를 숙이지 못 하겠느냐?"

"쳇. 뭐 얼마나 대단한 양반이라고. 도와준 사람을 이리 대해도 되는 거야? 그게 배우신 양반님들 방식인가?"

석달은 억울했다. 물에 빠진 놈 구해 줬더니 무릎을 꿇리고 뒤통수나 휘갈기지 뭔가. 엽전 꾸러미는 못 줄망정 이래도 되나, 울화통이 터졌다.

괴한들이 기절한 연옥을 들쳐 메고 떠날 때까지 석달은 죽은 듯이 땅바닥에 엎어져 있었다. 누군가 발로 석달을 툭 차더니 죽고 싶지 않으면 떠벌리지 말고 지금처럼 나 죽었소, 가만있으라며 겁을 주었다.

괴한들의 발걸음 소리가 희미해지기를 기다린 석달은 주섬주섬 일어나 골목을 터덜터덜 걸어 나왔다. 백주대낮에 눈앞에서 벌어진 납치 사건이 신경 쓰이지 않는 것은 아니지만 그가 할 수 있는 일은 없었다. 관에 가서 발고를 하자니 훔친 노리개가 걸렸고, 발고를 했다 치더라도 괴한들이 기어이 자신을 찾아내 해코지할 것 같았다.

내가 무서워서가 아니라, 나 죽으면 울 누이는 어떡하란 말이야? 울 누이한테는 나밖에 없는데…….

뒤통수가 당기는 것이 찜찜했지만 세상만사 일일이 간섭해서 어찌 사나 했다.

에라, 모르겠다. 당장 내가 굶어 죽을 판인데 남 걱정은……. 내 배부터 채워야지. 울 누이 배가 등가죽에 붙었을 거구만!

양심의 거리낌을 지우려는 듯 부러 콧노래를 흥얼거렸다. 겅중겅중, 장물아비가 있는 피맛골로 뛰어가던 석달은 길가에 여럿이 모여 있는 장정들을 무심코 지나치다가 슬며시 되돌아와 귀를 쫑긋거렸다. 학진이 길에서 맞닥뜨린 곤에게 일의 자초지종을 고하는 중이었다. 계집아이가 어쨌다느니, 누가 사라졌다느니 하는 이야기들이 석달의 발목을 붙잡았다. 괴한들에게 붙잡혀 간 사내를 말하는 듯했다.

석달은 관에 발고는 하지 못하더라도 찾는 이가 있다면 소식 정도는 전해 주기로 했다. 괴한들처럼 장정들도 칼을 들고 있었기 때문에 관에서 굳이 나서지 않아도 이들이 납치당한 사내를 알아서 잘 구해 내지 싶었다.

석달은 뻐기는 목소리로 끼어들었다.

"누굴 찾는데 그러우?"

"에끼! 바쁘니 저리 가거라."

박 내관이 옷자락을 당기는 석달을 멀찍이 밀어냈다.

"얼굴 하얀 사내를 말하는 거라면 내가 알 듯도 한데."

"어허, 저리 가래도."

"그치 검계가 데려갔소."

일순 모두의 눈이 석달에게로 쏠렸다.

"어? 이놈입니다! 이놈이 노리개를 훔친 놈입니다!"

석달을 알아본 학진이 소리쳤다. 몸을 찔끔 움츠린 석달이 급히 손사래를 쳤다.

"왜…… 왜이래? 난 그냥 지나가다 도와주려던 것뿐이우."

"시끄럽다. 이 도적놈. 네놈이 노리개만 훔치지 않았어도 이 사달은 아니 났어. 이놈아!"

"하여튼 이놈의 세상천지, 나를 그냥 못 잡아먹어서 안달이라니까."

모처럼 좋은 일 해 보려다 망했다며 석달이 슬금슬금 뒷걸음질 쳤다.

"확실한 것이냐?"

한 발짝 앞으로 나선 곤이 미심쩍은 투로 물었다.

"뭐…… 뭐가 말입니까?"

"검계가 데려갔다는 것 말이다."

재차 다그치는 말에 석달이 입술을 삐죽거렸다. 가리개 뒤에 감춰진 상대의 얼굴을 살피려 눈알을 이리저리 굴렸다.

"거짓말일까 봐 그러십니까?"

"확실하더냐?"

"칼 들고 떼거리로 다니는 것을 보니 검계던데 말입니다. 요새 검계가 난리 아닙니까. 온통 검은 차림으로 얼굴을 가리고 있었습니다."

"어디로 갔는지 아느냐?"

"그야 모르지요. 웬 어른이 보자 그랬다면서 데려가는 것만 봤으니까요."

곤이 눈빛을 번뜩였다.

"꽤나 높으신 늙은이가 행차하려는가 보다."

"군사들을 풀어 사대문 밖을 찾아보겠사옵니다."

이록의 말에 그럴 것 없다며 고개를 저었다.

"거기까진 아니 갔을 게다. 고귀하신 몸뚱이 인질 하나 보자고 멀리 걸음 하겠느냐? 눈에 띄는 차림으로 여기저기 옮겨 다니기도 곤란할 터. 운종가 안의 곳집이란 곳집은 한곳도 빼지 말고 뒤져라. 근방에서 사람 아니 타는 곳은 곳집들뿐이니라."

곤은 범바위골 군사들이 흩어지는 것을 보며 그 역시 총급히 걸음을 뗐다. 석달이 그와는 반대 방향으로 주춤주춤 뒷걸음질쳤다. 이만큼 했으면 나도 노리개 값은 했다, 뭐.

그러나 은근슬쩍 도망가려던 석달은 그의 바람과 달리, 양 겨드랑이 한 짝씩을 군사들에게 나눠 잡혀 질질 끌려가는 신세가 되고 말았다.

박 내관이 석달의 몸을 뒤져 노리개를 찾아냈다. 노리개를 건네받은 곤이 엄한 표정으로 석달을 보았다.

"장한 일 하였다고 상을 주려 하였는데 이놈 이거, 벌을 받을 놈이구나."

이래서 양반은 도와주는 게 아니다.

석달은 분해서 악을 바락 썼다.

"물에 빠진 양반 구해 줬더니 보따리 내놓으라는 거야, 뭐야? 지랄염병. 사람들이 그러대? 진짜 어마무시하게 큰 도적놈은 따로 있는데 우리 같은 놈들이 조금 훔쳐 먹는 거랑 같겠냐고! 지들은 더 크게 해 처먹으면서."

"이런 몹쓸 놈 같으니. 뭐 뀐 놈이 성낸다더니 적반하장도 유분수지. 들치기 놈이 어디서!"

박 내관이 눈을 부라리며 석달을 꾸짖었지만 석달은 아랑곳하지 않고 더 쏘아붙였다.

"어차피 관아에 끌려갈 거 나도 이판사판이우. 사람 살리고 도리어 내가 죽게 생겼네. 진짜로 지랄염병이라니까."

"이놈이 정말 혼이 나 봐야……."

"그만 두어라."

곤이 박 내관을 만류했다.

"네 이름이 무엇이냐?"

"어차피 관아에 가면 얻어맞아 뒤질 놈, 이름은 알아 무엇에 쓰려……고 그러십니까?"

대답하는 석달의 목소리가 점점 잦아들었다. 변변찮은 아비가 남겨 준 이름자만 믿고 세상 무서울 것이 굴던 석달은 곤의 시선에 맥연히 기가 죽었다.

가리개를 벗은 상대의 얼굴은 상상한 것만큼 엄하거나 험상궂지 않았다. 외려 태어나서 한 번도 본 적이 없는 미남자였다. 다만 감정이 실리지 않은 담백한 동자가 원체 서늘해서 자연히 얼어붙었다.

석달은 허옇게 말라 쩍쩍 갈라진 입술을 질끈 깨물었다. 겁을 집어먹은 것을 숨기고자 되레 소리를 높였다.

"사또도 아니면서 이놈을 붙잡고 있는 이유가 대체 뭡니까? 관아에 보내려면 빨리나 보낼 것이지."

곤은 석달의 눈을 유심히 들여다보았다. 장바닥 들치기나 하면서 썩기엔 안채에 서린 총기가 아까웠다.

"대가를 지불하지 않고 남의 것을 훔치는 자를 보고 도적놈이라 한다. 네놈은 기껏 노리개를 훔쳤다고 생각하겠지만 네놈이클수록 훔치는 물건 또한 커질 게다. 바늘 도둑이 소도둑이 되는것이다. 그러다 보면 네놈이 말한 어마무시한 진짜 큰 도적놈이되는 게지."

"아이고, 어디서 귀신 씻나락 까먹는 소리가 들리네. 뭘 모르는 소리지 말입니다. 소 훔칠 힘이라도 있으면 소원이 없겠습니다. 울 누이 좋아하는 고기나 실컷 먹이게."

곤이 종알거리는 석달을 번쩍 들어 올렸다. 그의 어깨에 짐짝처럼 떡하니 걸쳐진 석달이 놀라 버둥거렸다.

"이…… 이게 지금 뭐하는 짓입니까?"

"관아에 가고 싶다지 않았느냐? 내 너를 친히 데려다 주마."

석달은 막상 나 죽었다 싶자 꿀 먹은 벙어리처럼 아무 말도 하지 못했다.

그러나 그 와중에도 위안이 되는 것 하나쯤은 있었다. 보통은양반이랍시고 천것들과 옷깃만 스쳐도 더럽다고들 난리였다. 벌레라도 붙은 것처럼 기겁을 해서 옷을 털어 내기 바빴다. 그에 비하면 지금 이 양반은 다른 듯했다. 석 달 열흘은 씻지 못한 것처럼꾀죄죄한 제 몸에 덥석 손을 대는 것으로도 모자라 손수 들쳐 메기까지 했다. 저렇게 장정들을 여럿 거느리고 다니면서 말이다.

관에 가서 곤장을 맞으면 장독(杖毒)이 올라 죽는 자들이 태반이라고 했다. 이왕 죽을 자리 찾아가는 길인데 고매하신 양반 나리 어깨에 짊어져서 가는 것도 들치기나 하고 사는 신세로 따지자면 나름 호강 중에 호강이라는 생각이 들었다. 양반네들 타고 다니는 가마 따위는 타지 못하더라도 양반 어깨를 가마삼아 타는 것이니 틀린 말도 아니었다. 그리고 보면 인생은 석 달보다 오래 살고 볼일이었다.

박 내관이 질겁해서 저가 대신 석달을 떠메겠다며 머리를 조아렸다. 곤은 목적한 장소에 다다를 때까지 석달을 내리지 않았다.

곳집을 떠나는 곤과 연옥 일행을 혁주는 망연히 서서 보았다. 그렇게 찾아 헤매던 연옥이건만 선뜻 달려가 돌려세울 수 없었다.

어쩌서 무엇 때문에 왕이 함께 있는 것입니까?

혁주는 곤을 바로 알아보았다. 곤은 예전과 다를 바 없이 그 모습 그대로였다. 달라진 것이라면 눈빛의 깊이와 본래도 맹렬했던 기가 더욱 사나워진 것 정도였다.

*   *   *

가판대에 쌓인 먼지를 탈탈 털던 족두리전 주인이 구석에 서 있는 간난을 한껏 쩨려보았다. 그러면 그렇지. 믿은 내가 천치다! 이를 으드득 갈았다.

도대체 지금 시간이 얼마나 흐른 거야? 암만 해도 물건 돌려받기는 그른 것 같으니 내 저년의 버릇이나 고쳐 놔야겠다!

먼지떨이를 가판대에 내팽개친 족두리전 주인이 간난의 귀를 잡아끌고 막 관으로 나서는데 연옥이 석달을 앞세우고 모습을 나타냈다.

"흥. 이제야 나타났……."

곤과 범바위골 군사들까지, 아까와 달리 많아진 일행을 본 족두리전 주인이 말을 흐리며 긴장했다. 어디서 칼부림이라도 하고 왔는지 옷자락에 튄 핏자국들이 그를 주눅 들게 만들었다.

"이곳이냐?"

곤이 확인차 묻는 말에 연옥이 고개를 끄덕였다.

"여기 네놈 물건이다. 확인해 보거라."

곤이 노리개를 돌려주자 쭈뼛거리며 받아 든 족두리전 주인은 물건을 제대로 살펴보지도 않고 옆에 대충 내려놓았다.

운종가에 출몰하는 검계나 왈패꾼들이라면 시전 주인인 그가 모를 리 없었다. 처음 보는 낯선 패에 이상타 하면서도 자고로 칼 찬 것들은 상대하지 말아야 수명이 긴 법이라며, 눈도 마주치지 않고 몸을 옆으로 튼 채 굽실거렸다.

"맞느냐?"

"아, 예. 아무렴요. 틀림없이 맞습니다요."

"이제 아이를 놓아 주거라."

"아이고, 이놈의 정신머리가…… 얘! 너 어서 가라. 어서 가."

족두리전 주인은 간난을 연옥이 있는 쪽으로 밀며 손을 휘휘 저었다. 긴장이 풀린 아이가 닭똥 같은 눈물을 뚝뚝 떨어트렸다.

"가자."

"나으리, 잠시만……."

연옥이 돌아서는 곤을 불러 세웠다.

"왜 그러느냐? 해결할 일이 남았더냐?"

"그것이……."

선뜻 원하는 바를 말하지 못하고 머뭇거린 연옥은

"말을 하래도."

곤이 재촉하자 주저하던 입을 겨우 열었다.

"노리개 하나만 사 주시면…… 꼭 갚을 것이옵니다."

노리개라니?

당황한 눈길로 연옥을 멀거니 보던 곤은 그만 가벼운 웃음을 터트렸다. 근자에 들어 처음으로 짓는 웃음다운 웃음이었다. 어여쁜 것에 동하는 것을 보면 저도 여인인 모양이라고, 노리개 하나 사 달라는 말이 뭐가 어려워 저리 오래 걸려서 하나, 비실비실 웃음이 새어 나왔다. 박 내관이 물선으로 패물을 주면 어떻겠느냐 한 것이 괜한 소리는 아닌 모양이다 했다.

다문 입술 안으로 애써 웃음을 밀어 넣었다.

"갚을 것이라 했느냐?"

"예."

"나는 돈이 차고 넘치는 사람이니 다른 것으로 갚아야 할 것이다. 어찌 갚겠느냐?"

"어찌 갚으오리까?"

곤은 짐짓 고민하는 표정으로 시간을 끌었다. 좋은 생각이 났다는 듯 고개를 주억거렸다.

"떠나지 말거라."

연옥의 눈이 흔들렸다가 차분해졌다.

"소인은 구금된 자가 아니옵니까? 자의로 떠나고 아니하고를 논할 처지가 아니옵니다. 나으리 처분을 기다리는 입장이옵니다."

"그러면서 멋대로 잘도 나왔구나."

"저자에 나와 보면 소인을 아는 자가 혹여 있을까 하여……."

"느긋하게 있으라 하지 않았느냐."

"돌아가려…… 했사옵니다."

"기껏 도망 나와 돌아오려 했다? 모자라지 않고서야 그럴 수 있단 말이냐?"

구태여 길게 설명하지 않아도 연옥이 남아 있으려는 이유가 자신의 과거사를 알기 위함인 줄 모르지 않았다. 곤은 더 이상 답하지 않는 연옥을 보며 눈썹을 의미 없이 들썩거렸다.

"네 입으로 누각에서 내게 은혜를 갚을 것이라 했다. 그것까지 더하자꾸나."

"예?"

"예는 무슨. 갚을 것이 있으면 바로바로 갚아야 큰 빚이 아니

되는 게다. 그나저나 너는 어찌 내게 빚만 늘어나는 게야. 나야,
야금야금 빚을 받아 내는 재미가 쏠쏠하지만 말이다."

곤은 연옥을 향한 눈길을 거두며

"한 냥에 스무 날이면 족할까."

혼자 중얼거렸다. 고개를 돌려 박 내관을 쳐다보았다.

"너 돈 가진 것 좀 있느냐?"

박 내관이 부랴부랴 소매 밑에서 엽전 꾸러미를 꺼내 올렸다.

"무엇으로 사 주랴?"

연옥이 족두리전 주인에게 돌려 준 노란 호박나비 노리개를
보았다. 곤이 손을 내밀자 나비 모양의 호박을 소매 끝으로 북북
문질러 닦은 족두리전 주인이 얼른 그의 손에 노리개를 얹어 주
었다. 물건 값으로 엽전 닷 냥이 족두리전 주인의 손에 놓였다.
일없이 불똥이 튈까 봐 전전긍긍하던 족두리전 주인의 입이 이
게 웬 떡이냐며, 헤 벌어졌다. 검게 썩어 들어간 이가 누런 이들
사이에서 흉해 보였다. 엽전 닷 냥이면 쌀 한 섬 값이었다. 고와
보이기는 해도 가판에 내어 파는 노리개가 얼마나 최상품이겠는
가. 예기치 못한 횡재에 족두리전 주인은 몸을 사리던 것도 잊고
얼씨구나, 지화자를 외쳤다.

곤이 노리개를 연옥에게 주었다.

"한 냥에 스무 날이니 닷 냥이면 백 일은 내 곁에 있어야 할 게
다."

값을 부러 잔뜩 치러 놓고 으스대는 모습에 연옥이 한 발짝 앞

으로 나섰다.

"나으리, 노리개 하나에 닷 냥이면 너무 비싼 값을 치르신 것이 아니시옵니까?"

"상품에 따라 저마다 질이 다르고 질이 다르니 값어치 또한 달라질 터. 물건에 어울리는 값을 지불하였을 뿐이다."

"하오나 이 노리개는……."

"네가 갚아야 할 날이 많다 생각하였다면 오히려 다행으로 여겨야 할 것이다. 내가 말하지 않았더냐. 나는 이자를 고리로 치는 사람이다. 헌데 이자도 마저 셈하려던 것을 보아 주었으니 네게는 좋은 일일 터."

곤과 연옥이 노리개 값을 두고 시시비비하는 동안 석달은 노리개 값이 비싸다는 연옥의 의견에 동조했다. 족두리전 주인의 손에 놓인 엽전 닷 냥이 배알 꼴리도록 아까웠다.

암만해도 시세를 잘 모르는 양반이지 뭐야. 에구. 빙충이. 빙충이. 상 빙충이!

곤을 보면서 혀를 내찬 석달은 코를 후비며 뾰로통한 표정을 지었다. 적선을 할 것이면 차라리 나나 줄 것이지, 삼시 세 끼 보리쌀이라도 거르지 않고 꾸역꾸역 처먹을 주인 놈한테는 뭐 하러 주나, 관에 끌려가 곤장을 맞기도 전에 배 아파 죽을 것 같았다.

석달의 시선을 느꼈는지 곤이 고개를 돌려 그를 보았다.

"왜 그러느냐?"

"뭐가 말입니까?"

"네놈 표정이 그 모양인 이유를 말해 보란 말이다."

"됐습니다. 적선을 하실 데가 그리도 없으십니까? 당장 광교 밑에 내려가 보십시오. 돈지랄하고 싶으시면 거기만 한 데가 없을 것이니."

석달의 말에 박 내관이 콧김을 불며 볼을 씰룩였다.

지랄이라니? 과연 저 어린놈의 녀석이 성상께 지랄이라 하였단 말인가! 저가 누구를 향해 버르장머리 없는 혓바닥을 굴리는지 모를 것이지만 겉으로 풍기는 기품이 예사가 아님을 척 보면 착 알아야 할 것이 아닌가. 천한 제 놈이 함부로 지껄일 수 있는 분인지, 아닌지 말이다.

"나으리, 소인이 당장 저놈을 관아로 넘기겠사옵니다."

"어린놈 하는 말이 재미지지 않느냐? 관아야 차차로 넘기면 될 터. 무엇이 급할까."

곤은 분기탱천한 박 내관의 말을 대수롭지 않게 받아 넘겼다.

"헌데 오랜 만에 나와서 그런지 저자도 이래저래 바뀐 듯하구나. 천천히 구경이나 하고……."

하던 말을 멈춘 곤이 눈썹을 가로 모았다. 조금 전에 사 준 노리개가 연옥이 아닌 간난의 손에 쥐여져 있었다. 낡은 헌 옷에 새 노리개가 어울릴 턱이 없었으나 아이는 눈물을 닦고 생글거렸다. 노리개를 제 옷에 대 보고 처음으로 가져 보는 호사품에 황홀해했다.

"네가 가질 것이 아니었느냐?"

곤이 불뚝성을 냈다. 흠칫 놀란 간난이 노리개를 떨어트렸다.

"이 아이에게 주고 싶었던 것이옵니다."

연옥이 노리개를 주우며 말했다. 그녀의 말에 용기를 얻은 간난이 노리개를 다시 제 손에 꼭 쥐었다. 누가 뭐라 해도 뺏기고 싶지 않은 듯 딴에는 결연하기까지 했다.

그러면 너는?

황의홍상, 붉은 댕기에 저 노리개를 달면 얼마나 어여쁠까. 곤은 열두 살 적 연옥의 모습을 볼 수 있으려나 내심 기대했었다. 그녀의 걸음에 맞춰 디룽디룽 춤을 출 노리개가 보고 싶었다.

눈치 빠른 간난이 곤의 얼굴을 살피더니 아쉬워하면서도 연옥에게 노리개를 돌려주었다. 연옥이 아이의 손을 잡고서 그럴 필요 없다며 안심시켜 주었다.

좋아서 사 준 내가 천치다!

곤은 가판대 위에 진열된 노리개들을 향해 이것도, 저것도, 요아래 것도, 저 위에 것도 하더니 족두리전 주인더러 모조리 팔라 했다. 노리개뿐만 아니라 가락지에 댕기, 꽃신까지 보이는 대로 값을 치렀다. 엽전이 꽉 찬 주머니를 아예 통째로 족두리전 주인에게 던져 주었다.

족두리전 주인은 어깨춤이라도 덩실덩실 추고 싶었다. 마른 하늘에 꼭 날벼락만 치는 것도 아닌 게지. 필시 이는 마른하늘에 돈벼락이 치는 형상이지 않은가.

십 수 개나 되는 함이 비단 보자기에 싸여 박 내관과 범바위골 군사들 손에 들려졌다.

"이것들의 값을 너에게 빌려줄 터이니 셈은 나비 노리개와 같이 할 것이다. 한 냥에 스무 날, 잊지 말거라."

기가 막힌 듯 연옥이 한참 만에야 입을 열었다.

"소인이 원한 것들이 아니옵니다."

"나는 네가 다른 것들도 갖고 싶어 하는 줄 알았지."

"대체 소인이 이것들로 무엇을 하오리까?"

"알 게 무엇이냐. 지나가는 아낙에게 뿌리든지 들치기꾼 놈 말대로 대광통교 밑에 내려가 돈지랄을 하든지 그거야 네 알 바지 않으냐. 모르긴 몰라도 저것들을 갚으려면 꽤 오래 내 곁에 있어야 할 것이야."

"바라지도 않은 것을 내리시면서 갚으라 하시다니요? 온당치 않으시옵니다."

곤이 눈썹을 홱 치켜 올렸다.

"가원아!"

박 내관을 부르는 목소리가 심술궂었다.

"금일 내가 쓰는 엽전들을 모두 기록해 셈해 놓거라. 단 한 푼도 빠짐없어야 한다. 알겠느냐? 알았으면 시장하니 요기나 하러 가자."

곤은 멍하니 서 있는 연옥의 손을 잡아끌었다. 어수선한 틈을 타 도망가려던 석달은 여지없이 박 내관에게 뒷덜미를 잡혔다.

　행세깨나 하는 자들이 주로 다닌다는 고급 탕반을 몇 군데나 그냥 지나친 곤이 선택한 곳은 피맛골의 주막이었다. 피맛골은 본디 양천의 거리로 신분 낮은 자들이 높으신 양반님들 피해 다니는 길이었다. 당연히 왕이 다닐 거리가 아니었다.

　"머무르시기에 심히 추루한 곳이옵니다."

　박 내관의 불평을 무시한 곤은 주막 안으로 거리낌 없이 들어갔다. 말 한 마리 겨우 다닐 만한 비좁은 거리를 사이에 두고 즐비하게 늘어선 유곽이나 술청들이 와자한 것에 비해 주막의 좁은 마당은 휑하기 그지없었다.

　툇마루에 하는 일 없이 앉아 있던 늙은 주모가 마당에 들어서는 곤과 일행을 보고 부랴부랴 짚신을 욱여 신었다. 술장사 수십 년에 별별 사내놈들을 다 겪어 낸 주모였다. 으스대는 대궐 별감부터, 저자의 무법자인 검계와 동냥 술 얻어 마시러 다니는 비렁뱅이들까지 겪어 보지 않은 놈들이 없었다. 옷에 그깟 피 좀 묻히고, 칼 좀 덜컹거린다고 족두리전 주인처럼 겁낼 배짱이 아니었다.

　주모는 주름이 자글자글한 얼굴로 반색을 하며 이 빠진 잇몸을 드러내고 헤벌쭉 웃었다. 다들 매소부(매춘부)가 있는 곳만 가려고 안달들이었다. 눈발만 날리던 주막에 웬일로 손님이 찾아들었나 주모는 마냥 신이 났다. 그들이 주막에 들르기 전 어디서 무슨 짓을 하다 피를 묻혔는지 그것은 그이가 상관할 일이 아니었다. 바깥의 소란스러움에 부엌에서 박색의 떠꺼머리처녀가 고개를 삐쭉 내밀었다.

"이보시게, 주모. 자네 솜씨 한번 보세. 거하게 차려 보시게나."

급해진 주모가 행동이 굼뜬 처녀를 닦달해 부엌 안으로 밀어넣었다. 달그락, 달그락 부산을 떠는 소리가 야단스러웠다.

"대로에 납실 만한 곳이 있건만 구태여 이런 곳을……."

열악한 주막 사정이 탐탁찮은 박 내관이 또다시 구시렁거리자

"세설(細說 쓸데없이 늘어놓는 말) 그만 늘어놓고 입 좀 다물어라. 쓸데없이 군소리만 늘어서는."

마루에 자리를 잡고 앉은 곤이 면박을 주었다.

"존체가 아니시옵니까?"

"존체고 뭐고 간에 대로에 있는 탕반은 돈 많은 객들이 득시글대지 않겠느냐. 나 아니래도 돈 가져다 바칠 양반 놈들 많을 텐데 뭐 하러 나까지 보태랴. 이왕 먹을 밥, 손님 덜한 데서 먹어야 누이 좋고 매부 좋은 게다."

"예에?"

"주모는 손님 치러 좋고 나는 행여 누가 알아볼까 긴장하지 않아도 되니 밥술 뜨기가 편할 것 아니냐."

그제야 곤이 굳이 피맛골 안까지 들어온 까닭을 이해한 박 내관이 멋쩍어 하며 애먼 귀 뒤만 긁적거렸다.

주모가 한상 가득 차려 내자 곤이 석달과 간난을 마루 위로 불렀다. 이번에는 박 내관이 나서서 뭐라 하기도 전에 그들 스스로

가 냉큼 올라서지 못하고 토방 아래에서 머뭇거렸다. 삶은 닭과 나물들, 빈대떡과 두부 부침에 편육, 산적과 시루떡 등 기름진 음식들을 앞에 두고도 그들의 자세는 어정쩡했다.

하루 내 화창했던 날씨가 우중충해지더니 금세 싸라기눈이 내리기 시작했다. 아이들의 좁은 어깨 위로 눈이 하나둘 떨어졌다.

푹 끓여 육수를 낸 고기국밥 냄새가 코를 찔렀다. 뱃속이 꼬르륵거리며 요동을 쳤다. 석달은 침을 꼴깍 삼키고, 간난은 죄 없는 손톱만 물어뜯었다. 상 위에는 저희들 몫의 국밥과 수저가 있었지만 정말로 먹어도 되는 것인지 판단이 서지 않았다. 덩달아 곤의 맞은편에 앉아 있던 연옥도 수저를 들지 못하고 국밥만 멀거니 보았다.

곤은 탁주를 한 사발 들이켰다. 그의 눈이 간난을 향했다.

"올라오지 않을 것이냐?"

간난은 부모가 누군지도 모르고 태어나 어린 평생 상전 수발이나 들고 산 비자였다. 양반과 겸상이라니, 이는 해가 서쪽에서 뜨고 지천이 갈리는 일만큼 이상하고 무서운 일이었다. 어린 마음에 실컷 먹이고 멍석말이를 시키려는 것이 틀림없다 싶었다. 양반이란 본시 아랫것들 괴롭히는 재미에 산다고 태평관의 반빗간 찬모가 말하던 것이 떠올랐다.

빈 사발에 탁주를 그득 채운 곤이 이번에는 석달을 보았다.

"너도 아니 먹을 것이냐?"

"정말 양반이 맞기는 한 겁니까?"

"뭐라?"

"아랫것하고 겸상하는 양반이 어디 있다고…… 양반네들도 우리들이랑 먹기 싫겠지만 우리라고 좋은 줄 아십니까? 밥알이 코에 들어가는지 귀에 들어가는지도 모를 텐데 말입니다. 귀한 쌀 축내고 얹히느니 아니 먹으랍니다."

"그놈 참!"

곤은 거푸 탁주를 마시더니 주모를 불러 상을 따로 차리라 주문했다.

"먹어야 기운이 나서 말대꾸를 할 것 아니냐. 가서 먹어라."

마당에 설치된 천막 밑에는 평상이 쭉 늘어져 있었다. 주모가 그곳에 개다리소반을 가져다 놓는 것을 보고서야 마음이 편안해졌는지 간난이 짚신을 벗고 상 앞으로 다가앉았다. 조막만 한 머리통을 김이 폴폴 나는 커다란 뚝배기에 들이박고 정신없이 국밥을 퍼먹었다.

"기어코 먹지 않을 참이냐?"

고집스레 버티던 석달이 입술을 삐죽였다. 할 말이 있는 듯 눈알을 이리저리 굴렸다.

"할 말이 있거든 해 보거라."

"우리 누이 가져다 줘도 됩니까?"

국밥 대신 맨밥을 시킨 곤은 나물만 먹었다. 고사리나물을 집다 말고 젓가락을 내려놓았다.

"이름이 무엇이냐?"

"왜 자꾸 이름은 묻나 몰라."

그 뚱한 목소리에 곤은 괜한 웃음을 흘렸다.

"왜기는. 알려 주지 않으니 자꾸 묻는 것이지. 네놈이 관아에 끌려갈 것을 내가 구해 주었고 이리 국밥도 사 먹이는데 이름 석 자 아는 것이 대수라더냐."

"관아에 안 넘긴다는 말씀입니까?"

눈을 휘둥그레 뜬 석달이 믿기지 않은 투로 되물었다.

"네놈 하는 것 봐서."

"쳇."

그러면 그렇지. 코웃음을 치면서도 성난 괭이처럼 털을 바짝 세우던 석달의 표정이 조금 누그러졌다.

"석달이."

녀석은 우물거리며 제 이름을 내뱉었다. 곤이 고개를 끄덕였다.

"그만 가 먹어라."

"어차피 나 줄 음식이면 내 것 아닙니까? 내 것 내가 우리 누이 주겠다는데 뭐가 잘못된 겁니까?"

석달의 목소리가 또다시 거칠어졌다.

"네 누이 것은 따로 챙겨 줄 것이니 걱정 말고 먹으란 말이다."

아이는 아이였다. 경계의 마음이야 아직 남아있지마는 홀쭉한 배를 채울 수도 있고 누이의 것까지 챙겨 준다 하니 운수 대통한 날이 분명했다. 에라, 혹시 양반 나리가 변덕을 부려서 관아로 끌고 간대도 그나마 먹고 죽으니 때깔은 고우리라 했다.

곤은 범바위골 군사들에게도 평상에 앉아 요기하라 명했다. 이록의 눈치를 보던 군사들이 하나둘 수저를 들고 앉았다. 중도에 연옥을 놓쳐 실수를 저질렀다는 생각에 학진은 수저를 깨작거렸고, 박 내관과 이록은 곤의 재촉에 하는 수 없이 상 앞에 앉았으나 수저를 들지 않았다.

"상다리가 휘어질 정도로 차렸건만 왜 아니 먹는 것이냐?"

곤이 생선살을 발라 빈 접시에 놓아 주었다. 연옥은 두부처럼 하얀 조기 살을 보았다. 고개를 들어 곤을 마주 보았다.

"정작 나으리께서는 육선에 저를 대지 않으시옵니다."

"나는 침채(김치)나 나물이면 되었다."

"소인도 그러하옵니다."

"먹어야 한다. 그래야 쇠한 기력이 보충될 것이다."

"나으리도 그러하시옵니다."

"나는 괜찮다. 온갖 좋은 것들만 먹어 오히려 기력이 넘쳐 나는 중이다."

빈 접시에 조기 살이 수북이 쌓여 갔다. 젓가락을 놓은 곤이 고개를 마당으로 돌렸다. 국밥을 먹는 군사들, 석달과 간난을 보았다.

"저들이 먹어야 한다. 군사들이 먹어야 하고 논밭의 농군들이 먹어야 한다. 백성들의 상에 육선이 올라야 한다. 그들이 배불리 먹어야 비로소 내가 이것들을 취할 자격이 생기는 것이다."

"……."

"누가 저 어린 사내아이를 도적질이나 하는 들치기꾼으로 만들었단 말이냐. 맑아야 할 두 눈에 맺힌 분노와 의심은 대체 누가 만든 것이냐?"

곤은 고개를 숙였다. 그는 한동안 말이 없었다.

"내가 만들었다. 내가 그리했다. 잘한 것은 보이지 않고 온통 못한 것만 보이는구나."

"그것이 어찌 나으리의 탓이겠사옵니까?"

"내가 앉은 자리가 본래 그러한 법이다."

"……."

"말해 보아라. 어떻게 해야 저 아이들이 굶지 않겠느냐?"

"나으리께서 육선을 멀리하시듯 권좌에 앉은 자들이 그리하여야 백성들이 배불리 먹을 것이옵니다. 높이 앉은 자들이 굶어야 하옵니다."

고개를 든 곤이 연옥의 눈을 들여다보았다. 연옥이 입술을 깨물었다. 저도 모르게 튀어나온 말이었다.

"그리 생각하느냐?"

"백성이 먹을 것을 권좌에 앉은 자들이 모두 먹어 버리니 그러한 것 아니겠사옵니까?"

곤이 술병을 들었다. 연옥이 그에게서 술병을 뺏어 들었다. 그녀가 사발에 탁주 따르는 것을 멍하니 보았다. 탁주를 비운 곤은 고개를 돌려 마당을 보았다. 싸라기눈이 계속해서 내렸다.

        *   *   *

한양 땅에서 비렁뱅이 짓을 하는 거지들을 사람들은 '꼭지'라 불렀다. 이러한 꼭지패들은 백여 개에 이르는 개천의 다리 밑에 움막을 짓고 살았는데 다리마다 패거리가 달랐다. 자기들끼리는 서로의 꼭지를 가리켜 어디어디 무슨 대감댁 꼭지라고 불렀다. 이를테면 대광통교 밑의 꼭지를 북촌 김 대감댁 꼭지라고 부르는 식이었다. 그리고 꼭지에는 으레 '꼭지딴'이라는 우두머리가 있기 마련이었다.

등가죽에 붙은 배가 부풀어 오르고 누이에게 줄 음식까지 한 보따리 얻자 석달은 경계하던 마음이 완전히 풀어졌다.

그의 부모는 시골 대지주의 소작농이었다. 흉년이 크게 들고 소작료가 밀리자 기일 내에 공납을 맞추지 못한 석달이네는 방납업자에게 비싼 이자를 주고 공물 대납을 청할 수밖에 없었다. 지주는 밀린 소작료를 곱절의 이자를 붙여 빌려주었고, 석달이네가 그것을 갚지 못하자 결국 소작지를 뺏어 버렸다. 소작지까지 잃어 방납업자에게 공납 이자마저 갚을 길이 없어진 석달 아비는 병든 아내와 어린 남매 둘을 데리고 지난 해, 야반도주를 할 수밖에 없었다.

석달은 들치기꾼이 된 사연을 주절주절 떠들어 댔다.

공납 빚에 쫓겨 고향을 등지고 도성 땅으로 도망 온 석달이네는 의탁할 곳을 찾지 못하고 결국 다리 밑으로 흘러들어 갈 수밖

에 없었다. 대광통교 아래 김 대감댁 꼭지패에 들어간 지 얼마 안
돼, 어미는 병사하고 아비는 구걸해 온 것이 시원치 않아 꼭지딴
에게 맞아 죽었다는 소리를 석달은 아무렇지 않게 했다. 혹시나
음식이 식을까 봐 품에 꼭 안고 잰걸음으로 걸으면서도 그는 말
이 많았다.

곤은 말이 없었다. 석달의 말을 듣다가 중간중간 고개를 끄덕
이거나 희미한 한숨을 쉬는 것이 그가 보인 반응의 전부였다.

대광통교에 가까워졌을 무렵, 앞서 걷던 석달이 문득 몸을 돌
리고 서서 왜 쫓아오느냐고 물었다. 곤은 그저 걸었을 뿐이라고
답했다. 석달은 허리를 숙여 넙죽 작별 인사를 하더니 다리 밑으
로 미끄러지듯 뛰어 내려갔다.

"청조 같은 아이가 있었다."

석달의 뒷모습을 보며 곤이 말했다. 연옥은 잠자코 다음 말을
기다렸다.

"운종가며, 개천의 다리 밑을 어찌나 팔랑거리고 다니던지 한
자리에 머무르지 않은 가볍고 무한한 날갯짓에 새가 아닌가 하
였다. 잡으면 금방 날아가 버릴⋯⋯."

곤은 석달이 사라진 다리 밑으로 걸음을 옮겼다.

"그 아이는 이곳에서 무엇을 보았을까? 무엇을 보았기에 그리
도 이곳저곳 사방으로 날아다녔을까?"

싸라기눈이 녹아 개천의 흙바닥이 온통 질척거렸다.

"이런 개 아들놈의 새끼를 봤나!"

저만치 여러 개의 움막 중 한곳에서 쩌렁쩌렁한 고함 소리가 들렸다. 석달이 움막 밖으로 퉁기듯 밀려나와 흙바닥을 데굴데굴 굴렀다. 곧장 무릎을 꿇고 앉아 움막에서 나오는 살찐 사내를 향해 두 손을 싹싹 빌었다.

"꼭지딴 어른, 잘못했습니다. 한번만 용서해 주세요. 네?"

"야 이놈아, 구걸을 해 왔으면 나한테 먼저 바쳐야 할 것이 아니냐? 그래야 도리지. 먹여 주고 재워 줬더니 어디서 이런 배은망덕한 짓이야? 천하의 개 후레아들 놈 같으니!"

피둥피둥 살이 쪄서 기름기가 줄줄 흐르는 꼭지딴이 소도둑 같은 발로 석달의 가슴을 사정없이 걷어찼다. 작은 몸뚱이가 다시 흙바닥을 굴렀다.

"어차피 뒤질라고 골골거리는 저년 뭐가 예쁘다고 손도 안 댄 깨끗한 음식을 갖다 주냐, 이 머저리 같은 놈아. 이 어르신은 새 밥 먹어 본 지가 언제인지 기억도 안 나는데 니들만 배따시면 다 다 이거냐고!"

"아닙니다, 아닙니다. 꼭지딴 어른! 울 누이가 먹지를 못하고 시름시름 앓은 날이 며칠이나 돼서 정신없이 가져다준다는 것이⋯⋯."

"야, 이 자식아! 니 눈에는 니 누이 년만 보이고 나하고 저기 저 내 새끼랑 내 마누라는 안 보이냐? 위계질서가 있는 것이지, 위계질서가! 애비는 구걸도 제대로 못하는 병신이드만 새끼는 은인도 몰라보는 호래자식이네그려. 애들아 뭐하냐! 이 새끼, 밟어!"

꼭지딴의 패거리들이 석달을 가운데로 몰아넣고 일제히 밟기 시작했다. 둥글게 몸을 만 석달은 이를 악물고 반쯤은 비명을, 반쯤을 울음을 토해 냈다. 움막 밖으로 북북 기어 나온 소녀가 동생을 한번만 살려 달라며 꼭지딴의 다리를 붙들고 매달렸다. 소녀의 깡마른 몸은 꼭지딴의 발길질 한 번에 종잇장처럼 나가 떨어졌다. 꼭지패의 식구들은 대개가 무기력했다. 먹지 못해 힘이 없었고 죽지 못해 사는 이들이라 의욕이 없었다. 그들은 퀭한 눈으로 뼈도 굳지 못한 어린애가 잡도리당하는 것을 멍하니 보고만 있었다.

"지금 무엇을 하는 것이냐?"

곤의 목소리가 위험할 정도로 조용했다. 공기가 순식간에 뒤바뀌었다. 석달을 두들겨 패던 무리들을 이록이 떼어 냈다. 힘으로 밀어붙일 줄이나 알지 내금위장 앞에서야 조무래기들이었다. 심상치 않은 분위기를 감지한 꼭지딴이 비굴하게 웃었다.

"아이고, 나으리. 뉘시온데 이런 누추한 곳까지 왕림을 다 하셨사옵니까?"

"무엇을 하느냐고 물었다."

상대가 만만치 않음을 직감한 꼭지딴이 순식간에 웃음을 싹 지웠다. 어깨를 과장되게 펴고 비위짱이 상한 듯 가래침을 '캭' 뱉었다. 코를 벌름거리며 훌쩍거렸다.

"거참, 뉘신지 모르겠으나 가시던 길 가시구랴. 여기는 양반님네들도 함부로 못 건드리는 꼭지패 움막이우. 쇤네가 오늘 이 어린놈의 새끼, 쪼매 가르칠 일이 있어서 그러니 신경 끄시는 것이 좋을 것입니다요."

곤은 거드름을 피우며 건방을 떠는 꼭지딴을 차갑게 보았다. 쓰러진 석달과, 석달을 부둥켜안고 우는 그의 누이를 보고 뼈가 으스러질 듯 주먹을 쥐었다. 입술을 가만 깨물었다. 몸을 돌려 연옥을 보았다.

"이독제독(以毒制毒)라 했다. 독으로써 독을 제압한다. 악은 무엇으로 제압해야 하느냐?"

"악을 악으로 친다면 세상은 악이 정의가 될 것이옵니다."

곤의 눈가가 어두워졌다.

"저들을 교화하라 말하고 싶은 것이냐?"

연옥은 대답 대신 눈썹을 내렸다.

"교화라…… 좋지. 좋은 말이다. 허나 교화가 되지 않는 자들은 어찌해야 하느냐? 저들은 교화가 되지 않는 자들이다. 교화가 되지 않기에 악이다. 유하고 선한 마음으로 악을 대하면 어찌 되는 줄 아느냐? 먹힌다. 한입에 꿀꺽 잡아먹히고 말지. 악은 악으로써 제압해야 한다. ……이록!"

즉시 다가온 이록이 고개를 숙였다.

"꼭지딴이란 놈과 저들을…… 죽여라. 모조리. 남김없이!"

이록이 팔을 휘저어 신호하자 학진과 군사들이 꼭지딴 패거리를 붙잡아 무릎을 꿇렸다.

곤은 박 내관을 불렀다.

"석달과 그의 누이를 데리고 간다."

*   *   *

태평관으로 돌아가는 내내 곤은 침묵했다. 해가 뉘엿뉘엿 기울고 청지기가 대문 밖으로 나와 청사초롱을 걸 때쯤 기방 앞에 도착한 그는 마찬가지로 말이 없던 연옥의 팔을 잡아 돌려세웠다. 그는 그녀를 가만히 끌어안았다.

연옥을 사내인 줄로만 아는 범바위골 군사들이 민망한 얼굴로 등을 지고 돌아섰다. 지난번 행차에 곤이 연옥을 안고 누각에 올랐을 때도 사내끼리 볼썽사납다 했건만 이번에는 숫제 대놓고 껴안는 것이 아닌가.

전하께서 남색을 즐기신단 말인가?

보지 말아야 할 것을 본 듯 그들은 쩔쩔맸다.

연옥이 여인이라는 사실을 아는 간난은 얼른 군사들을 따라 돌아섰지만 석달과 그의 누이는 눈을 말똥말똥 뜨고 곤과 연옥을 신기하게 쳐다보았다. 박 내관이 윽박지르는 시늉을 하자, 그때서야 고개를 갸웃거리며 돌아섰다.

연옥은 움찔하면서도 곤을 밀어내지 않았다.

"오늘 광교의 꼭지딴을 죽였다."

"……."

"내일이면 또 다른 꼭지딴이 다리 밑의 권력을 장악할 것이다."

내뱉는 호흡마다 곤의 고뇌가 짙게 묻어 나왔다.

"얼마나 죽여야 할까? 내 손에 얼마나 많은 피를 묻혀야 할까?"

전하, 전하는 뉘시옵니까? 소인에게 어찌 기대시옵니까?

묻고 싶은 말을 연옥은 삼키고 말았다. 그녀는 대신 귤에 대해서 말했다. 귀한 것을 넉넉히 챙겨 주시니 감사하다, 했다.

"맛있더냐?"

귤이 맛있더냐고, 묻는 곤의 얼굴이 첫 몽정을 한 소년처럼 불그스름했다. 종일 그가 뿌린 피가 소천을 이루고도 남았다. 순간이나마 치열한 대립과 투쟁의 잔인성으로부터 비껴난 그는 첫정에 빠진 사내처럼 어색해하고 설레어 했다.

맛을 보지 않았으니 답할 말도 없었다. 약지 못해 빈말이나마 맛있었다, 듣기 좋은 소리도 할 줄 몰랐다. 연옥은 곤의 눈길을 피해 땅만 보았다. 곤은 더 묻지 않았다.

연옥을 태평관 안으로 들여보낸 곤은 한동안 닫힌 기방 문을 뚫어질 듯 노려보았다. 남겨진 자리에서 홀로 뇌었다.

"미안하다 사죄를 하여야 할 텐데…… 그러면, 내가 변명을 하면 들어는 주려는지……."

*   *   *

군사들과 간난이 등잔 불빛도 없는 방에 함을 차곡차곡 들여놓았다. 곤이 족두리전 주인에게서 구입해 억지로 떠넘긴 물건들이었다.

그들이 물러가고 연옥은 한동안 방문에 기대어 어둠을 응시했다. 구들에서 올라오는 온기로 방 안은 훈훈했지만 그녀의 가슴은 숭숭 구멍 뚫린 문창지처럼 찬바람이 스며들었다.

어둠 속에서 하나둘, 방 안의 것들이 윤곽을 드러내기 시작했다. 패물이 담긴 함들을 보면서 저것들을 어찌하나, 난감하기만 했다. 문득 머름 창가를 보았다. 뚜껑이 열린 채 자리를 지키는 귤 함이 보였다. 다가가 무릎을 모으고 앉았다. 귤을 한 개 집어 들었다. 과실의 껍질에서 오돌토돌한 돌기가 느껴졌다. 함을 꽉 채웠던 귤은 먹성 좋은 간난이 덕에 서너 개 밖에 남지 않았다. 시고 단 향이 야릇했다. 그 야릇한 향에 이상하게 허기가 졌다. 천천히 껍질을 까서 입안에 살 오른 과육을 한 점 넣었다. 투명한 피막이 입속에서 톡 터지자 탱글탱글한 과육이 물과 함께 퍼졌다.

"맛있더냐?"

귓전에 남아 맴도는 곤의 목소리에 연옥은 고개를 주억거렸다.
예, 맛있나이다. 시고도 다나이다.
그녀는 과육을 한 점 더 입에 넣었다.

三章
독과 거머리

"큰소리치며 자신하더니 네놈이 일을 아주 망쳐 놓았구나."

김직언이 분심을 이기지 못하고 구창을 찌를 듯이 노려보았다. 늘어진 볼살이 푸르르 떨렸다.

"하, 하필이면 그때 왕이 나타나는 바람에……."

더듬거리며 김직언의 눈치를 살핀 구창은 아쉬운 듯 입맛을 다셨다. 일만 잘 마무리됐으면 단계를 수중에 넣을 수도 있었다는 생각이 들자 곱씹어 생각할수록 기막히고 안타까웠다.

"이런 반편이 같은 놈을 보았나."

기어이 분통을 터트린 김직언은 벼루를 들어 구창을 향해 내던졌다. 가까스로 비껴 날아간 벼루가 장지문에 부딪치며 나동그라졌다.

"천하에 다시없을 좋은 기회를 그리 날리다니! 그만한 일도 처리하지 못하고 무엇으로 밥값을 하겠다는 게야!"

날아드는 질책에 구창이 움찔하며 몸을 옹송그렸다.

"야 이놈아, 밥값은커녕 저가 싸질러 놓은 똥값도 못 할 놈아! 이젠 어찌할 것이냐. 어찌할 것이야!"

노발대발하는 김직언의 분노에 어찌할 바를 모르던 구창은 서안 밑까지 북북 기어가 한번만 봐 달라며 엎드려 통사정을 했다.

"대감마님, 한번만 더 기회를 주십시오. 이놈이 직접 나설 것입니다. 왕에게 사로잡힌 놈부터 처리하고 이번에는 아예 태평관으로 쳐들어가 무연이 그것을 요절내겠사옵니다. 믿어 주시면 대감마님, 이놈의 모가지를 걸겠사옵니다."

"홍. 그깟 서푼어치도 안 될 놈의 모가지."

구창의 얼굴이 확 붉어졌다. 입술을 지그시 깨문 그는 곧 낯빛을 수습하고 김직언을 넌지시 올려다보았다.

"하온데 대감마님, 그보다 이상한 점이 하나 있사옵니다."

"이상한 점이라니?"

무슨 대단한 비밀 이야기라도 되는 것처럼 구창의 목소리가 의뭉스레 낮아졌다.

"무연이 너무 멀쩡히 잘 있는 것 아니겠사옵니까?"

그러자 김직언이 허리를 쭉 펴고 구창을 똑바로 내려다보았다.

"무슨 말이더냐?"

"임금을 시해하려다 잡힌 자가, 그 모습이 너무나 평온하여 죄인의 꼴이 아니라 마치 귀한 손인 듯 보였사옵니다. 상한 몸이 조섭을 잘 하였는지 윤기가 자르르 흐르니 이상한 일이 아니옵니까?"

귀한 손이라…… 임금의 시해를 도모하다 잡힌 처지. 죽임을 당하진 않았더라도 반은 시체 꼴이 되었을진대 도리어 멀쩡하다?

김직언은 제 아비를 죽인 자의 이름을 처음 듣던 날, 연옥의 표정을 떠올렸다. 그럴 리 없다고, 어찌 그분이 내 아비를 모해할 수 있느냐며 어린 것이 토해 내던 처절함과 비탄을 곰곰이 되새김했다.

　　"내가 네 눈의 깊이를 알 수 없고, 하여 밑바닥을 보지 못
　하니 네년이 무슨 생각을 하는지 알 수 없구나. 이만큼 나
　이가 들어 살피지 못하고 들여다보지 못할 사물이 없다 여
　겼건만 도통 네년의 속만은 알 수 없음이다."

건영헌의 무예별감으로 입궐하기 전, 김직언의 말을 연옥은 아무런 대꾸도 없이 그저 듣고만 있었다.

　　"보이지 않으니 보지 못하는 자의 불안은 더욱 큰 법이
　다. 네년이 내게 아무것도 보이지 않고 아무것도 들키지 않
　으니 무엇으로 믿으랴. 어릴 적 '이곤'라는 이름자에 흔들리
　던 네년의 눈을 기억한다. 네년이 유일하게 내게 속내를 들

킨 날이 아니냐. 허니 하지 못할 것이면, 흔들려 머뭇거릴 것이면 아예 입궐치 말아야 할 것이다."

"어찌 그리 말씀하시옵니까? 오로지 이 날만을 기다리며 살아왔음을 대감마님께서 잘 아시지 않사옵니까?"

"그 옛날, 내게 보인 네 두 눈의 흔들림에 대하여 말해 보거라. 과연 그 흔들림의 발로는 무엇이란 말이더냐."

"당치 않으시옵니다. 어린아이의 동자 따위가 아니옵니까?"

"어린 것이라고 속이 없겠느냐. 그때 네 속에 앉아 있던 그것이 무엇이건 간에 아직 잊지 못하였거든, 다시 떠올려 대사를 그르치려거든 그만두어라. 잘해야 기생 년 팔자, 아차 잘못 구르면 언제 어디서 죽을지 모르는 역적의 후손을 중궁마마께서 거둬 주셨으니 은혜를 갚지 못하겠거든 초나 치지 말아야지."

"선부께서 돌아가시던 그날…… 그분을 그리 몰아간 자의 이름을 알게 되었던 그날…… 그날부터 저는 오로지 그 자의 가슴에 비수를 꽂는 일만 꿈꾸며 살아왔사옵니다. 제 스스로 초를 치겠사옵니까?"

끝끝내 제 발로 입궐한 연옥이었다. 하기는 지난 수년간 연옥이 어찌 훈련하고 버텨 왔는지 누구보다도 김직언, 그 자신이 잘 알았다.

"대감마님?"

구창의 부름에도 김직언은 생각을 풀지 않았다.

어쨌거나 거사를 실패하고 붙잡힌 죄인의 몸. 상한 몸이었으니 사내가 아니라 계집인 것을 들켰음이 분명했다. 일이 그리되었으면 서연옥을 왕이 알아봤을 수도 있는 일이었다. 죄인을 귀한 손처럼 대우하다니 찜찜함을 지울 수 없었다. 더구나 제 손으로 죽인 자의 여식이었다. 서로 간에 악연도 그런 악연이 없을 터. 무슨 조화 속인지…… 사연이 무엇이건 지난날 그들 사이의 정리가 되살아나기라도 한 것이라면 서연옥을 더더욱 살려 둘수 없었다. 벌써 모든 것을 토설했을지도 모른다 생각하니 뒷목에 소름이 오스스 돋았다.

김직언은 여전히 미심쩍은 눈길로 구창에게 말했다.

"이번에는 네놈이 직접 움직여야 할 게다."

"여부가 있겠사옵니까. 목숨을 다해 실수 없이 처리하겠사옵니다."

어렵사리 다시 얻은 기회에 구창은 연신 고개를 주억거리며 굽실거렸다.

"쯧쯧. 어찌 이리도 써먹을 만한 놈들이 없을꼬. 뭐하고 있느냐? 냉큼 물러가지 않고."

헐레벌떡 일어난 구창이 뒷걸음질로 주춤주춤 물러나자

"잠깐."

문밖으로 사라지기 전, 김직언이 그를 불러 세웠다.

"부계주…… 가 말이다."

"혁주 말씀이시옵니까?"

"그놈 머리 돌아가는 것이 보통이 아니야. 네놈이 하고자 하는 일…… 들키지 말아야 될 게다. 무연이라고 하면 사족을 못 쓰는 자가 아니냐."

구창의 입술이 꿈틀거렸다.

"명심하겠사옵니다."

"이번 일만 잘 처리하면 단계의 차기 주인은 네놈이 될 것이다. 그러니 잘하란 말이야. 계주인 무연도 죽고 혁주 놈은…… 재주가 제법 좋아 뒤를 봐주긴 하였다만 그놈은 성질머리가 오래 살 놈이 아니니 눈치껏……. 알겠느냐?"

"이놈, 성심을 다할 것이옵니다!"

"반드시 그래야 될 게야."

그만 가 보라며 손짓으로 구창을 물린 김직언이 하품을 늘어지게 했다. 노구에 기력이 부쩍 쇠했다.

지난 세월, 곤은 파릇하던 소년에서 강건하고 단호한 사내가 되었다. 곤이 온전한 사내가 되어 가는 동안 김직언은 너무 늙어 버렸다.

김직언은 왕이 가진 젊음이 별수 없이 부러웠다.

근자에 새로 들인 첩이 비시시 웃으며 방 안으로 들어왔다. 장침을 베고 몸을 보료에 뉘이자 몸을 비비 꼬며 다가앉은 계집이 김직언의 다리를 끌어안고 주물렀다. 손녀뻘 되는 어린 첩의 코

맹맹이 소리가 간드러졌다. 김직언은 힘만 살짝 줘도 톡하고 부러질 것 같은 가는 허리를 낚아챘다.

이 어린 것의 솟아오르는 젊음과 기운을 내 것으로 뽑아내면 얼마나 좋을꼬.

그는 입맛을 다셨다.

一.

젊은 놈이었다. 앞으로 살날이 창창한 놈이었다. 이름이 작은노미라고 했다. 그는 압슬(조선 시대 고문 중 하나)을 당하고 인두로 지짐을 당하면서도 모른다, 고개만 가로저었다. 형벌이 가해질 때마다 작은노미의 비명 소리가 태평관의 지하 감옥을 크게 울렸다. 의금부나 전옥서에 두지 못할 죄인들을 극비리에 문초하기 위해 마련한 별채 깊숙한 장소였다.

"어느 놈의 사주를 받았느냐?"

벌써 몇 번째 이록이 같은 것을 물었지만 소용없었다.

지켜보던 곤이 다가와 불에 달군 인두를 작은노미의 허벅지에 댔다. 살 타는 냄새가 코를 확 찔렀다. 허연 김이 어둑한 지하 감옥에 분산되어 흩어졌다.

반쯤 실신 상태로 축 처져 있던 작은노미가 화들짝 고개를 들고 고래고래 비명을 질렀다. 고통에 반응하는 그의 모습이 기괴했다. 입을 쩍 벌리고, 두 눈은 팽창되어 터질 듯 보였다. 안면의 근육이 늘어나고 일그러졌다. 볼 꼴 못 볼 꼴 가릴 것이 없는 범바위골 군사들조차 혀를 내둘렀다.

보다 못한 박 내관이 진저리를 치며 몸을 돌리고 섰다. 이록이 저가 하겠다며 다가섰다. 가만있으라는 곤의 손짓에 그도 별수 없이 물러났다.

뼈마디를 뒤틀며 요동을 치던 작은노미의 비명 소리가 조금씩 잦아들었다. 숨이 껄떡껄떡 넘어가기 직전이었다. 힘없이 눈썹을 푸드득거리더니 두 눈이 감겨들었다.

손수 물동이를 들고 온 곤이 얼음장 같은 물을 작은노미에게 확 끼얹었다. 정신이 번쩍 돌아온 작은노미의 턱을 그러쥐었다.

곤이 물었다.

"처자가 있느냐?"

대답 대신 기진한 신음 소리가 들렸다.

"너에게 두 가지 제안을 할 것이다. 그중 하나, 넌 죽을 것이되, 쉬 죽을 생각일랑 일찌감치 접어야 할 거다. 죽음을 연모하고 그리워하게 되겠지. 수족이 하나씩 잘리고 나면 네놈의 식구들을 잡아들여 네놈이 보는 앞에서 그들의 수족을 네놈처럼 하나씩, 하나씩 도려내고 잘라 내어 이리 떼에게 고기로 던져 줄 것이다. 아니면 나의 응방에 있는 매들에게 줄밥으로 주어도 좋을 게다. 못 할 것 같으냐? 네 식구들을 찾아내지 못할 것 같아? 찾을 것이다. 반드시 찾아내어 그리할 것이야."

살 떨리는 협박과 두려움에 작은노미의 육신은 사시나무 떨

듯 부들거렸다.

"내자를 아끼느냐? 네 목숨처럼 아끼느냐고 물었다."

작은노미는 겨우 고개를 끄덕였다. 눈에 핏물이 그렁했다.

"네놈의 내자는 사지가 절단 나기 전에 전옥서의 죄수들에게 재물로 던져질 것이다."

'우우우' 이상한 소리를 내며 작은노미가 울부짖었다. 먹을 따기 직전의 멧돼지처럼 울어 댔다.

곤이 그의 귀에 대고 중얼거렸다.

"걱정 마라. 점잖게 다뤄 주라 하겠다."

그러곤 칼을 꺼내 들어 작은노미의 목을 겨눴다.

"두 번째 제안이다. 살아라. 살려 주마."

작은노미의 눈이 격렬하게 흔들렸다.

"너의 내자도, 너의 자식들도 네 손으로 지키란 말이다. 데리고 떠나라. 누구의 사주가 있었는지 한 마디만 하면 된다. 그러면 그리해 주마. 살려 주겠단 말이다. 무엇을 원하느냐? 재물이 필요하면 재물을 줄 터이다. 명으로든 후금으로든 떠날 배를 구하면 구해 줄 터이다."

"그들이 죽일 것이옵니다."

작은노미는 울먹이면서 말했다. 칼날에 목이 베였다. 뜨거운 피가 스며 나와 뚝뚝 떨어졌다.

곤이 눈을 부릅뜨며

"어차피 너는 죽을 목숨이다."

단호히 뇌었다.

"그들은 너를 찾기 위해 혈안이 되어 있을 터. 네놈이 말을 해도, 하지 않아도 불안한 그들은 너를 기필코 죽이려 할 것이다. 그나마 다행이라면 그들은 너 하나만 죽이겠지. 허나 나는 다르다. 말하지 않았느냐. 나는 너의 씨를 말릴 것이다. 네놈의 식구 모두를 도륙 낼 것이야. 그전에 너의 내자를 전옥서의 죄수들에게 던져 줄 거란 말이다. 선택을 하거라. 전자를 택하겠느냐, 후자를 택하겠느냐?"

작은노미의 고개가 푹 꺾였다. 그는 한참을 울었다. 고문으로 혹사당한 몸이 아파서 울었고 두려워서 울었다. 마침내 고개를 든 그가 침을 삼켰다.

"사…… 살려 주시옵소서."

"말을 하겠느냐?"

작은노미는 가늘게 떨리는 숨을 골랐다.

"소인과 소인의 동패는 단계라는 객주에 속한 살주계의 검계들이온데…… 애꾸눈 구창이라는 놈이 일을 의뢰받았사옵니다. 계주를…… 죽이라고 말이옵니다."

"계주를?"

"무연이라는 자이옵니다."

연옥이 단계의 계주다?

곤의 눈가가 짙어졌다. 그는 다시 물었다.

"어째서, 무엇 때문에 죽이라더냐?"

"그것까지는 모르옵고 한동안 대궐문 앞에 숨어 있다가 잠행을 나오신 전하를 미행하였사옵니다. 전하께서 매일 보시는 이가 기생이 아니라 계주라는 사실을 경계가 느슨해진 얼마 전에야 알았사옵니다. 해서…… 쿨럭! 쿨럭!"

마른기침을 하던 작은노미는 검붉은 피를 토했다.

"구창이라는 놈이 누구에게 일을 받았느냐?"

"저…… 정말로 더는 모르옵니다. 쿨럭! 쿨럭! 하지만 애꾸눈 구창은 알지 않겠사옵니까? 사…… 살려만 주시옵소서. 재물도 뭣도 필요 없사옵니다. 오직 식구들만 지킬 수 있도록 해 주시옵소서. 조선 땅을 떠나는 것 외에는 아무것도 바라는 것이 없사옵니다."

곤은 칼을 거둬들였다.

"어찌하여 이리 사느냐."

뒤통수를 얻어맞은 듯 작은노미는 멍하니 곤을 올려다보았다. 그는 실소를 터트렸다.

"이…… 이리 살 수밖에 없으니 이리 사는 것이 아니겠사옵니까?"

"힘들다고 모두가 네놈처럼 살지는 않는다."

작은노미는 이를 악물고 한동안 말이 없었다. 고통에 찬 숨소리가 거칠었다. 냉소가 그를 잠식했다.

"이놈은 백정이옵니다. 이놈의 아비도 백정이옵니다. 그 위의 할아비, 또 그 위의 할아비 대대손손 백정이옵니다. 백정의 처지가 어떤 줄 아시옵니까? 양반님들이 드시는 고기보다도 못한 처지가 백정이옵니다. 사람 죽이는 살인마들과 똑같은 대우를 받는 소 잡는 소…… 소백정이라는 말이옵니다. 어찌 이리 사느냐 물으셨사옵니까? 검계 노릇이나 백정 노릇이나 똑같은 칼질인데 무엇이 다르옵니까?"

"다르다."

"사람을…… 해하여도, 해하지 않아도 소백정이나 사람 백정이나 똑같은 취급을 받사옵니다. 양반 밑에 양민, 양민 밑에 천민 그중에서도 제일 미…… 밑바닥이 소백정이옵니다."

"남들이 너를 그리 대한다고 너 스스로 그리 행한다면 저들이 맞았음을 증명하는 것 아니냐."

"이리 치이고, 저리 치이고 당하기만 하다가 하나 있는 누이까지 고리업자 놈에게 겁탈당해 목을 매달아 죽으니 눈에 뵈는 것이 없더이다."

"소상히 고하라."

"궐 안에 들어가야 할 소를 잡는 데 최상품이 아니라고 관에서 여러 번 내치더이다. 그 일로 공납을 하지 못할 상황까지 이르게 되어 도리가 없게 되었으니 어찌하오리까? 아비가 하는 수 없이 고리업자 놈에게 돈을 빌려 방납업자에게 소…… 소를 샀사옵니다. 그놈의 소! 그 이자를 갚지 못해 누이가 그리되었사옵니다."

여년묵은 원과 한을 어찌 풀어내지 못해 작은노미는 답답했다. 자신의 몸을 비틀어 대며 학대한 그는 지하 감옥의 마룻바닥을 밧줄에 묶인 두 발로 쾅쾅 내리쳤다.

곤은 발광하는 그를 가만 내려다보았다. 제풀에 지쳐 기진한 작은노미를 향해 남은 이야기를 재촉했다.

"어차피 짐승 잡는 소백정 아니오리까? 사람 백정과 다를 바 없는 처지에 사람 같지 않은 짐승 하나 때려잡고 말 터이다, 작심하고 고리업자 놈을 때려죽인 뒤, 숨어 다니다가 이 지경이 되었사옵니다. 백정 놈이 뭐한다고 새끼는 낳아서 딸년 하나 있는 것을 지키지 못해 죽였다며, 아비가 스스로 곡기를 끊고 죽었사옵니다. 그것이 이놈이 이리 사는 까닭이옵니다."

작은노미는 다시 울었다. 아픔에, 두려움에 흘리는 눈물이 아니라 분해서, 억울해서 우는 울음이었다. 통한이었다.

곤은 한쪽 손으로 이마를 짚었다. 다른 쪽 손을 마저 들어 얼굴을 완전히 가렸다.

"대체 세상이 어…… 어찌 이런단 말이옵니까? 이놈의 세상은 저 같은 천것이 사람 구실하며 사람대접받고 살면 안 된다는 말이옵니까? 그래 봐야 하늘 아래 미물이기는 마찬가지 아니옵니까?"

아무런 말도, 아무런 반응도 할 수 없었다. 대광통교의 거지들이 떠올랐다. 꼭지딴에게 얻어맞던 석달과 녀석의 누이가 떠올랐다.

조선은 가난했다. 조선은 허기졌다. 조선은 추레하고 볼품없었다. 유구한 역사를 가졌으나, 빛나는 문명을 가졌으나 윤택함은 백성의 것이 아니었다. 백성이 가진 것은 추레하고 볼품없는 궁박한 삶이 전부였다. 백성은 조선이다. 조선은 가난하며 허기졌다.

울부짖는 작은노미다.

"죽이지 않고 사…… 살리시려거든 반드시 조선 땅 밖으로 이놈과 이놈의 식구들을 보내 주시옵소서. 아니, 아니옵니다. 이놈은 이 자리에 주…… 죽어도 괜찮사옵니다. 애미 애비 잘못 만나 백정 자식 소리 듣는 이놈의 새끼들이나 고이 보내 주시면, 백정 자식 소리 듣지 않고 살 수만 있게 해 주시면 이놈, 저승의 귀가 된다 한들 원망치 않을 것이옵니다. 와…… 왕이 아니시옵니까? 왕이 본래 하실 일이 이런 것 아니겠사옵니까? 백성을 불쌍히 여기고 가엽게 여기시는 것 말이옵니다."

마지막 말을 끝으로 작은노미는 완전히 실신했다.

"조웅래를 불러 상한 곳을 살펴 주도록 하라. 회복되는 대로 원하는 곳에 식구들과 함께 보내 주어라. 그것이 내가 해야 할 일이라 하지 않느냐. 이자가 말이다."

지상으로 올라오면서 곤은 목조 계단의 삐걱거리는 소리를 들었다. 삐걱거리는 소리가 날 때마다 뼈마디가 뒤틀리고 심장이 뒤틀리는 것 같았다. 작은노미의 살을 태우면서 나던 고약한 냄새가 몸에서 사라지지 않고 계속해서 남았다.

걸음을 빨리했다. 바람에 날리던 소녀의 귀밑머리를 떠올리려 애썼다. 미미하게 웃던…… 맑아 보이던 어린 얼굴을 생각해 내었다. 세상의 때라곤 전혀 묻지 않은 싱그레하던 하얀 얼굴을, 그때 보았던 하늘의 청명함을 갈구했다.

연옥아, 연옥아, 연옥아!

몸에 스며든 작은노미의 피 냄새를, 놈의 살이 타던 매캐한 냄새를, 습성이 되어 버린 무자비와 포악성을 떨쳐 낼 유일한 방법인 듯 곤은 연옥을 불렀다.

*　　*　　*

자리에 누우면 꿈은 자연스러운 일인 듯 찾아들었다. 자욱한 안개처럼 꿈은 모든 것이 흐릿했다. 악다구니를 쓰는 소리, 거기에 맞서듯 울어 대는 비명 소리, 우지끈 부러지고 와장창 깨어지는 소리, 소리, 소리…….

보이는 것은 없고 불분명한 발음으로 고막을 두드리는 소리의 자극만이 꿈속을 배회했다. 매번 똑같은 내용으로 수면을 방해하던 꿈은 기묘하게도 꼬리를 길게 늘어트리고 새로운 장면으로 전환되었다.

복면의 사내들, 어둑한 곳집, 어둑함을 가르는 은빛의 검기. 그리고 장막을 찢듯 꿈을 찢어 내고 매섭게 달려드는…….

헉!

파뜩 눈을 뜬 연옥은 거친 숨을 내뱉었다. 줄곧 식은땀을 흘렸는지 온몸이 척척히 젖어 있었다. 연옥은 꿈의 끝자락, 자신을 향해 달려들던 무언가를 떠올려 보려 노력했다. 천장을 뚫어지게 보며 천장이 와르르 무너지는 상상을 했다. 천장을 뚫고 꿈에서 달려들던 '무언가'가 자신을 덮쳐 올 것만 같았다.

"간난입니다. 들어가겠습니다."

저녁 세숫물을 들고 들어온 간난이 놋대야를 내려놓고 다가와 앉았다.

"식은땀이옵니다. 옷이 온통 젖었사옵니다."

"초저녁부터 졸음이 쏟아지더니 나도 모르게 졸았구나."

"새 옷을 내올까요? 아니면 목간(목욕)을 하시겠사옵니까?"

뜨거운 물에 몸을 담그고 싶은 마음이 굴뚝같지만 연옥은 머뭇거렸다. 그동안은 전신욕 대신 물수건으로 몸을 닦는 부분욕이 전부였다.

기억할 수 있는 한, 연옥은 처음부터 남장 차림이었다. 그녀가 여인임을 아는 자들은 그녀가 사내가 아님을 발설하지 않았다. 그리고 그들은 그녀에게도 그래야 한다고 했다.

연옥은 그들의 말이 아니더라도 자신이 남장을 해야만 했던 이유가 있지 않을까 했다. 때문에 정방에서 목간을 하는 것이 더욱 조심스러웠다.

"아무도 정방 근처에 오지 못하도록 제가 문밖에서 지키겠사옵니다."

오랫동안 제대로 씻지 못한 몸이 꿉꿉했다. 더는 목간의 유혹을 이기지 못한 연옥이 간난의 호언장담에 그러자며, 고개를 끄덕이고 말았다.

"그럼 저는 얼른 가서 목욕물부터 데우겠사옵니다."

간난이 정방으로 달려간 사이 연옥은 꿈에 대한 생각으로 돌아갔다.

앞선 꿈은 태평관에서 지내는 동안 하루도 빼놓지 않고 꾸던 꿈이었고 뒤에 꾼 꿈은 운종가 곳집에서 있었던 일이 무의식으로 옮겨온 것이었다. 헌데 이상한 것은 자신을 향해 달려오던 '무언가'였다. 앞선 꿈이 안개처럼 뿌연 탓에 내용을 알 수 없었다면 새로운 꿈은 선명한 가운데 오직 그 '무언가'만이 뭉뚱그려진 형체로 시커먼 덩이가 되어 그녀에게 달려들었다. 두 개의 꿈과 '무엇'의 연관성에 대해 짐작되는 바가 없었다.

연옥은 몹시 답답했으나 이를 토로할 곳이 없었다.

*　　　*　　　*

나무로 된 커다란 욕통에 뜨거운 물이 채워졌다. 마지막 동이의 물을 부은 간난이 문 앞에서 저가 망을 보고 있을 테니 걱정 말라며 다시 한 번 큰소리쳤다. 사실 사람이 있는 정방에 함부로 들어오는 법도도 없고 누가 들어올 리 만무하기도 했다. 그럼에도 간난은 팔짱을 끼고 정방 문 앞에 떡하니 버티고 서 있었다.

정방에 혼자 남은 연옥은 겉옷을 벗었다. 손목에 묶인 가죽끈을 풀어 놓아야 하나 고민하며 만지작거렸다. 단순하게 생긴 모양새가 장식의 의미는 아닌 듯했다. 함부로 풀어놓을 것이 아닌 것 같아 계속 차고 다니던 중이었다.

연옥은 얇은 욕의만 걸친 모습으로 난초를 넣어 끓인 난탕 속에 들어가 앉았다. 결국 가죽 끈을 풀지 않은 채였다. 난의 향기가 물에 배어 은은하게 감돌았다. 물 먹은 욕의가 척척하게 피부에 밀착되었다. 뜨거운 물에 노곤한 몸이 스르르 풀렸다. 상체를 뒤로 뉘여 몸을 깊숙이 담갔다. 난향에 심취해 숨을 깊게 들이쉬었다. 그녀는 그녀를 번뇌하게 만들던 것들로부터 잠시 벗어날 수 있었다.

어디 있는 것이냐. 어디 있는 것이야!

멀리 희미한 소리가 들리는 듯했다. 불분명한 소리는 아득했고 연옥은 난향에 취해 꾸벅꾸벅 졸았다.

"드, 들어가시면 아니 되십니다!"

문밖에서 간난이 날카롭게 외치자 정신이 번쩍 들었다. 서둘러 몸을 일으켜 세웠다. 옆에 걸쳐 둔 겉옷을 향해 손을 뻗었다. 곤이 숨을 몰아쉬며 정방 문을 훨쩍 열고 들어왔다.

연옥이 물속에 도로 주저앉았다. 곤의 눈이 화등잔만 해졌다. 물이 찰랑이며 욕통 밖으로 넘쳐흘렀다. 곤은 어쩔 줄 모르고 허둥대더니 얼결에 문턱을 넘었다.

"목간 중이면 그렇다고 할 것이지."

정방에서 할 일이 목간 말고 또 있단 말인가. 간난이 들어가면 아니 된다고 막아선 것은 까맣게 잊고 곤은 도리어 연옥을 타박했다. 몸을 돌려 밖으로 나가기는커녕 문을 닫고 걸어오는 그를 연옥이 어이없는 눈길로 황당히 지켜보았다.

"어찌…… 무슨 일로…… 히끅! 힉!"

무던히 놀란 탓에 딸꾹질이 나왔다. 맑은 물은 연옥의 몸을 온전히 가려 주지 못했다. 물 젖은 얇은 욕의를 통해 비치는 뽀얀 피부가 색정적이었다. 그제야 정신이 든 곤이 고개를 옆으로 돌렸다. 연옥이 양어깨를 감싸 안으며 몸을 최대한 웅크렸다.

"그…… 그냥 말이다."

머뭇머뭇 욕통에 기대앉은 곤이 웅얼거렸다. 연옥을 흘끔 바라보더니 고개를 홱 돌렸다.

"잠시만, 잠시만 있다 갈 것이다. 잠시만……."

잠시만 머물다 가겠다는 말이 무색할 정도로 시간이 흘렀다. 밤은 깊어만 가는데 욕통에 기대앉은 곤은 침묵 중이었다. 아예 흑립까지 벗어 놓고 골똘히 생각에 빠져 미동조차 없었다.

물이 식기 시작하면서 으슬으슬 추워졌다. 참다못한 연옥이 물 밖으로 몸을 조금 내밀어 곤의 얼굴을 보았다. 생각에 빠진 줄 알았더니 잠이 든 모습이었다. 불현듯 불경한 생각이 들었다. 용안을 함부로 들여다보다니 큰일 날 일이었다. 연옥은 이제 그만 욕통에서 나가고 싶었다. 온기가 빠져나가기 시작한 물은 금세 차가워졌다. 계속 이렇게 있다간 감모(감기)에 된통 걸리지 싶었다.

"나으리."

연옥이 조심스레 곤을 부르며 깨웠지만 그의 숨소리는 여전히 곤하기만 했다.

"전하."

역시 반응이 없다.

연옥은 머뭇거리며 곤의 어깨에 손을 얹었다. 어깨를 살짝 흔들자 그의 얼굴이 옆으로 기울었다. 곤란한 얼굴을 하고서 정방을 둘러본 연옥은 물소리가 나지 않도록 조심조심 일어섰다. 냉기가 살을 에워싸면서 소름이 돋았다. 몸이 부르르 떨렸다.

욕통 밖으로 나가면서 찰박이는 물소리가 나자 연옥은 곤이 깨는 줄 알고 순간 얼어붙었다. 숨마저 멈췄다. 다행히 닫힌 곤의 눈은 뜨일 줄 몰랐다. 안도의 숨을 내쉬면서 서둘러 광목수건으로 몸의 물기를 닦았다.

얼핏 피부에 와 닿는 시선이 느껴졌다. 고개를 들어 돌아보자 한쪽 다리를 세우고 팔을 걸친 곤이 연옥을 보고 있었다. 아무런 감정도 보이지 않거나 혹간은 너무 넘쳐흐르거나. 그의 얼굴이 미묘했다.

"곤, 이곤이다."

목에 한번 걸렸다 토해진 것처럼 곤의 목소리가 탁했다.

"나의 이름자 말이다."

"나의 이름은 곤, 이곤이라 한다."

수건이 연옥의 손에서 떨어졌다. 불쑥 솟아오른 울림이 뇌리를 강타했다. 입술을 질끈 깨물었다. 핏물이 고일 정도로 힘을 주었지만 무감각했다.

"연옥. 너의 이름은 서연옥이다."

눈가가 축축이 젖어들었다. 젖어든 눈에 뜨끈한 액체가 차올랐다. 차오른 것이 주르륵 볼을 타고 흘러내렸다. 아물어 가던 자상에 통증이 일었다.

"이름이 무엇이냐?"
"서가 연옥이라 하옵니다."

상처 부위를 움켜쥐고 주저앉았다. 손등으로 입술을 틀어막았다. 흘러나오던 울음이 역류해, 오던 길을 되돌아갔다.

조악하고 짤막한 기억이 튀어 올랐다. 윤택이 나는 검은 태사혜. 선들선들 날리는 초록색 도포 자락. 붉게 찰랑이는 술대. 늙지도, 지저분하지도 않던 얼굴. 수염 없이 매끈하게 하얗던 피부. 밤하늘처럼 까만 동공. 미풍에 흔들리는 버들가지처럼 흔들리던 녹빛의 경옥. 그리고 물 담긴 대접에 둥둥 띄워 놓은 감나무 잎. 화향 그윽하던……

곤이 연옥의 손목을 잡아끌었다. 그녀는 힘없이 그의 품에 고꾸라졌다. 그녀가 흘린 눈물이 곤의 가슴을 적셨다. 뜨거움이 천을 뚫고, 가슴을 뚫고 심장에 닿았다.

흐느끼는 연옥의 몸이 가늘게 떨렸다.

곤은 연옥의 정수리를 턱으로 지그시 눌렀다. 놀랍게도 그녀는 조금씩 진정되었다. 그녀의 허리에 둘러진 곤의 팔이 꽉 조여졌다. 흠뻑 젖은 그녀의 몸은 곤의 몸도 함께 적셔 놓았다.

연옥의 귀에 곤의 거친 숨소리가 스며들었다.

"무엇 때문에 우느냐?"

"전하를 처음 뵈었을 때가 떠올랐사옵니다."

움찔하는 곤이다.

"우리가 처음 만난 날 말이냐."

"소인에게 물을 한 잔 청하셨사옵니다."

연옥의 대답에 곤의 어깨가 딱딱하게 굳어졌다.

"내가 너를 모른다고 거짓을 말하였다. 너를 속였단 말이다. 궁금하지 않느냐?"

"떠오른 기억의 잔상은 한없이 평화로웠사옵니다. 헌데 이상한 일이옵니다. 기억을 하는 소인은 아프옵니다. 슬프옵니다."

"······."

"소인이 전하를 해하려 하였다 말씀하셨사옵니까? 기억 속에 소인은 전하의 도포 자락이 날리는 것만 보아도 설레던 어린 소녀였사옵니다. 저간의 사정을 모르니 무어라 말씀 올려야 할지 혼란하옵니다. 근원을 알지 못하겠사옵니다. 단지 아픔이요, 슬픔이옵니다."

"너의 눈물은 나로부터 시작된 것이다."

곤과 연옥은 약속이나 한 것처럼 입을 다물었다. 그들은 고름을 터트릴 준비가 되어 있지 않았다. 모든 것을 기억하는 곤이나, 모든 것을 기억하지 못하는 연옥이나 매한가지였다.

떠미는 연옥을 곤은 오히려 바닥으로 밀어트렸다. 연옥이 바닥에 부딪치지 않도록 재빨리 손을 밀어 넣어 그녀의 등을 받쳐 주었다. 아연히 곤의 입술이 연옥의 입술에 닿았다.

"흡!"

놀란 연옥이 숨을 멈췄다. 곤의 다리가 연옥의 허벅지 안쪽을 가볍게 눌렀다. 연옥의 팔을 머리 위로 올려 움직이지 못하게 고정시킨 곤은 그녀의 입술만 두드리고 막상 안으로 들어가지 못했다.

시간이 얼마나 지났을까. 머뭇거리던 곤은 끝내 일어나 돌아서고 말았다. 차갑게 식어 얼음장이 되어 버린 욕통의 물을 한 바가지 떠서 몸에 들이부었다. 두 번, 세 번 연거푸 들이부었다.

"옷을 입지 않고 무엇을 하는 게냐! 입성(옷을 이르는 말)이 사내라고 속도 사내이더냐. 계집이 제 속살 하나 감출 줄도 모른단 말이냐?"

곤은 공연스레 화를 냈다. 사람이 들어와 있는 정방에 허락 없이 들어오신 건 전하이십니다. 한마디 하련만 연옥은 묵묵히 그가 시키는 대로 옷을 걸쳐 입었다. 흠뻑 젖어 풀어헤친 머리카락이 옆으로 쏠린 채 길게 늘어졌다. 손으로 머리채를 빗어 내린 연옥은 정방의 출입문 옆에 비켜섰다. 발등만 내려다보는 그녀의 눈썹이 간잔지런했다.

"망각이 너를 영원토록 지배하였으면 좋겠구나."

정방 문을 나서다 말고 곤이 충동적으로 말했다.

"아무것도 모르는 빙충이로, 모자란 것으로 그리 살아 주면 아니 되겠느냐?"

곤의 목소리가 연옥의 귓전을 거세게 파고들었다. 고개를 든 연옥이 속삭이듯 물었다.

"소인이 기억을 하면, 빠짐없이 모조리 기억하면 그때는 어찌 되는 것이옵니까?"

뭐?

말문이 막힌 곤은 멍하니 연옥의 얼굴을 보았다. 그는 힘없이 고개를 내저었다.

"나으리?"

"궁금하느냐? 어찌 될지 말이다."

"……."

"생각을 말라. 기억을 말라."

내게 위안으로 남아 주려무나. 공기와 같이 나를 부유해 다오. 그리 있어라. 내 곁에서 나를 불쌍히 여겨 주려무나.

사방이 벽이다. 사방이 적이다.

네가 나의 숨이 되어다오.

곤이 떠나고 남은 자리가 쓸쓸했다.

간난이 헐레벌떡 달려 들어와 괜찮으냐고 물었다. 연옥은 작은 몸뚱이를 끌어안았다. 품 안에 들어온 아이의 몸이 차가웠다.

아이는 연옥의 온기로 따뜻해졌지만 연옥은 휑한 가슴을 채우지 못했다. 쓸쓸함의 뒤끝이 길었다.

二.

구창은 연옥과 혁주를 시기했다. 자신이 아닌 그들이 단계의 계주와 부계주라는 사실을 인정하려들지 않았다. 그는 연옥이나 혁주보다 길거리 모리배 생활에 잔뼈가 굵었지만 제 목구멍에 들어갈 밥알 셈하는 것 빼곤 계산 머리가 좋은 편이 아니었다. 좋지 않은 머리로 몸뚱어리에 힘만 남아 일을 치고 돌아다니기 십상이었다.

연옥과 혁주, 구창은 필요에 의해 연합한 사이였다. 저잣거리를 어슬렁거리며 돌아다니다가 사람들을 겁박이나 하는 구창 패거리에게 연옥과 혁주가 다가와 계를 조직해 보지 않겠느냐고 제안한 것이 시초였다. 처음에는 웬 벙어리 놈과 계집인지 사내인지도 모를 놈이 거들먹거리나 싶어 무시했지만 하늘을 나는 새도 떨어트린다는 당상관을 뒷배로 두고 있다는 소문에 재빨리 달라붙은 것이 오늘날까지 이어지고 있었다. 살주계로 시작했지만 지금은 거대 객주로까지 발전이 됐으니 주머니에 엽전깨나 굴리는 성공한 선택인 셈이었다.

어쨌거나 구창은 욕심 많은 자였고 호시탐탐 연옥과 혁주를 몰아낼 연구만 하는 작자였다. 손님들이 바글거리는 투전장 구석에 앉아 패거리들을 모아 놓고 속닥거리는 꼬락서니가 수상쩍었다.

"지랄. 먼 염병이 났다고 저것들은 손님 앉을 자리까정 차고 앉았대?"

이 층 난간에 서서 구창을 내려다보던 혁주 옆으로 빈 소반을 든 홍지가 다가왔다. 객방에 음식을 들이고 나온 참이었다.

"난실아, 이 가시내야! 가슴 쪼까 풀고 들어가랑께."

지명을 받고 객방으로 들어가는 앳된 기생을 붙잡고 홍지가 핀잔을 주었다.

"성님도 참. 나도 여자라우. 아무한테나 옷고름 풀 만큼 울덕중 나지 않았소."

"워매! 이년아, 니가 양갓집 규수라도 되냐?"

"어머나? 양갓집 규수가 여기서 왜 나오는지 모르겠네?"

"아니믄야 일패 기생(관기를 총칭하는 것으로, 글과 노래, 춤을 업으로 삼은 기생)이라도 돼야? 지킬 정절이 있고 조신을 떨 것 같으믄 여서 나가 부러야제."

"성님은 무슨 말을…… 나라고 일패 기생 되지 말란 법 있어요?"

"어따따. 볼장 다 본 것이 꿈도 야무져 부네. 일패 기생은 아무나 하냐고. 일패는커녕 삼패 탑앙모리도 아닌 년이 말은 번지르르허네."

행실이 좋지 않아 관아의 관노기비안(관기들의 명부)에서 쫓겨난 여인들을 일러 삼패 기생, 탑앙모리라고 불렀다. 그녀들은 예기가 아닌 매춘으로 밥을 벌어먹고 살았다. 그나마 출신이 관기라 사람들 사이에서 삼패니 뭐니 그렇게 불리는 것이지 실제 관기들은 삼패 기생이라는 말 자체를 인정하지 않았다. 그렇기는 해도 관기 노릇을 해 보기라도 했으니 멋모르는 촌놈들 사이에서는 삼패 기생입네 어깨 으쓱일 만한 일이었다.

하지만 난실은 예기는 고사하고 관아의 기생안에도 올라 보지 못한 주제였다. 여기저기 팔려 다니는 창기 신세로 일패라니 어림 반 푼어치도 없는 소리였다.

"니 새겨들어라잉. 사람이 말이다. 지 그릇은 모르고 꿈이 이 따시만 하게 크믄 어찌케 되는지 아냐? 넘쳐 부러. 넘치다 못해 그릇이 깨져 부러. 근께 넘치기 싫고 깨지기 싫으믄 지 분수대로 사는 것이 답이제. 알겄냐?"

난실이 입술을 새초롬하니 내밀고 움찔거렸다. '흐음!' 헛기침을 한 홍지는 서운해하는 난실의 표정을 보지 못한 척 덧붙였다.

"저치들이 난실이 니를 찾는 목적이 뭐겠냐? 성 말 들어라잉. 기왕지사 파는 몸뚱어리 젊고 이쁠 때 확 벌어야지 애껴 봐야 늙기밖에 더 하겄냐. 근다고 나가 나 좋자고 하는 소리도 아니제. 아이, 벌어서 니 치마폭에 넣어 갖고 다니라는 소리 아니냐. 늙으믄 그 짓도 몬 하니께. 다 니 좋으라고 하는 소리를 말귀를 못 알아들어."

눈을 가늘게 뜨고 노려보던 난실이 입술을 사리물고 홀쩍거렸다.

"성님이 그러니까 사내가 없는 거요. 치마 두른 여인네 말씨가 그래서 누가 좋아라 한대요?"

"내 말씨가 워떤디야? 위매, 니도 솔찬히 느자구 없다. 성이 돼 갖고 동상 잘 되란 소리도 못한다냐?"

"몰라요! 그냥 소복을 입고 들어갈까 보다."

난실이 앵돌아져서 쌩하니 객방으로 들어가 버리자 홍지는

"알다가도 모를 년이제. 구창이 놈이 뭣이 좋다고 팔자에 없는 정절을 지킨다고 난리다냐? 아이 얼마 전에도 씹어갈 놈의 자식이 저년 머리채 잡는 거 보고 나가 똥물을 한바가지 퍼부어 줬는디 위매, 아직도 분이 안 풀려야."

한심하다는 듯이 혀를 끌끌 차며 주절거렸다. 반응을 보이지 않는 혁주를 흘깃 쳐다본 그녀가 그의 시선을 따라 기웃거렸다.

"구창이 저것들, 또 먼 모사를 꾸미는 갑제? 참말로 잡것들이네. 지난번에는 머시냐, 사람 정신을 쏙 빼놓는 요상시러븐 약초를 팔아 쌌드만, 아야 니는 머덜라고 저런 놈을 데리고 있냐? 내보내 부러."

홍지야 무슨 말을 하든 말든 혁주의 시선은 구창 패거리에 고정되어 있었다.

"아까 나가 지나가믄서 잠깐 들었는디 어느 넘 맥아지 따 분다는 것 같드라? 누군지 더러븐 놈들헌티 걸렸당께."

매양 말하는 쪽은 홍지고 듣는 쪽은 혁주였다. 홍지는 듣기도 잘 듣는 놈이 말을 못 할 이유가 없다면서 일부러 하지 않는 거라고 했다. 엄청난 충격을 받은 것이 아니라면 엄청난 음모를 꾸

미는 천하에 음흉한 놈이라고 말이다.

"하기사. 여그 단계옥에 모이는 것들 중에 꿍꿍이 없는 것들이 있간디. 부계주라는 놈부터가 음험시러븐디 저깐 놈들이라고 제대로 된 놈들이겄어?"

홍지는 들으라는 듯 큰 소리로 떠들며 혁주의 팔뚝을 툭 건드렸다. 구창 패거리들로부터 시선을 돌린 혁주가 냉한 눈길로 돌아보았다.

"흐미! 야, 야. 니 눈깔이믄 살인도 저지르것다잉. 무시라."

과장된 몸짓으로 몸을 부르르 턴 홍지가 은근해진 목소리로 물었다.

"애기씨는 찾았다냐?"

가타부타 말이 없는 혁주다.

"잉. 못 찾았구만. 아야, 니는 뭐더냐? 애기씨 안 찾을라고 그냐? 나가 직접 찾아 나서든가 해야제 원. 니만 보믄야 속이 터져야. 늦장 부리지 말고 애기씨 빨랑 찾아라이. 안 그믄 나가 진짜 나설랑께."

한바탕 쏟아 부은 홍지는 그녀의 투실한 엉덩이를 흔들며 호들갑스레 계단을 내려갔다.

*   *   *

"없단 말이지?"

구창은 하나밖에 남지 않은 눈을 살벌하게 흘겨 떴다.

"그렇다니까. 의금부고, 전옥서고 없다고."

"하늘로 솟았는지 땅으로 꺼졌는지 알 길이 없는데 어디를 가서 그놈을 찾아?"

"그냥 받은 돈 돌려주고 배째라 그러면 안 돼? 부계주 알면 작은노미를 죽이기도 전에 우리가 먼저 죽어."

"흥. 그깟 벙어리. 부계주는 무슨. 엽전이나 굴리는 놈이 우리가 전부 덤벼들면 전들 어쩔 거야? 말 나온 김에 날 잡아서 굿 한번 해?"

좁은 원탁에 거무죽죽한 얼굴을 맞대고 구시렁대는 녀석들에게서 시궁창 냄새가 났다. 구창은 몸을 뒤로 빼며 숨을 참았다가 후, 내뱉었다. 교의를 밀치고 일어나 밖으로 성큼성큼 걸어 나갔다. 놈들에게서 났던 악취가 상쾌한 바깥 공기를 만나자 산산이 흩어졌다.

병신들.

목에 달고 있는 건 머리가 아니라 장식이 분명했다. 제대로 하는 일이라곤 없는 식충이들이다. 구창은 다급했다. 김직언의 독촉이 날로 심해지고 있었다.

"꺄악!"

날카로운 비명 소리가 이 층 객방에서 흘러나왔다. 저고리가 벗겨진 난실이 술 취한 사내를 피해 창문가로 도망쳐 나왔다.

저년도 병신일세. 몸 파는 년이 뭐가 잘났다고 뻗대나. 얌전히 시키는 대로 할 것이지.

난실은 사내에게 얼굴을 거푸 얻어맞으며 질질 끌려 들어갔다. 멀거니 난실이 사라진 이 층 창문을 올려다보던 구창은 고개를 내저었다.

지금 저년이 문제야? 작은노미는 이 자식은 대체 어디로 사라진 거야?!

구창은 혹시나 하는 마음에 작은노미의 처자식이 살던 곳에 가 보기로 했다. 유난히 식구들을 챙기는 녀석이었으니 죽지 않고 도망쳤다면 제 피붙이를 찾아 나타날 가능성이 컸다.

*　　*　　*

며칠째 굶은 네댓 살짜리 사내아이의 눈이 푹 꺼져서 생기를 잃었다. 제 어미의 누리끼리한 치맛자락을 붙잡은 사내아이는 종일 밥 달라 칭얼거렸다.

젖먹이 아이를 업고 사립문 밖을 서성이던 아낙은 아이의 손을 찰싹 때리더니 멀리 밀어냈다. 서방이 사나흘 지나도록 돌아오지 않자 애가 타기 시작했다. 하는 일이 워낙 험상스러운 일이라 염려스러웠다. 방 안에서는 늙은 시모가 연신 마른기침을 토해 내고 있었다. 군불이라도 피워 드리면 좋으련만 독 안에는 곡식 한 톨 남아 있지 않았다. 곡식 살 돈도 없는데 땔감은 턱없었다.

어찌 아니 돌아올까? 죄를 짓고 도망 다니는 신세, 설마하니 붙잡힌 것은 아닐 테지.

두근 반, 세근 반 뛰어 대는 가슴을 부여잡고 부엌으로 들어온 아낙은 괜히 독 뚜껑을 열어 보았다. 우물처럼 시커먼 독 안에는 아무것도 없었다.

"엄니이이!"

아이는 좁고 어두운 부엌까지 쫓아 들어와 짜증을 냈다. 깡마른 팔다리에 배가 볼록 나왔다. 머리만 비정상적으로 동그랗게 큰 것이 보고 있기 딱했다.

"저리 가. 엄니 암만 불러 봐야 소용없어, 이것아."

"배고파, 엄니이!"

"손가락을 빨든가 나가서 흙이라도 주워 먹든가, 없는 밥을 어디서 달래? 저리 못 가?!"

아낙은 애먼 아이에게 지청구를 주었다. 싸리 빗자루를 들고 나가 마당만 하릴없이 쓸어 댔다.

"어멈아, 애가 허기져 그런 것을 너무 그러지 말거라."

쪽문을 빠끔히 열고 늙은 시모가 참견하자 아낙은 불안과 초조, 허기짐에 부아가 났다. 속없이 애 편을 들고 나서는 시모에게 괜스레 서운했다.

서럽기는 아이도 마찬가지였다. 눈물을 삐질, 삐질 짜내던 아이는 급기야 '으아앙!' 울음을 터뜨렸다. 제 형이 울자 등에 업힌 젖먹이도 울어 대기 시작했다.

아낙은 아이를 붙잡아 등이고 엉덩이며 손이 가는 대로 때렸다. 때리면 때리는 대로 아이는 더 울었다. 먹은 것이 없어 울음소리도 우렁차지 못했다.

시모가 버선발로 허겁지겁 달려 나와 귀한 손자는 왜 때리느냐고 삿대질하며 쉰 목소리로 퍼부어 댔다. 독에 곡식이 떨어졌으면 나가서 머리카락이라도 잘라 팔 것이지 애가 무슨 죄냐고 했다.

아낙은 머리에 쓴 때 긴 보자기를 벗었다. 숭덩 잘린 며느리의 머리카락에 시모는 잇몸밖에 남지 않은 입을 악다물었다. 아낙은 언 바닥에 털썩 주저앉았다. 시모는 몸 푼 지 얼마 되지 않은 산모가 찬 바닥에 앉으면 안 된다고 우물거렸다.

"어머님, 이 사람 어디를 갔을까요? 영영 돌아오지 않는 것은 아니겠지요?"

아낙은 옷고름으로 눈물을 찍었다. 궁상스럽다며 퍼뜩 일어나라고 시모가 아낙의 등짝을 때렸다.

"어? 아부지다!"

울음을 뚝 그친 아이의 말에 아낙과 시모의 고개가 저절로 사립문 쪽을 향했다.

구창은 부리나케 달려 나오는 아낙을 피해 몸을 옆으로 틀었다. 작은노미가 있나 살펴만 보고 가려다가 외려 모습을 들키고 말았다.

아낙은 고개 숙인 구창의 얼굴 밑으로 제 얼굴을 밀어 넣고 그의 얼굴을 유심히 살폈다. 껄끄러운 표정으로 구창이 그녀를 옆으로 밀었다.

"뉘셔요? 우리 서방님 찾아오신 분이신가요?"

서둘러 자리를 뜨려던 구창이 멈칫하며 아낙을 보았다.

"작은노미 돌아왔나?"

"아니요, 안 돌아왔어요. 우리 서방님 아시는 모양이네. 그이 지금 어디 있어요?"

아낙은 구창이 구원 줄이라도 되는 것처럼 붙잡고 늘어졌다. 구창은 아낙을 떼어 놓기 위해 잡힌 팔을 비틀었다. 아낙은 조바심이 났다. 제 서방이 어디에 있는지 알 만한 사람은 눈앞에 사내밖에 없다 믿었다.

"우리 서방님 어디에 있냐니까? 혹시 당신이 무슨 짓 한 거 아냐? 말해, 말해!"

아낙은 배가 고팠다. 고프다 못해 위장이 뒤틀리고 아팠다. 서방이 보고팠다. 말없이 나가 달이 차도록 나타나지 않은 것이 한두 번이 아니지만 이번에는 불길했다. 불길한 만큼 배가 고팠다. 서방이 없는 자리가 허전해서 허기가 졌다. 아낙은 절실했다. 절실함에서 나오는 힘은 웬만한 장정 못지않았다.

구창은 쉽사리 떨어지지 않는 아낙에게 짜증이 났다. 팔을 크게 휘저으며 '에이 씨.' 욕지거리를 했다. 굵은 팔뚝 힘에 튕겨져 나간 아낙은 돌담에 부딪혀 머리를 찧더니 그대로 쓰러졌다.

배고파 울던 아이가 제 어미에게 달려들었다. 어미에게 짓눌린 젖먹이가 동네 떠나가도록 울었다.

시모는

"아이구우. 사람 잡네, 사람 잡어! 동네 사람들, 여기 좀 나와 보소. 사람 백정이 나타났소. 내 며느리 죽네, 내 며느리 죽어!"

가뭄 바닥처럼 쩍쩍 갈라지는 소리로 울부짖었다. 굽은 허리로 엉금엉금 기다시피 아낙에게 다가가

"아이고, 어멈아. 네가 결국 이렇게 죽으려고 작은노미한테 시집을 왔던 게냐? 백정 마누라 소리도 치가 떨리는데 사람 백정한테 죽임을 당하면 내 며느리 불쌍해서 어쩌누. 아이고, 아이고 어멈아!"

울부짖던 시모의 눈이 아낙이 부딪힌 담벼락에 멈추었다. 뜨끈한 핏물이 담벼락을 타고 주르륵 흘러내렸다.

히끅!

숨이 쏙 들어간 시모는 입을 꾹 다물었다. 그러다가 정신없이 아낙의 몸을 뒤집어 젖먹이를 꺼내 들었다.

"엄니, 일어나 봐. 일어나 봐."

어미의 빈 육신을 흔들며 사내아이는 웅얼거렸다.

구창은 작은노미에게 딸린 식구들까지 죽일 생각은 없었다. 그러나 비록 늙은 눈이고, 철없이 어린 눈이라 할지라도 자신의 얼굴을 본 이상 이들은 죽어야만 했다.

스르륵. 구창이 칼을 꺼내 들었다. 위험을 감지한 시모가 젖먹이와 사내아이를 끌어안았다.

　　　　　*　　　　*　　　　*

　　작은노미는 집으로 가는 발길이 가벼웠다. 품에는 식구들에
게 줄 기름진 음식 보따리가 안겨 있었다. 지난 며칠 동안 태어
나서 처음으로 사람대접 받아 본 그였다.

　　왕은 그가 알던 왕이 아니었다. 젊은 왕은 심성이 여리고 눈물
이 많은 왕이었다. 우는 모습을 보진 못했지만 꼭 보아서만 아는
것이 아니기에 그는 울보 왕이 마음에 들었다. 왕은 그가 악에
받혀 토해 내던 하소연을 말없이 들어 주었다.

　　왕은

　　　"내가 어찌하면 좋겠느냐?"

　　물어 주었다.

　　몸이 제법 완쾌되었다고 의원이 말하자 왕은 그에게 명이든
후금이든 어디로든 가라했다. 아이들과, 내자와 노모를 모시고
가고픈 곳으로 떠나라 했다. 속곳 주머니 속에는 왕이 내려 준
노자가 두둑했다.

　　작은노미는 뒤를 돌아보고 안심한 듯 비시시 웃었다. 죽지 않
고 살아 잡혔기에 구창이 언제든지 자신을 잡으려고 노릴 것을
알고 있었다. 불안한 마음이 온전히 가신 것은 아니지만 왕이 대
류으로 가는 배에 올라탈 때까지 호위해 줄 군사를 내주었다.

정말이지 성은이 망극할 일이었다. 지금은 이렇게 조선 땅을 떠나지만 마음은 항상 왕에게 충성할 것을 다짐했다.

집이 가까워졌다. 사람들이 웅성웅성 모여 있었다. 작은노미가 마을 어귀에 들어서자 사람들은 그와 시선 맞추기를 기피했다.

"이게 뉘여? 작은노미 아녀? 왜 인자 와! 어여 가 봐. 어여. 자네 식구들 일 났어. 일 나!"

옆집 노인이 그를 보더니 무작정 손을 잡아끌었다.

집 앞에 서성이는 사람들을 본 작은노미의 손에서 음식 보따리가 떨어졌다. 풀어진 보따리에서 음식들이 흩어졌다. 굶주린 아이들이 득달같이 달려들어 산적이며 전들을 허겁지겁 주워 먹었다.

사람들이 작은노미에게 길을 터 주었다.

집 앞에 펼쳐진 광경은 참담했다. 피는 담벼락과 차가운 흙바닥에 낭자했다. 내자는 눈이 뒤집혔고, 노모는 목에서 줄줄 샌 피가 굳어 가고 있었다. 큰 아이는 등을 찔려서 제 어미 위로 엎어졌다. 젖먹이는 얼마 전에 해산한 동네 아낙의 젖을 탐욕스레 빨아 대고 있었다.

젖먹이의 입에서 젖을 뺀 아낙이 아이를 작은노미에게 넘겨주었다. 포만감으로 꼼지락거리는 젖먹이를 작은노미는 멍한 눈길로 보았다. 태어난 지 얼마 안 된 아이였다. 한 번이나 안아 주었을까. 밖으로만 도느라고 제대로 얼러 준 적 없는 아이였다. 살 비비고 키운 정이 들기도 전이었다. 제 팔뚝만큼도 안 될 것 같은 젖먹이보다 십 년을 함께 살아온 내자의 죽음이 가슴 아팠다. 암죽을 씹어 먹여 주던 노모의 죽음이 애통했다. 목말을 태워 주던 네댓 살 큰 아이를 두 번 다시 볼 수 없다는 생각에 목에 메였다.

*   *   *

먹물이 종이에 스몄다. 농도를 알맞게 맞춘 먹물의 향이 코 밑으로 은근히 흘렀다. 곤은 대광통교의 거지 소굴을 종이 위에 되살렸다. 얻어맞는 소년이 있고, 때리는 자가 있으며, 말리는 소녀가 있었다.

먹을 갈던 석달이 목을 쭉 빼고 그림을 훔쳐보았다. 곤과 눈이 마주치자 화급히 몸을 숙였다. 하룻강아지 범 무서운 줄 모른다더니 되새겨 생각해도 아찔하기만 했다.

저토록 고귀한 분인 것을 말하지 않으면 누가 안단 말인가. 궁궐에 계실 나라님께서 대낮에 저잣거리를 활보하고 다니시다니!

방귀깨나 뀌는 양반으로나 알지 나라님일 줄 꿈에도 생각 못할 일이라고 석달은 발칙했던 제 행동에 대해 변명했다.

거대하게 치솟은 대궐의 정문 앞에서

"내가 이 나라의 왕이니라."

크고 우렁차게 울리던 곤의 목소리에 석달은 등에 전율이 흘렀다.

어린 말년에 양반 어깨에 들쳐 업히는 호사를 누리나 하였는데 호사도 그냥 호사가 아니라 아주 거한 호사였다. 누가 왕의 면전에서 겁도 없이 따박, 따박 대거리를 해 본단 말인가. 불경죄로 죽는다 해도 하늘로 간 아부지, 엄니한테 자랑할 거리가 생겼다 했다.

"나와 함께 있으련?"

돈화문이 열리기 직전 왕이 물었을 때, 석달은 왕이 뿜어내는 기운에 매료되어 고개를 끄덕였다. 칼을 들겠느냐, 양물을 떼겠느냐는 물음에 양물을 떼겠다고 답한 것은 왕이 좋아서였다. 왕이 있는 곳이라면 그곳이 어디든 곁에 있고 싶어서였다.

왕은 무섭기만 한 존재인 줄 알았다. 왕은 괴팍하고 고약한 성미인 줄 알았다. 제 먹을 것만 챙겨서 살이 뒤룩뒤룩 찐 늙은이인 줄 알았다. 마음에 들지 않으면 전부 잡아 죽이는 비단옷 입은 사람 백정인 줄 알았다.

"보겠느냐?"

곤이 종이를 들어 석달에게 내밀었다. 황송해서 선뜻 받아 들지 못하고 머뭇거렸다. 어서 보라며 재촉하는 소리에 그제야 받아 들었다.

"똑같으냐?"

"똑같사옵니다. 헌데 이상하옵니다."

"무엇이 말이냐?"

"어찌하여 다른 양반들처럼 풀이나 어여쁜 꽃들을 그리지 않으시고 이런 것들만 그리시옵니까?"

곤은 소리 없이 웃었다.

"이런 것들이 어떠한 것인데 그러느냐? 여기 얻어맞는 아이는 석달이 네놈이고, 쓰러져서 말리는 소녀는 네 누이가 아니더냐."

"때리는 놈은 꼭지딴이지요."

"그래, 맞다. 비록 때리는 놈은 선한 놈이 아니라 내가 벌을 내렸다만 이 그림 속에 들어 있는 너와 네 누이는 어여쁘단다. 화초처럼 말이지."

"예?"

"생각해 보거라. 너희들은 왕을 만인의 어버이라 부르지 않느냐. 나는 너희 백성들의 아비니라. 어느 아비가 제 자식이 어여쁘지 않을꼬. 예쁜 놈은 예뻐서, 못생긴 놈은 안타까워서, 잘사는 놈은 흡족해서, 못사는 놈은 마음이 아려서…… 그래서 어여쁘다."

석달은 알 것도 같고, 모를 것도 같았다. 아리송한 얼굴로 곤의 말에 집중했다.

"시간은 흘러가는 거란다. 기억은 시간이 흐를수록 변질되고 왜곡되기 쉬워지지. 글이란 눈에 보이는 것이 아니라 기억에 남아 있는 것을 꺼내어 옮겨 적는 거란다. 한번 걸러진 기억이 모든 것을 말할 성싶으냐? 작자의 주관에 따라 쓰이고 읽는 자의 마음에 따라 해석되어진단다."

"그것은 그림도 같지 않사옵니까?"

"보는 자의 시선에 따라 얼마든지 굴곡되어 보일 수도 있지. 그림 역시 말이다. 허나 그림은 순간을 잡는 거란다."

곤은 새로운 종이를 꺼냈다. 석달은 대광통교의 풍경이 그려진 그림을 내려놓고 새로이 먹을 갈았다. 붓에 먹물을 묻힌 곤이 종이 위에 둥근 선을 그렸다. 쓱쓱 움직이는 붓끝에서 단령포에 관모를 쓴 석달의 모습이 드러났다.

"보거라. 여기 네놈이 있구나."

그림을 받아 든 석달이 쑥스러운 듯 피식거렸다. 지켜보던 박 내관이 입 모양으로 이놈, 주의를 주었다. 석달은 벌린 입을 다 물고 엄숙한 표정을 지었다.

"내가 너의 순간을 남겼음이다."

나직한 투로 곤이 말하자 석달이 그렇다며 열렬히 고개를 끄덕였다.

"그림은 이처럼 말이다. 이말 저말 덧붙일 것 없이 일어난 현상 그대로 종이 위에 붙잡아 놓는단다. 보는 자야 시선이 제각기겠으나 그리는 자는 보이는 대로 그리니 제 의견이 아무래도 덜 들어가지 않겠느냐?"

"전하께서 백성을 어여쁘게 보시는 것은 알겠사오나 그것이 전하께서 그림을 그리시는 이유가 되는 것이옵니까?"

"되다마다. 나는 저들을 어여삐 여겨 저들의 행복과 고난을 기억하려 함이다. 내가 저들을 그리는 것은 저들을 향한 내 작은 정성이란다. 내가 저들을 모두 거둘 수 없으니 이리 어루만져 주기라도 하는 것이지."

"선왕마마께옵서는 전하의 그림을 싫어하셨다 들었사옵니다."

어이쿠! 저놈이 가벼운 주둥이를 죽으려고 나불거리는구나.

박 내관이 천장을 바라보며 한숨을 내쉬었다. 미묘해진 안색으로 석달을 응시한 곤이 고개를 얕게 끄덕였다.

"나의 그림은 부왕의 치부를 드러냄이다. 또한 나의 치부다. 백성의 굶주림은 왕의 치부니라. 나는 다만 나의 치부를 보고 또 보려 함이다. 그래야 나도 반성이라는 것을 할 것 아니냐. 나는 반성하는 왕이 되고자 하니라."

"반성하는 왕이요?"

"왕이 반성을 하지 않으면 누가 반성한단 말이냐? 나라에 비가 오지 않아도 왕이 부덕한 탓인 것을."

밖에서 이록이 대령했음을 고했다.

"작은노미는 잘 보냈다더냐?"

"……"

이록의 기색이 심상치 않음을 알아 본 곤이 붓을 내려놓았다. 굽었던 등을 반듯하게 세웠다.

"낯빛이 좋지 않구나."

"놈들이 작은노미의 초가에 들른 듯하옵니다."

"식솔들은 무사하다더냐?"

"……그렇지 못하옵니다. 젖먹이 아이만 하나 남았다 하옵니다."

"그것들이 태평관에도 가겠구나."

"그러할 것이옵니다."

곤은 고개를 돌려 지창을 보았다. 문창지에 비친 달을 한참 바라보았다.

"작은노미를 거두어라."

이록이 물러나자 곤은 석달에게도 나가 보라 일렀다.

*   *   *

월대를 터덜터덜 내려오다 말고 제 다리 사이를 본 석달은 한숨을 길게 내쉬었다.

이제 진짜로 양물을 잘라야 할 것 같았다.

양물을 떼겠다고 했지만 멀쩡한 것을 도려내는 데 겁이 나는 건 당연했다. 기분에 도취되어 후회할 일 만들지 말고 며칠 말미를 줄 테니 신중히 생각하라던 곤이었다. 종친이 아니고서는 양물을 가진 자는 나이의 많고 적음과 상관없이 단 하루라도 궐에서 지낼 수 없었다. 곤의 파격적인 배려에도 석달은 기어이 양물을 떼어 내기로 결심했다.

석달은 절망을 안고 살던 소년이었다. 죽었어야 할 운명을 덤으로 살았으니 언제 죽어도 무슨 상관이랴, 보이는 대로 치받고 살았었다. 염세에 빠져 살던 그는 곤의 등장에 절망을 희망으로 바꾸어 안았다. 석 달만 살다 죽을 놈이 여태 죽지 않고 살았으니 앞날 또한 살아남을 자신이 생긴 것이다.

"게다가 녹봉도 준다지 않아? 산채에 가서 힘들게 뒹구느니 이 길이 훨씬 낫지. 울 누이 비단 옷에 고기도 실컷 사 주고 말이야. 양물 좀 뗀다고 죽을 놈이 아니라구, 난!"

석달은 겁나는 마음을 저 스스로 다독였다.

왕은 진짜였다. 꼭지딴처럼 힘없는 자들을 두들겨 패면서 위한답시고 거짓말을 해 대던 가짜 왕이 아니라 진심을 가진 진짜 왕이었다. 왕은 젊고 멋졌다. 생김으로 보나 마음으로 보나 진짜배기였다. 저런 왕을 모실 수만 있다면 정말 좋을 것 같았다.

*　　*　　*

화구를 정리한 박 내관이 무릎걸음으로 다가와 서안 앞에 엎드렸다. 석달이 대궐에 들어온 지 몇 날이 지났기로 이제는 거세를 허하여 달라 했다. 내관이 될 작정으로 들어왔으면 응당 거세부터 하고 소환내시 신분으로 수업을 들어야 했다. 그러나 석달이 막상 두려워하니 너무 닦달하지 말고 천천히 하라는 어명에 거세조차 하지 못한 상황이었다.

"재차 의향을 물어보고 확고하면 시행하되 아닌 것 같으면 범바위골로 보내라."

"분부 받자와 거행하겠나이다."

"승정원 주서 윤세준이 와 있느냐?"

"대령해 있사옵니다."

"들여라."

곤에게 불려온 승정원 주서 윤세준은 곤혹스럽기만 했다.

주서 주제에 선왕의 고명을 받아 낸 것으로 이미 많은 이들의 주목은 물론 견제를 받는 처지였다. 어떻게 하면 눈에 띄지 않고 녹이나 받아먹고 살까 궁리 중인데 왕께서는 어인 연유로 다시 불러 계신단 말인가.

"정치는 더럽다."

곤의 목소리가 깊고도 넓게 방 안을 채웠다. 고개를 조금 든 윤세준은 혀끝으로 마른 입술을 적셨다.

"필요악이 정치다. 내가, 너희 신하들이 정치를 올바로 해야 나라가 바로 서고 백성이 죽지 않는다."

"지당하신 말씀이시옵니다, 전하."

"나는 독이요, 거머리다."

곤은 보료에서 일어나 서안을 돌아 나왔다. 윤세준이 곧바로 몸을 낮췄다.

"작금의 정치는 더러운 오물이다. 아는 자들은 더러워서 피하고 모르는 자들은 모르기에 여기저기에서 오물이 묻은 채 다닌다. 자기들이 오물이 되어 가는지도 모르면서."

미간을 모은 윤세준은 뜨끔해서 침을 삼켰다. 갑자기 손을 훅 뻗은 곤이 윤세준의 멱을 잡아 일으켜 세웠다.

"저…… 전하?"

"헌데 말이다. 너도 나도 더럽다고 길가의 오물을 치우지 않는구나. 더러워서 피하기만 한다. 그러면 어찌 될 것 같으냐? 구더기가 들끓고 냄새가 진동할 것이 아니냐?"

"그…… 그렇기는 하오나 하교하시는 바를 소신은……."

"누군가는 치워야 할 일. 그러자면 손에 오물을 묻히는 수밖에 없을 것이다."

곤은 윤세준을 놓아 주었다.

"켁! 켁!"

목을 부여잡고 막혔던 숨을 토해 낸 윤세준이 곤의 발밑에 엎드렸다. 곤이 건조한 눈길로 그를 보았다. 두 눈에서 불길이 일었다. 활활 타올라 시선이 닿는 곳마다 태워 버릴 듯 열기가 뜨거웠다. 커진 곤의 목소리가 침방을 새 나갔다.

"그러나 오물을 치우는 자는 아무도 없더구나. 하여 내가 직접 하고자 한다. 더러운 오물을 치우듯 이런 더러운 정치판 또한 옆으로 치워 버려야 하지."

말을 멈춘 곤은 숨을 갈무리했다.

"고상하게 점잔이나 떨면서는 불가능한 일이다. 손에 묻더라도 오물을 반드시 치워야 하듯 나 또한 그래야 한다."

"오물을 묻히시면 옥체에 악취가 밸 것이옵니다. 사람들이 오물을 두려워하는 까닭이 그 때문이옵니다."

저도 모르게 속말을 토해 낸 윤세준은 긴장했다. 곤은 그런 그를 주시했다. 그러곤 중단된 말을 이었다.

"너는 나 같은 놈을 실컷 비웃어라. 고상이나 점잔은 네가 떨어라. 다만 내가 오물을 손에 묻혀 바꾸어 놓을 세상을 위하여 생각해라. 고민하고 고뇌하여라. 무엇이 이 나라를 위하는 것인지, 무엇이 백성을 위하는 것인지 말이다. 내게서 풍길 악취는 필연이다."

음산하게 뇌까리는 말이 길었다. 길고 절절했다. 윤세준은 말이 없었다. 곤은 제자리로 돌아와 앉았다.

"나는 독에 맞서는 독이요, 종기를 빨아들이는 거머리다. 어떠냐? 내가 오물을 치우고, 독을 가라앉히고, 종기를 빨아들이면 너는 정치다운 정치를 해 보겠느냐?"

윤세준의 고민이 깊어졌다. 고착화된 무언가를 바꾸는 일은 결코 쉬운 일이 아니었다. 더구나 사대부들이 가진 재물과 권력을 향한 것이라면 더더욱 어려웠다. 섣불리 그들에게 맞섰다가는 언제 비명횡사할지 모르는 일이었다. 설사 왕이라 할지라도 말이다.

곤이 입술을 짓이기며 웃었다.

"왕이 순한 빙충이라면 당은 저들끼리만 싸우지. 밥그릇 하나 놓고 달려드는 개떼들처럼 말이다. 하지만 왕이 그들의 밥그릇을 빼앗으려 한다면 개떼들은 어느덧 공동체가 된다. 본래 왕은 사대부들에게 있어 공공의 적이거나, 공공의 빙충이거나…….”

“전하, 어찌 그런 무참한 말씀을 하시옵니까?”

“나는 그들의 밥그릇을 뺏어 백성들에게 돌려줄 참이다. 그러다 저 개떼들에게 물려 죽는 한이 있어도 말이다. 너는 나를 따를 것이냐, 방관을 할 것이냐? 이 자리에서 결정하라.”

어쩌면 내가 찾던 왕일런가?

옥음(玉音 임금의 음성)은 비장했지만 주술처럼 강력했고 포효하는 전장의 장수와도 같았다. 윤세준은 일어나 큰절을 올렸다. 곤은 그것을 답으로 알았다.

“주서로 숨어 있어라. 높은 관직, 높은 품계는 바라지 말거라.”

“어심대로 하소서.”

“네가 해야 할 첫 번째 생각은 공납이다. 공납의 폐해와 그것을 타파할 방책을 알아 오라. 네가 생각을 하면 나는 그것으로 저들을 물고 뜯을 것이다. 독처럼, 종기처럼 말이다.”

왕과 신하는 말이 없었다. 한참 뒤에 곤이 뇌까렸다.

“나는 기필코, 성공한 왕이 될 것이다.”

*　　*　　*

담벼락을 따라 태평관 일대와 내부를 살핀 구창은 경비가 심하지 않고 허술한 것이 싸움을 걸어 볼 만하다 짐작했다. 꽁꽁 언 손을 비비며 담벼락 아래에 쪼그려 앉은 그는 둥그렇게 둘러

앉은 패거리를 차례로 훑었다. 수염이 듬성듬성 난 턱을 문지르며 쇠 긁는 소리로 입을 열었다.

"잘들 들어. 잡으라는 작은노미는 놓치고 식구들만 요절을 내놨으니 좌상 그 늙은이가 가만있진 않을 거야. 판을 더 키웠다고 길길이 날 뜀 거란 말이지."

"작은노미가 지 식구들 육시랄 난 거 봤다면서?"

누군가의 말에 너도나도 한마디씩 거들었다.

"그러게. 왕을 호위하는 놈들이랑 같이 있는 것 같다지 않았어?"

"보통 놈들이 아니란 말인데 우리가 당할 수 있을까 모르겠네. 지난번 운종가에서도 싸그리 뒈졌잖어."

"우리가 작은노미를 죽이는 것이 문제가 아니라 그놈이 우릴 잡아 조질라 할 것이 문제지. 지 식구들을 그래 놨으니 언놈인들 안 미쳐 날뜀까."

왕년에 정승 댁 노비였다가 도망쳐 나왔다는 이가 '에이.'하며 손사래를 쳤다.

"입은 삐뚤어졌어도 말은 바로 하랬다고 작은노미 식구들을 우리가 죽인 것은 아니지. 구창이 혼자 한 일을 가지고 작은노미가 우리한테 그러면 안 되는 법이라니까."

'그건 그렇지'하고 다들 고개를 끄덕거렸다.

"정승 댁 노비 노릇을 해서 그런지 말은 바로 하네. 역시 노비 노릇도 이왕지사 할 것 같으면 똑똑허신 정승마님 아래서 해야 배우는 것이 있다니까."

구창이 입초리를 씰룩이며 인상을 썼다.

"하여간 생각하는 꼬라지들이 병신이라니까, 병신. 자, 보자고. 작은노미는 좌상의 계획에도 없던 놈이다 이거야."

"그렇지. 그놈이 멍청하게 잡히는 바람에 사달이 난 거니까."

"말 끊지 말라고!"

중간에 말을 가로채이자 구창이 소리를 버럭 질렀다. 기겁을 한 패거리가 이구동성으로 쉿 소리를 내며 손가락을 입에 가져다 댔다. 구창이 그들을 째려보며 다시 말을 이었다.

"각설하고 기왕지사 이렇게 된 거 길바닥 개미만도 못한 놈 잡는다고 시간 낭비할 것이 아니라 태평관 안에 있는 무연이 놈부터 요절을 내 놓으면 늙은이한테 면이 선다 이 말이야. 알겠어?"

"글쎄, 그게 뜻대로 될까?"

"뜻대로 안 될 건 또 뭐야. 우리가 누구야? 포졸이나 순라군도 무서워서 피한다는 바로 그 검계라고. 그것도 단계에 소속된 계원인데 겁날 것이 뭐가 있어?"

구창의 독려에도 패거리는 자신 없어하는 기색들이었다.

"그니까 구창이 니가 말한 그 검계 대장이 지금 우리가 잡으라고 하는 무연이 아녀. 계주를 우리 손으로 잡는다 이거지. 암만해도 미쳤지 싶다. 부계주가 또 알면 얼마나 난리를 칠 거여. 생각만 해도 심란하네."

"그뿐인감? 저 안에 조선 팔도에서 난다, 긴다하는 놈들만 모였을 텐데⋯⋯."

답답하다는 듯 구창이 한숨을 푹 내쉬었다.

"저잣거리 모리배 생활로 밥 처먹은 세월이 얼만데⋯⋯ 에라이!"

"사람이 생각이 다를 수도 있지."

"시끄럽고, 이번에도 성공 못 하면 목숨 내놓을 각오들 단단히 하라고. 알았어?!"

"진짜 영 촉이 안 좋다니까. 그러지 말고 이쯤해서 발을 빼는 것이 낫지 않을까? 부계주 눈치도 어째 싸한 것이 뒤통수가 따끔따끔하단 말이지."

저 새끼가!

눈치 없이 구시렁대는 소리에 화가 난 구창은 벌떡 일어나 양반집 노비였다는 이의 턱을 발로 냅다 걷어찼다. 숨이 컥, 막히는지 한동안 꼼짝을 하지 않다가 얻어맞은 자리를 감싸 쥐고,

"아이고, 엄니. 나 죽네!"

엄살을 피우는 그이의 이마를 손가락으로 쿡쿡 찌르며 면박을 주었다.

"계주는 누가 계주야 누가! 이번 일만 잘 되면 무연이든 혁주든 그놈들은 시궁창에 처박혀 뒤질 팔잔데 어따 대고 계주야, 응?! 니 눈에는 내가 개똥으로도 안 보이지?"

"아니, 나는 간밤에 꿈자리가 뒤숭숭한 것이 촉이 그렇다는 것이지."

"놀고 자빠졌네. 겁쟁이 같은 놈이 오줌은 안 지렸냐?"

가소롭다는 듯이 이죽거린 구창은 얼굴을 험악하게 일그러트렸다. 잔뜩 눅인 목소리로 좌중을 윽박질렀다.

"잔말 말고 안 일어나?!"

복면을 뒤집어쓴 그는 칼을 꽉, 움켜쥐었다.

"들어들 가자고."

한밤의 불청객들이 어둠 속으로 숨어들었다.

* * *

기방의 밤은 어김없이 찾아왔다. 중국산 향초가 방마다 향을 피우고 홍등이 골목에 불을 밝혔다. 붉은 빛살을 따라 들어온 주객들이 저마다 방을 하나씩 꿰차고 앉아 권주가를 불렀다. 까르르 터지는 기생 웃음소리가 가얏고(가야금) 선율에 뒤섞여 향 따라 흩어졌다. 섬돌에 어질러진 신들이 내 것, 네 것 할 것 없이 뒤엉켰다.

불면에 연옥은 마당에 나와 서성였다. 높은 담장은 별채를 세상으로부터 격리시키는 역할을 했다. 담장 너머 보이는 홍등에 눈길을 떼지 못하던 연옥은 시선을 바닥에 떨어트렸다. 간난이 이제는 홍등이 무섭지 않느냐고 물었다.

"글쎄다. 자꾸 보니 저 등이 내 굳은살 같구나."

"굳은살이요?"

"보고 있으면 꺼려지는 등이란다."

"보지 않으면 그만 아니옵니까?"

"존재하는 것을 어찌 아니 볼까. 보고 또 보다 하염없이 덧대지는 고통이 무뎌지고 단단해져 굳은살이 된 게다. 홍등은 내게 그렇구나. 무뎌진 굳은살과 같아."

"무뎌졌으면 된 것 아니옵니까?"

"무뎌졌다고 고통의 근원이 사라지는 것은 아니란다. 저 등은 말이다. 떨어져 나간 내 기억의 한 조각 같단 말이다. 내가 알지 못하는 기억들이 순서도 없이, 인과도 없이 아무렇게 뒤죽박죽 되었단 말이지. 가피(痂皮 부스럼 딱지)마냥 내 무의식에 거머리처럼 들러붙어 굳은살이 된 게다."

"당최 무슨 말씀을 하시는 건지 모르겠사옵니다."

흥미를 잃은 간난이 마당에 쪼그리고 앉아 주워 온 나뭇가지로 낙서를 하며 놀았다. 나뭇가지를 쥐지 않는 손에 들린 초롱이 아이의 볼 옆에서 대롱거렸다.

어린 것을 데리고 내가 지금 무슨 말을 하는 것일까.

간난을 가만히 내려다보던 연옥이 그 옆에 나란히 쪼그려 앉았다.

"굳은살을 떼어 버리고 싶은 마음이라면 알겠느냐? 굳은살이 거슬려 그것을 떼어 버리고 밑에 숨은 생살을 보고 싶은 마음이란다."

"헌데 말이옵니다."

나뭇가지를 내려놓은 간난이 고개를 들고 연옥을 보았다. 둥 그렇게 부풀어 오른 볼이 초롱 빛에 물들었다.

"응?"

"상처에 난 딱지는 말이옵니다. 저 스스로 떨어져야 아프지 않 는 것 아니옵니까? 억지로 떼어 내려 하면 무지 아플 것이옵니다."

기억은 연옥에게 조각난 단편 이상의 것을 알려 주지 않았다. 간난의 말대로 스스로 떨어진 가피라야 아프지 않을 테지만 인 간의 조바심은 제 몸에 붙은 작은 부스럼 하나도 참아 내지 못했 다. 그러면서도 혹간 상처가 덧나거나 아프기라도 할까 봐 두려 워하니 참으로 자가당착이 아닌가. 알지 못함으로 알고자 했으 나, 진정으로 알고자 함인지 단언하지 못해 야릇했다.

"너의 눈물은 나로부터 시작된 것이다."

곤의 말이 머릿속을 떠나지 않았다. 붙잡고 당신께서 아시는 저는 누구입니까? 물어볼 용기가 나지 않았다.

연옥은 왕, 이곤의 모습을 떠올렸다. 육선에 저를 대지 못하고 고기 국밥을 먹지 못하던 왕은 한없이 이타적인 왕이었다. 타인 에게 눈물을 바칠지언정 타인의 눈에서 눈물을 흘리게 할 자가 아니었다. 동야의 달이 안쓰러웠다. 괜스레 가슴이 미어졌다.

사내 옷을 입고 있는 자신의 모습을 내려다보며 연옥은 울적 한 얼굴이 되었다. 서연옥. 고운 이름이었다. 이런 남복이 아니라 황의홍상, 비단 차림에 어울릴 만한 이름이었다.

서연옥, 서연옥, 서연옥.

간난의 나뭇가지를 주워들고 낯설기만 한 이름을 반복해서 썼다. 나뭇가지를 내려놓았다가 이번에는 곤의 이름을 썼다.

이곤, 이곤, 이곤.

옆에서 구경하던 간난이 그녀의 팔을 잡아 흔들었다.

"왜 같은 글자를 쓰시는 것입니까?"

연옥이 빙그레 웃었다.

"글자를 아느냐?"

"몰라도 생김새는 눈에 보이는 걸요. 이것, 이것, 이것은 같은 모양새고 이것, 이것, 이것은 자기들끼리 같지 않습니까. 무엇 때문에 쓰시는 것이옵니까?"

"잠이 오지 않아서란다."

"따뜻한 차라도 올릴까요?"

연옥은 잔머리가 삐져나온 간난의 머리를 쓰다듬었다.

"차로 될 것이 아니다."

"허면요?"

풀 죽은 아이의 염려가 순진했다.

"눈물이면 될까……."

"눈물이요?"

"누가 그러셨단다. 나의 눈물은 그분으로부터 시작된 것이라고 말이다."

"점점 더 알쏭달쏭하옵니다."

"별안간 그런 생각이 들어. 나의 눈물이 그분으로부터 시작됐다면 그분이 나의 눈물을 다시 거두어 주셨으면 하고 말이지. 아니면…… 내가 그분의 눈물을 받아 내거나."

눈을 껌벅인 간난은 늘어지도록 하품을 했다.

"이만 들어가 자지 그러니?"

"저 먼저요?"

연옥이 몸을 일으켰다.

"어서……."

말을 하다 말고 주변을 휘돌아본 연옥의 이마가 미세하게 좁혀졌다. 본채에서 들려오는 와자한 소음들이 흐릿했다. 별채의 적막감이 이상한 일은 아니었지만 오늘 밤은 유달리 별스럽게 느껴졌다. 경계를 서던 군사들의 모습이 일절 보이지 않았다. 분위기가 심상치 않았다.

연옥은 간난의 등을 떠밀었다.

"어서 가서 자."

"그래도……."

아이는 하품을 거푸 쏟아냈다. 무거워진 눈꺼풀을 껌벅거리는 것이 금방이라도 마당에 드러누워 잠들 태세였다.

"일찍 자야 내일 또 일찍 일어나서 세숫물을 들여올 것이 아니냐. 나도 바로 들어갈 게야."

"그…… 그렇겠지요?"

"그렇대도."

"그럼, 저는 이만 먼저 들어가서 자야겠사옵니다."

여러 번 권하는 말에 안심이 된 간난이 초롱을 넘겨주고 후다닥 기방 노비들이 지내는 행랑채로 달려갔다. 아이가 사라지는 것을 확인한 연옥은 눈을 감고 기다렸다.

칼을 쓰는 자로부터 발생된 기는 칼을 쓰는 자에게 가장 잘 드러났다. 적들의 기운은 살기였으며 목표물이 뚜렷했다. 어둠에 숨고 어둠에 드러나는 것이 습격 아니던가. 적들은 어둠 뒤로 움직였으며 어둠을 뚫고 연옥을 향해 살기를 정 조준했다. 연옥은 홀로 침입자들이 뿜어내는 살기를 받아 냈다.

구창 패거리가 빠르게 움직였다. 좌우에서 달려들고 앞뒤에서 날아올랐다. 그들의 칼은 달빛을 받아 사면에서 반짝였다. 깨끗하고 날카로운 칼에서 뿜어진 살기가 눈이 부셨다.

연옥은 사납게 몰아치는 적의 공격을 맨몸으로 막아 냈다. 그녀는 공세를 펴는 적들 사이에 있다가 뒤로 빠졌다. 그러면 그들은 자기들끼리 부딪쳐 나가떨어졌다. 구창과 패거리가 힘이 좋다면 연옥은 동작이 가볍고 빨랐다. 그들은 싸울 때 머리 대신 몸으로 밀어붙이지만 연옥은 영리하게 움직였다.

그러나 한계는 있었다. 구창과 패거리는 다수였고 무기가 있었으며 어쨌거나 힘이 좋은 것도 사실이었다. 그들은 합심했으며 맨몸으로 버티던 연옥은 밀려났다.

휘잉! 휘이잉!

바람이 쓸고 지나간 자리에 혁주가 날아올랐다. 혁주의 칼은 구창과 그의 패거리보다 깨끗하고 날카로웠으며 힘찼다. 그는 날랜 몸을 가졌으면서도 필요 적절하게 묵직했다.

살기는 이제 일방적인 것이 아니었다. 양편에서 치솟아 허공에서 부딪친 살기는 파급이 엄청났다. 칼을 부딪친 자들은 자신들이 내보낸 기를 감당하지 못해 주르륵 미끄러졌다.

"이 병신새끼가!"

구창은 기합을 넣듯 혁주를 불렀다. 이마를 움찔한 혁주의 힘이 폭발했다. 그의 칼이 구창의 목전을 아슬아슬하게 스쳤다가 되돌아왔다. 되돌아온 칼이 구창의 얼굴을 사선으로 그었다. 복면이 구창의 얼굴에서 떨어져 나갔다. 혁주의 칼은 틈이 없었다. 쉼 없이 날아든 칼에 이번에는 낡은 가죽으로 만든 안대가 끊어졌다. 동자가 없는 구창의 눈이 희고 푸르게 번뜩거렸다. 흡사 귀신의 눈이었다. 눈을 더듬은 구창은 기를 쓰고 혁주에게 달려들었다.

그때, 화살이 하나 '휘익!' 날아들었다. 하나는 둘이 되고 둘은 다수가 되었다.

다다다.

구창 패거리보다 많은 수의 발소리가 밤을 누르며 달려들었다. 싸움은 일대 다수에서, 이대 다수로 다시 소수와 다수의 싸움이 되었다. 다수를 이끄는 자는 곤이었다.

연옥과 혁주는 등을 맞대고 구창 패거리를 노려보았다. 구창과 그의 패거리는 사면초가에 빠졌다. 연옥과 혁주가 그들과 대치하고 곤과 범바위골 군사들이 사방을 에워쌌다.

순간처럼 지나는 바람을 사이에 둔 곤과 혁주의 눈빛이 마주쳤다. 그들은 약속이나 한 듯 동시에 구창 패거리를 향해 달려들었다.

곤의 칼은 크고 길게 움직였다. 혁주는 그보다 작은 동작으로 짧게 움직였다. 곤의 칼은 화려한 격식을 갖춰 춤을 추었으나 혁주의 칼은 소박했으며 본능대로 움직였다. 그들의 칼은 서로 조화를 이루어 움직였다. 그들은 함께 구창 패거리에 맞서 싸웠으며 자신들 외에 다른 이의 관여를 반기지 않았다.

연옥은 눈이 멀 것 같았다. 겨울 밤, 안개 위로 드러난 칼들의 빛이 맑았다. 맑고도 차가운 것이 영롱했다.

구창 패거리의 살기는 머지않아 와해되었다. 그들은 팔을 베이고 다리를 베였다. 어깨를 찔렸으며 넓적다리를 찔렸다. 베이고 찔린 몸뚱이가 순차로 꺾어졌다.

칼을 쥔 구창의 손아귀에 힘이 풀렸을 때, 싸움은 끝이 났다.

학진과 범바위골 군사들이 구창 패거리를 끌어냈다. 눈이 녹은 자리, 녹지 않은 자리, 흙이 언 자리, 얼지 않은 자리 곳곳에 파열하던 살기의 흔적이 붉게 남았다.

혁주는 자신을 낯선 사람 보듯 쳐다보는 연옥의 시선에 당혹감을 감추지 못했다. 한 발짝 다가서자 그녀가 한 발짝 물러섰다.

"저를 아시는 분입니까?"

심장이 쿵, 떨어졌다. 왕의 눈을 피하기 위함인가 했으나 거짓됨이 전혀 느껴지지 않는 표정과 말투였다.

기억을 못 해?

찰나 벼락처럼 번뜩 날아들어 뇌리를 스치는 사실에 혁주의 안색은 흙빛이 되었다. 그는 일그러진 얼굴을 재빨리 돌렸다. 담장 너머 먼 곳까지 노려보았다.

어색함이 순간을 지배하면서 혁주는 허공을, 연옥은 혁주를, 곤은 연옥을 보았다. 그들의 시선은 교차점이 없었다.

"제가 누구인지 아시는 분이냐고 여쭈었습니다."

연옥은 거듭 물었고 혁주는 대답하지 못했다.

"너는 누구냐?"

곤이 되잡아 물었지만 다르지 않았다.

혁주는 떨어진 칼을 집기 위해 몸을 숙였다. 곤의 칼이 혁주의 어깨 위로 올라왔다. 주춤한 혁주가 몸을 일으켰다. 손을 들어 그의 칼을 치우자 이번에는 칼끝이 목울대를 겨냥해 들어왔다.

"누구냐고 물었다."

혁주에게 세상은 관 속이나 다름없었다. 유일한 빛이요, 희망이 연옥이었다. 존재의 이유였다. 연옥이 기억해 주지 못하는 그는 아무것도 아니었다. 아무것도 아니기에 답할 것이 없었다.

우연히 끼어든 과객이라 하면 족할까?

필첩을 꺼내기 위해 혁주는 제 품에 손을 넣었다. 사실을 모르는 곤은 그의 행동을 공격적으로 받아들였다. 곤의 칼이 허공에서 빛을 뿜었다.

연옥은 생각할 겨를도 없이 곤을 밀어트렸다. 그녀는 혁주에게 달려들어 그를 껴안았다. 자신보다 훨씬 큰 혁주를 보호하기 위해 전신으로 그를 감쌌다.

곤은 연옥의 뒤통수를 찌를 듯이 보았다. 두 눈이 경련을 일으키다 차분해졌다.

"포박하라."

이록이 군사들을 향해 신호를 보냈다. 연옥이 곤을 홱 돌아보았다. 혁주는 반항했지만 한바탕 싸움이 있고난 후라 힘이 부족했다. 범바위골 군사들은 구창 패거리에 비해 훨씬 강했으며 그들은 한꺼번에 달려들었다. 굵은 오랏줄이 혁주의 몸을 옭아매었다. 포박을 당한 그는 끌려 나가지 않으려고 용을 썼으나 역부족이었다.

설로화가 뒤늦게 중문을 들어섰다. 곤의 소매가 붉게 핏물이 든 것을 발견하고 단발의 비명을 질렀다. 치마를 들어 올리고 그에게로 달려갔다. 감히 손대지 못하고 소매 부위를 사색이 되어 보았다.

"수선 떨 것 없다. 지혈할 천이나 다오."

"안으로 드시옵소서. 의원을 부르겠나이다."

곤은 소맷자락으로 칼에 묻은 피를 쓱 닦아 냈다. 그는 설로화에게 짧은 시선을 주었다.

"대충 갈망하고 환궁할 것이다. 물러나라."

"하오나⋯⋯."

"물러나라 하였다."

일갈에 고개를 숙인 설로화는 곁눈으로 연옥을 보았다. 입술을 질끈 사리물었다.

설로화가 물러나자 곤은 이록과 범바위골 군사들에게도 중문 밖으로 나가 있을 것을 명했다. 그는 대청마루에 걸터앉아서 소매를 팔꿈치까지 걷어 올렸다. 팔목 안쪽으로 길게 베인 상처가 보였다. 멀거니 서 있는 연옥에게 말을 걸었다.

"보고만 있을 것이냐?"

"소인을 도와준 자가 아니옵니까?"

"누구? 아! 좀 전의 그자 말이냐?"

"다시 보게 하여 주시옵소서. 묻고 싶은 것이 있사옵니다."

"그것참, 고약하기는. 그래서 너는 지금 그렇게 나를 보고만 있겠다는 것이냐?"

곤이 팔을 들어 보였다. 그제야 그의 상처가 온전히 연옥의 눈에 들어왔다.

"길 가다 다친 짐승만 보아도 마음 쓰이는 것이 사람 아니더냐."

"어쩌다⋯⋯."

"그런 걸 묻기 전에 냉큼 달려와야지. 내가 지금⋯⋯ 몹시 아프다."

연옥은 죄책감이 들었다. 자신을 보호하다 다친 왕이었다. 신경이 온통 포박당해 끌려 나간 사내에게 쏠려 있어 정작 그가 상처를 입은 줄도 몰랐다는 사실이 죄스러웠다.

대청마루 밑에 꿇어앉은 연옥이 곤의 팔을 잡고 상처를 들여다보았다. 설로화가 물러나기 전에 준비해 둔 뜨거운 물에 수건을 적셔서 상처 난 부위를 살살 닦아 주었다. 무명천이 잘 안 찢어지자 이로 질끈 끊어 쭉 찢었다.

곤이 마루 기둥에 기대어 연옥을 나른하게 바라보았다.

"내게 화가 났느냐?"

상처 부위를 무명천으로 싸맨 연옥이 매듭을 지었다. 곤의 물음에 손이 움찔했다. 갈무리를 하고 핏물이 섞인 대야를 옆으로 치운 그녀가 곤으로부터 조금 떨어졌다.

"내가 무슨 생각을 했는지 아느냐?"

연옥이 매 준 무명천을 가만 들여다보던 곤이 시선을 올려 그녀의 눈을 쏘아보았다.

"가져 버릴까 보다."

연옥의 입술이 가늘게 벌어졌다.

"가지면 아니 되는 것인데 양심이니 뭐니 그딴 것 연연치 않고 이내 심사 가는 대로 내버려 둘까 보다. 정녕…… 그럴까 보다."

곤은 눈길을 조금 내려 연옥의 입술을 주시했다. 그는 비릿하게 웃었다.

"금단의 것이 매력적인 법이지."

"가지면 아니 되는 것이 소인이옵니까?"

"……."

"말씀해 주시옵소서. 소인에게 일어나는 일들이 무엇으로 인함이옵니까?"

나로 인함이다.

"소인과 나으리 사이에 무슨 일이 있었던 것이옵니까?"

내가 너의 아비를 죽이고 너를 산송장으로 만들었다.

곤은 대청마루에서 일어났다. 연옥을 향해 한걸음 다가섰다. 연옥이 흠칫, 그가 다가온 만큼 물러났다. 곤은 크고 연옥은 한없이 작았다.

"너는 청조이면서도 매다. 날지다."

"알지 못하겠사옵니다."

"나는 청조를 가두려 하였고 매를 길들이려 하였다."

곤은 다치지 않은 손을 뻗었다. 연옥의 턱을 들어 올린 그는 그녀와 눈을 마주치며 그녀의 입술 지근까지 바투 다가섰다. 그의 숨이 벌어진 그녀의 입 안에 흘러들었다.

곤은 연옥을 물끄러미 보았다. 그의 눈길을 감내할 길이 없어진 연옥이 비틀거렸다. 다리가 풀려 제대로 서 있기조차 힘들었다. 연옥은 곤을 붙잡고 서는 수밖에 없었다. 단단하게 옥죄어 오는 팔에 다급하게 매달렸다.

"네 손목에 매인 끈이 무엇인 줄 아느냐?"

곤이 연옥의 손목을 잡아 올렸다. 그녀의 손목에 묶여 있는 끈을 부드럽게 문질렀다.

"무엇이옵니까?"

연옥의 물음이 성말랐다.

"너를 나에게 이끌어 주는 것이다. 갓 잡은 매에게 줄밥을 줄 때 사용하는 줄처럼 이 끈은 갓 잡은 너를 나와 이어 줄 것이다. 천천히 길들이듯 말이다."

"나으리께 소인은 길들여야만 곁에 두실 수 있는 것이옵니까?"

"너는 나의 숨통을 쪼아 먹는 매가 되겠다 하였다."

"소인이 아는 나으리의 모습은 어린 날 보던 모습이 전부입니다. 감나무 잎을 물에 띄워 드리니 좋아하셨던 모습뿐이옵니다."

"네가 아는 모습이 우리의 전부가 아니니라."

"허면 말씀해 주시옵소서."

"질문을 아껴라. 그에 따른 눈물 또한 아껴라. 네 기억이 돌아오는 날 너의 눈물이 강을 이룰 것이다."

곤은 연옥을 놓아주었다. 섬돌 아래로 내려서는 그를 연옥이 붙잡았다.

"그자를…… 좀 전에 그자를 보게 하여 주시옵소서."

잠시나마 풀어졌던 곤의 표정이 삽시간에 굳어졌다.

"제 신분을 말하지 아니하였다."

"그자가 악한 짓을 한 것은 아니지 않사옵니까? 도움을 받았사온데……."

"나는 아니 보이느냐?"

입을 다문 연옥이 고개를 숙였다. 곤은 파르르 떨리는 그녀의 눈썹을 보았다.

"조사를 할 것이다. 어디의 누구인지 소상히 알고 나면 그자가 경계할 자인지 아닌지 알 것이 아니냐. 그런 연후에 풀어주든 너를 보게 해 주든 해도 늦지 않을 것이다."

목소리가 갈라졌다. 질투의 반증이었다.

"아는 자냐? 아는 자라면 그자에 대해 기억나는 것이 있느냐?"

그렇지 않다 하여라. 알지 못한다 해. 기억 따위 나는 것이 없다 하여라.

"모르겠사옵니다. 아무것도…… 모르겠사옵니다."

곤은 믿지 않았다. 기억나는 것은 없을지라도 연옥의 기억 저편에 관련된 자가 틀림없었다.

그놈을 보호하려고 달려들 때, 너는 거침이 없었다. 확고하고 단호한 몸짓이었다. 온몸으로 그놈을 끌어안지 않았느냔 말이다!

탄식처럼 한숨을 토해 냈다. 중문으로 가다 말고 고개를 반쯤 돌렸다.

"누이? 하! 내 주제에 양심 같은 소릴 하고 앉았구나."

곤은 열에 들뜬 듯 탁해진 목소리로 말했다.

"나는 가지면 아니 되는 것을 가질 것이다."

돌아오는 오는 답이 없었다.

"너를 가질 것이다. 내 여인으로, 나만의 청조로, 나의 매로 너를 가질 것이다. 너에게 내 숨통을 내줄 것이다."

그것은 선언이었다. 전쟁을 위한 선전포고였다.

깊어 가는 밤, 한 남자의 마음이 밤을 따라 깊어 갔다. 달빛을 받은 홍등의 빛줄기가 분산되어 어둠 곳곳을 비추었다.

연옥은 빛살로부터 피하기 위해 움츠러들었다.

*　　*　　*

태평관의 지하는 어둡고 습했다. 어둠 곳곳에 각각 고립된 공간들이 존재했다. 공간마다 공간을 채우는 자들이 부속물처럼 고정되어 있었다. 어디서 무슨 죄를 어떻게 지었는지 일일이 기억하기도 어려운 자들이 고립된 공간이 저의 자리인양 익숙해진 모습으로 맥없이 허공을 주시했다.

구창이 창살 밖으로 팔을 내뻗었다. 닿지 않은 무엇을 향해 손을 휘저으며 목숨을 구걸했다. 주인을 알 수 없는 창날이 혹, 창살 안으로 들어왔다. 식겁한 구창이 엉덩걸음으로 주춤주춤 물러났다.

혁주는 저에게 할당된 좁은 공간 한가운데 서 있었다. 괴괴한 어둠은 고적했으며, 고적함 속에서 그는 홀로 어둠에 맞섰다.

창살문이 열리고 순식간에 빛들이 몰아쳤다. 횃불을 든 범바위골 군사들의 움직임이 일사불란했다. 그림자처럼 움직이는 왕의 친병은 태평관의 별채 지하에서 더욱 은밀했다.

곤은 빛과 함께 등장했다. 빛을 피해 혁주의 고개가 옆으로 휘어졌다.

"포박을 풀라."

벽과 바닥을 타고 전해지는 곤의 음성이 유난히 크게 울렸다. 어둠이 차차 빛에 희석되었다. 몸을 옥죄고 있던 포박이 풀리자 혁주는 몸을 곧추세웠다. 군사가 억지로 무릎을 꿇렸으나 그는 퉁기듯 무릎을 펴고 일어섰다.

곤은 대령한 용교의에 비스듬히 앉아 혁주를 빤히 보았다. 이록이 혁주의 몸에서 찾아냈다며 필첩을 가져다 바쳤다.

"이놈 저놈 할 것 없이 내 곁으로 버릇없는 놈들만 모이는구나. 어이한 영문인지 아느냐?"

필첩을 살피다 말고 곤이 함묵하는 이록을 올려다보았다.

"어찌 답이 없느냐?"

엄한 목소리와 달리 곤의 눈빛이 짓궂었다.

"가원아."

박 내관이 가까이 다가와 귀를 기울였다.

"내금위장이 내 말에 다섯 마디 이상 답한 적이 몇 번이나 되느냐?"

"없사옵니다."

박 내관의 대답이 여느 때보다 단호했다.

"그렇지?"

"틀림없이 그러하옵니다."

곤이 코웃음을 치며 입술을 실룩거렸다.

"건방진 것으로 치자면 이록이 너야말로 최고가 아니냐. 내금위장이란 놈이 그러니 더 말해 무엇을 할꼬."

민망해진 이록이 고개를 슬그머니 돌렸다.

한담은 거기까지라는 듯 곤의 얼굴에서 표정이 사라졌다. 그는 혁주의 발밑으로 필첩을 던졌다.

필첩의 앞장이 두툼히 찢겨져 있었다. 글자를 쓰고 찢고 하기를 반복한 것 같았다. 보아하니 필담을 하는 자인 듯했다.

"말을 하지 못하는 자라면 거기에 써라. 너는 누구냐?"

혁주는 움직이지 않고 발치에 놓인 필첩만 내려다보았다. 혁주를 향한 곤의 눈길이 집요했다. 그의 입술이 천천히 벌어졌다.

"연옥…… 서연옥."

곤의 입에서 연옥의 이름이 나오자 혁주의 고개가 번쩍 들렸다. 그와 동시에 곤의 미간이 와락 좁혀졌다.

"너 서연옥을 아는구나. 그 아이를 알아."

곤은 혼잣말을 중얼거렸다. 여인인 것을 아느냐고 물으려다 그만두었다.

연옥을 바라보던 사내의 태도가 마음에 영 거슬렸다. 세상을 잃은 듯 낙심한 얼굴로 막막히 연옥을 향하던 그의 시선이 신경 어딘가에 딱 걸려 찌릿찌릿 쑤셔 댔다.

상대를 떠볼 요량이었던 곤은 연옥의 이름에 즉각적인 반응을 보이는 혁주를 새삼스레 보았다. 그는 혁주와 단둘이 있겠다며 주위를 물리쳤다.

"서연옥을 보여 줄 것이다. 보고 싶다면 말이지."

혁주의 눈이 요동쳤다.

곤은 혁주가 연옥의 본모습을 알고 있다고 확신했다. 단순히 아는 것이 아니라 신분을 숨기고 오랫동안 피해 다니는 사정을 모다 아는 속 깊은 사이라고 짐작했다. 그렇지 않고서야 철저히 자신을 감춰야 할 연옥이 본래의 제 모습을 보일 리 없으니 말이다.

용교의에서 일어나 혁주에게 걸어간 곤이 그에게 직접 붓대를 쥐여 주었다.

"네가 누군지 말을 한다면 연옥과 만날 수 있도록 해 주겠다. 보고 싶지 않느냐?"

혁주는 연옥이 사내가 아닌 것을 들켰을 거라 생각했지만 곤이 그녀의 정체를 정확히 알고 있을 거라곤 미처 예상하지 못했다. 그는 돌아가는 사정을 알 길이 없어 답답했다. 믿을 수 없는 눈길로 곤의 눈을 들여다보았다.

아기씨를 어찌 알아보았을까? 아기씨께서 기억을 잃은 것이 확실하다면 스스로 밝힐 수도 없었을 텐데 이자는 무엇으로 알아보았을까?

"네놈만 아는 서연옥을 내가 어찌 아느냐, 그것이 궁금한 게지. 보면…… 그냥 안다. 기실 처음부터 알아봤던 거일 수도 있겠구나. 깨닫지 못했을 뿐 처음부터 알아봤던 게야."

혁주는 격분했다. 관자놀이가 큰 충격을 받은 것처럼 찌릿찌릿 울려 댔다.

연옥을 에워싼 지난한 세월의 고초는 곤 때문이었다. 그가 그녀를 향한 불행의 씨앗이요, 근원이건만 저토록 아무렇지 않게 태연자약할 수 있다니 증오가 솟구쳐 올랐다. 더불어 상실감이 밀려들었다.

스치다 만 인연. 돌아서면 잊을 짧았던 순간의 순간. 그럼에도 그가…… 왕이 아기씨를 잊지 않고 있었음이 아닌가.

혁주의 분노를 아는지 모르는지 곤은 필첩을 주워 내밀었다.

"이제 써라. 내가 네놈을 살려야 할지, 죽여야 할지 결정을 내릴 수 있도록 말이다."

빠르게 필요한 말을 적은 혁주가 종이를 찢어 곤에게 내밀었다. 흡뜬 눈으로 그를 바라본 곤이 종이를 받아 들었다. 지레짐작으로 아자(언어장애인)인가 했더니 진짜인 모양이었다.

"단계에 대해선 들은 말이 있지. 네놈이 그곳의 부계주 말이렷다? 연옥…… 아니, 무연이 계주라는 것 같던데……."

혁주가 고개를 끄덕였다.

"네놈 말대로 단계가 김직언의 구린 일들을 도맡아 했다면 네놈도 쓸모가 없진 않을 게다."

곤은 잠시 생각에 잠겼다가 다시 말을 이었다.

"연옥을 습격한 놈들이 단계의 계원들인 것은 이미 아는 사실이고, 그렇다면 네놈이 초를 칠 일이 아니지 않느냐? 연옥이 계주인 것은 말뿐, 실은 김직언이 너희들의 주인일 것이다. 아니더냐?"

필첩을 새로 넘긴 혁주는 종이에 몇 마디 더 적어 넣었다. 그는 글귀가 적힌 종이를 찢어 곤에게 건넸다.

곤은 종이의 글귀를 물끄러미 내려다보았다.

"김직언이 아니라 서연옥을 따른다? 김직언의 뒷배를 등에 지고서 말이지."

그는 종이를 구기며 물었다.

"운종가 곳집…… 그자 역시 너였느냐? 네가 던져진 칼의 주인이 맞느냔 말이다."

혁주가 고개를 끄덕였다.

"허면 연옥이 태평관에 있는 줄 알면서 어찌 나서지 않았느냐?"

혁주는 필첩에 글자를 다시 적어 넣었다.

구창이 김직언의 집에서 나오는 것을 본 뒤에 혁주는 김직언이 구창을 사주해 연옥을 해하기로 작당을 한 것이 아닌가, 의심했다. 김직언은 곤을 암살하는 데 실패한 연옥을 죽임으로써 꼬리 자르기를 시도할 테고, 그에 가장 적합한 자로 연옥과 자신을 못 잡아먹어 안달인 구창을 낙점한 것이라고 어림 쳤다.

얼마 지나지 않아 연옥을 봤다는 반촌 쇠석의 기별을 받고, 운종가 곳집으로 달려간 혁주는 자신의 우려가 맞았음을 깨달았다. 그렇다면 차라리 연옥이 태평관에 있는 것이 안전하다는 판단이 들었다. 적어도 곤은 나중에야 어떻든 김직언을 잡기 위해서라면 당장엔 연옥의 목숨을 위협하지 않을 것은 물론 김직언의 마수로부터 그녀를 적극적으로 지킬 것이라는 확신이 들었다.

곤은 혁주가 내민 필첩을 한참 동안 들여다보았다. 그는 미심쩍은 투로 확인하듯 물었다.

"이것이 이유의 전부이더냐?"

혁주는 입술을 질끈 깨물었다. 정작 그를 머뭇거리게 만든 이유는 따로 있었다. 운종가에서 본 연옥의 모습은 핍박받는 자의 모습이 아니었다. 곤을 따라 운종가를 걷는 그녀의 얼굴이 괜스레 낯설었다. 까닭 모르게 곤으로부터 그녀를 빼내는 일이 주저되었다. 태평관에 있는 것이 그녀의 뜻인지 아닌지조차 알기 힘들었던 혁주는 한동안 태평관 주변을 배회하며 연옥을 지켜보기만 했다.

자존심에 혁주는 내심을 그대로 말하고 싶지 않았다. 그는 더이상 답을 하지 않았다. 곤의 표정이 스산했다. 종이가 그의 손아귀에서 구겨졌다. 구겨진 종이가 바닥에 굴렀다. 곤은 혁주의 얼굴에 스치는 감정을 읽으려 애썼다.

분노와 걱정, 연민 그리고 다른 무엇.

곤은 어둠 속에서 혁주를 마주 보았다.

"너희들은 무엇이냐?"

곤의 목소리가 가늘게 떨렸다.

"너희는 서로가 서로에게 무엇이더냐?"

묻지 않는 것이 나을까? 연옥이 기억하는 것은 없다. 둘 사이에 무엇이 존재하건 그것은 이놈 혼자의 기억이다. 접점이 없는 기억에 신경 쓸 필요가 있을까?

곤은 입 안의 살을 깨물었다. 두려움이 일었다.

저자를 끌어안던 연옥의 거침없음이, 연옥을 보겠다는 일념만으로 형장의 이슬이 되어 사라질 위험을 무릅쓴 채 검계임을 제 입으로 밝힌 저자의 단호함이 견디기 힘들었다. 심연 속 해구처럼 깊고 깊은 곳에서 뭉치고 뭉쳐진 감정이 덩어리가 되어 올라왔다. 질투를 인정하고 싶지 않았다. 하찮은 검계였다. 그런 자를 상대로 질투를 하다니 우스웠다.

"아직 네놈의 이름을 말하지 않았다."

혁주는 필첩에 제 이름을 적어 넣었다. 곤이 그의 이름자를 읽고 실소했다.

"하! 클 혁에 구슬 주라…… 검계 놈이 이름 한번 거창하다."

곤은 얼음처럼 차가워진 눈길로 혁주를 내쏘았다.

"약조를 하였으니 지킬 것이다."

허나, 너희는 서로에게 아무것도 아니어야 한다. 만일 한 자락 내 손에 잡히는 것이 있다면 너희는 내 손에 죽을 것이다.

*　　　*　　　*

늦게까지 퇴궐하지 않고 빈청에 남아 있던 심일강이 입시를 청했다. 잠행에서 막 돌아온 곤은 곤복(곤룡포)으로 환복조차 하지 않은 상태였다. 박 내관이 당황해서 문을 한번 쳐다보고 곤을 돌아보았다.

"들라 하라."

박 내관이 문을 열어 주자 안으로 들어선 심일강이 곤의 차림을 보고 미간을 슬쩍 찌푸렸다.

대체 이 밤중에 어디를 다녀오는 길이란 말인가. 성상이 바깥 출입을 즐겨 한다는 소리가 괜한 헛소문이 아니었던 게야.

"야심한 시각에 장인께서 어인 일이시오? 설마 밤 마실 다니는 사위를 나무라기 위해 오신 것은 아닐 테고."

심일강의 속내를 꿰뚫어 보기라도 한 듯 곤은 우스갯소리를 했다. 흑립을 벗어 박 내관에게 넘겨준 그는 도포 차림으로 보료에 앉았다. 심일강이 엉거주춤 따라 앉았다.

"신이 전하를 나무라다니요. 천부당만부당하시옵니다."

"그놈의 천부당만부당은…… 농을 해도 천부당, 진지하게 말을 해도 만부당. 과인은 경들이 시키는 대로 얌전히 있어야지만 당연한가 보오."

"그…… 그것이 아니옵고 신이 어찌 지존을 나무랄 수 있겠느냐, 하는 말씀을 올린 것이옵니다."

심일강의 눈길이 곤의 옥색 도포를 향했다. 도포 자락에 물든 핏자국이 좌등에 선명히 반사되었다.

밤 마실이 아니라 밤 사냥을 다녀오시는 게지. 짐승 새끼를 잡았을까, 사람 새끼를 잡았을까? 두려움 반, 고까움 반으로 심일강은 고개를 숙인 채 이맛살을 찌푸렸다.

"그래서 연로하신 경이 이 시각에 알현을 청한 연유가 무엇이오?"

곤은 별반 관심 없는 태도로 일관했다. 옆으로 세운 무릎에 손가락을 퉁기며 유유자적 굴었다.

"전하, 김진한이 드디어 입을 열었사옵니다."

곤이 눈초리를 치켜 올리며 손가락을 멈칫했다.

"그 입에서 김직언의 이름이 나왔소?"

"예, 전하. 김직언이 그리하자 하였다고 자복하였사옵니다. 물론 대비전에서도 허한 일이라 하옵니다."

"그렇겠지. 김직언이 하는 일을 대비가 모를까."

곤은 자세를 바로하며 구겨진 도포 자락을 빳빳하게 폈다. 붉은 핏자국을 유심히 들여다보았다.

"그래서 장인의 생각은 어떠하시오?"

"역으로 다스릴 일이옵니다."

"잣대를 누구에게 어찌 들이댈 것인지 묻는 거요."

"김직언과 김진한은 참형을 하옵시고, 문호대군은 유폐를 보내시되, 대비는 폐서인이 마땅한 줄로 아옵니다. 대비의 본궁을 닫으시옵소서."

곤이 고개를 가로저었다.

"명색이 자전이 아니시오. 계모도 어미는 어민데 대비의 본궁을 쓰러트릴 수야 없지."

모다 쓸어버릴 것처럼 굴던 것이 엊그제였다. 태도가 바뀐 곤의 모습에 심일강은 적이 당황했다.

"전하, 인정에 얽매이실 일이 아니옵니다."

"이보시오, 장인. 경도 사람이고 나도 사람이잖소? 사람이 사람 정을 논해야지 배제해서야 될 말이오? 적당히 넘어가십시다."

넉살 좋게 구는 곤을 심일강은 전혀 다른 사람 보듯 보았다. 그의 언성이 다소 높아졌다.

"전하, 선왕전하의 선위교서를 빼돌린 일이옵니다."

"그러니까 말이오."

"역모가 아니옵니까?"

"그래서 하는 말이라지 않소. 김직언하고 대비는 넘어가 주자는 말이오."

심일강이 허리를 곧게 펴고 곤을 똑바로 보았다. 하나밖에 없는 사위 놈이라고 하필이면 지존이라 두들겨 팰 수도 없는 노릇이니 화병이 날 지경이었다.

"전하, 어심이 참이시옵니까? 소북을 내치고 문호대군을 누를 수 있는 절호의 기회이옵니다. 찾아온 기회를 놓치지 마시옵소서."

"좋게, 좋게 넘어가십시다."

허리에 맨 술대를 풀면서 곤이 심드렁한 투로 중얼거렸다.

"아니 될 말씀이시옵니다."

"임 숙용이 태기가 있다는 것 같던데……."

"전하!"

심일강이 새된 목소리로 그를 불렀다. 어심이 주도면밀하니 헤아려 파고들 곳이 없었다. 그 아비에 그 자식 아니랄까 봐 변덕이 죽을 끓는구나. 대체 무엇을 도모하려 함인가!

곤의 심속이 어떠한지 알 길이 없는 심일강으로서는 몸을 굽히는 수밖에 없었다. 임 숙용에게 태기가 있다니 금시초문이었다. 용종이라면 왕의 후사에 관련된 중요 사항이었다. 어의가 태기를 확인하는 순간 대소신료들 귀에 들어가게 되어 있었으므로 왕의 말은 거짓이 분명했다.

빤한 거짓말을 아무렇지 않게 하는 곤이 심일강은 그저 기가 막혔다. 더구나 임 숙용은 그 아비가 소북에 적을 두고 있는 후궁이었다. 소북을 치면서 소북의 여인을 입에 올리다니, 마냥 대북하고만 손잡을 생각이 없음을 곤이 우회적으로 나타낸 것이다. 언제든 필요하다면 그것이 소북이라 할지라도 손을 잡을 수 있다는 뜻이었다.

오늘 이 자리에서 뜻을 굽힐 생각이 전혀 없는 것으로 알아들어야 했다.

"하오시면 이번 사건을 어찌 처결하면 좋을지 전하께옵서 하교하여 주시옵소서."

"경의 뜻대로 하시오. 김직언과 대비 모자만 그대로 둔다면 과인은 상관치 않겠소."

심일강이 내키지 않은 마음에 입을 꾹 다물었다. 곤이 박 내관더러 곤복을 대령케 했다.

"과인이 말이오. 용상에 올라보니 정치가 진정 치사스럽소이다. 그렇지 않소? 하하하."

도포를 훌훌 벗어던진 곤이 실없이 웃음을 터트리며 박 내관에게 몸을 맡겼다. 백룡포가 입혀지고 백포로 감싼 익선관이 머리에 씌워졌다. 언제 웃었냐는 듯 곤은 엄혹한 눈길로 심일강의 관모를 내려다보았다.

"영상."

"예, 전하."

"명대로 하오."

눈을 감았다 뜨는 심일강이다.

"어심이 지고하시니 만백성의 홍복이옵나이다."

三.

왕의 교서가 내려졌다. 선왕의 선위교서를 빼돌려 차기 왕권을 획책한 역모의 죄로 김진한과 일당을 벌한다는 내용이었다. 어떤 자들은 김진한과 함께 참형을, 어떤 자들은 유배형을, 또 어떤 자들은 파직을 당했다.

소북은 참담했고 대북은 웃었다.

윤세준이 선정전에서 나오는 왕의 행렬을 기다렸다가 뒤따랐다. 멀찍이 새앙각시(새앙머리를 땋은 어린 궁녀) 여럿이서 술래잡기하는 모습이 보였다. 까르르 터트리는 웃음들이 명랑했다.

곤이 걸음을 잠시 멈추었다.

"생각해 보았느냐?"

"어심에 흡족하실지 두렵사옵니다."

"흡족치 않으면 벌을 내릴 것이다."

긴장한 윤세준이 마른침을 삼켰다.

"하던 대로 녹이나 받아 죽은 듯이 살 것을 괜히 나섰다 싶으냐? 제명대로 못 살겠다 싶은 것이야?"

"아니옵니다. 사내가 되어 한번 결심한 바를 어찌 그리 쉽게 무르겠나이까?"

히죽 웃음을 터트린 곤은 괜한 소리라며 손을 내저었다.

"선문답이니라. 이놈의 대궐은 도무지 나의 농을 받아 줄 만한 주변머리들이 없단 말이지."

"송구하옵니다."

"너는 다를 줄 알았더니…… 에잇, 재미없다."

곤이 어깨를 으쓱이며 윤세준의 등을 두어 번 토닥였다.

"네가 생각한 것이 무엇인지 그거나 말해 보거라."

윤세준의 목소리가 내밀해졌다.

"토지와 쌀이옵니다."

그는 자세한 설명을 하는 대신 곤의 반응을 기다렸다.

철모르는 풀꽃이 녹다 만 눈과 경직된 땅을 뚫고 세상 구경을 나왔다. 윤세준의 복안을 간파한 곤이 풀꽃을 보며 낮게 읊조렸다.

"참으로 발칙한 생각이다."

"세상의 모든 것은, 처음 그 시작이 발칙한 법 아니옵니까?"

"겁 없기가 겨울철 풀꽃과 같구나. 그러다 대감님들 서릿발에 너…… 얼어 죽을라."

"겁 없기로 치자면 전하께서도 부족함이 없으시옵니다."

"그렇기는 하지. 왕이 겁이 없으니 늙은 대감님들 머리깨나 아플 게야."

풀꽃을 보는 곤의 눈빛이 이글거렸다. 겁 없이 강인한 생명이었다. 철은 몰라도 맞서 싸우는 법을 아는 생명이었다. 언 땅과, 언 공기를 이긴 가녀린 풀꽃이었다.

"너에게 판을 깔아 준다 하였다. 난장을 치려거든 제대로 쳐야지. 토지와 쌀에 대해서 말해 보거라."

윤세준은 고해 올리면서도 자신의 개혁안이 받아들여질까 미심쩍었다. 스스로를 독과 거머리라 외치던 곤의 모습에 감화되었다. 그에 왕의 동지가 되기를 자처했지만 이번에 그들이 건드리려 하는 것은 소위 기득권층의 밥그릇이었다.

즉위 원년을 맞은 젊은 왕이 치기 어린 마음에 큰소리부터 친 것은 아닐까, 막상 어마어마한 계획 앞에서 꽁무니를 빼는 것은 아닌가, 의심과 기대가 뒤죽박죽 버무려진 상태였다.

그러나 단호한 옥음에 확신이 들면서 윤세준의 등줄기에 전율이 흘렀다. 그는 또박또박 말했다.

"전하, 조선의 농민이 나라에 바쳐야 하는 세금은 토지에 대한 세금인 전조(田租)와 공납이 있사온데, 특히 공납의 문제가 크다 할 것이옵니다."

농민들이 국가에 특산물을 바치도록 하는 세금 제도가 공납이었다. 모든 제도에는 일장일단이 있다지만 공납은 정도가 심해 백성들의 원성이 하늘을 찔렀다.

주로 고리대금을 겸하는 방납업자나 관청의 서리들이 공납 비리의 주범들이었다. 그들은 지정된 특산품을 먼저 사들여 시중에서는 구할 수 없도록 만든 다음, 일반 백성들에게 몇 배로 받아내 물건을 되팔거나, 대신 공납을 해 주고 몇 배의 이자를 받았다. 이것을 일러 방납 혹은 대납이라고 했다. 탐관오리들에 의해 이러한 일들이 공공연히 묵인되었음은 두말할 것도 없었다.

왜란 후, 공납의 폐단은 눈덩이처럼 커져서 호피 방석 한 개의 대납 가격이 쌀 칠십 여석이었고 면포 이백 필까지 치솟기도 했으니 기막힐 노릇이었다. 석달의 부모나 작은노미의 아비와 누이가 바로 그 공납제의 피해자들이었다.

"윤 주서 너의 말은 세금을 쌀로 받자는 말이렷다?"

윤세준이 눈을 반짝이며 곤을 정면으로 바라보았다.

"토지 결수대로 쌀을 걷는 것이옵니다. 없는 자는 적게, 가진 자는 많이 낼 것이니 완전한 해결책은 아니겠으나 현재로서는 공평한 처사라 사료되옵니다."

땅을 많이 가지고 있는 대지주들, 즉 사대부들의 저항이 만만치 않을 터였다.

"뒷목 부여잡을 자들이 많겠구나."

"그것이 전하께서 목표하신 바인 줄로 아옵니다."

"내가 목표한 바?"

"사대부들을 뒤로 넘어가게 하는 것 말이옵니다."

윤세준의 말에 곤은 속내를 들켰다며 킬킬거렸다.

"재미없는 인산 줄 알았더니 선문답 실력이 나보다 한 수 위지 않느냐?"

그는 희정당으로 길을 잡으며 중얼거렸다.

"늙은이들이 순순히 밥그릇을 내 놓을는지……."

"그것이 전하께옵서 하실 일이옵니다."

앞서던 곤이 뒤를 돌아보았다. 윤세준의 말이 고통에 몸부림 치며 쏟아 붓던 작은노미의 하소연과 닮아 있었다.

　　　"……왕이 본래 하실 일이 이런 것 아니겠사옵니까? 백성
　　을 불쌍히 여기고 가엽게 여기시는 것 말이옵니다."

곤의 시선에 윤세준이 공손히 고개를 숙였다.

"내가 할 일이 참으로 많다."

"용상에서 내려오시면 편히 놀고먹으실 수 있으시옵니다."

오만불손하기가 이를 데 없는 자였다. 곤은 고개를 절레절레 흔들었다. 보다보다 저런 겁 없는 자가 또 있을까 보냐, 입술을 실긋댔다.

"아느냐?"

"무엇을 말이시옵니까?"

"부왕 전하였으면 넌 이미 죽었다. 젊은 놈이 건방지게 어르신들 수염을 잡으려 한다고 말이다. 내가 겁이 없고 시건방져 너와 합이 맞는 것을 다행으로 알거라."

"이미 알고 있사옵니다."

머뭇거림 없이 대답한 윤세준은 왕의 행렬로부터 빠져나와 왔던 길로 되돌아갔다.

*　　　*　　　*

왕이 대비에게 석수라를 청했다.

수많은 생각들이 바늘과 실을 타고 흰 비단 보에 수 놓였다. 바늘 끝이 삐끗하더니 보현의 손가락 마디를 푹 찔렀다. 예리한 아픔이 몰려들었다. 이마에 옅은 주름이 그어졌다.

정 상궁이 황급히 다가와 핏물 맺힌 손가락을 닦아 주었다. 박 내관이 굽은 자세로 보현의 눈치를 살폈다.

"금일 석수라를 말이냐?"

"예, 마마."

"내가 몸이 좋지 않아 기력이 없구나. 차후에 다시 청해 주시면 그때 뵈옵는다, 하여라."

"송구하오나, 마마. 옥지를 옮기시지요."

박 내관이 다시 한 번 청했다. 물러서지 않는 그를 보현이 가

늘어진 눈으로 쏘아보았다.

"뭐라? 한낱 내관 놈이 내게 지금 명을 내리는 것이냐?"

"성상전하께오서 마마께 전해 올리라 하시기를, 모자간이 불화하여 이날까지 함께 둘러앉아 마음 편히 수라상을 받아 보신 적이 없다 하셨나이다. 하여 참으로 안타까운 일이 아닐 수 없으니 부디 사양치 마시기를 거듭 당부하셨사옵니다."

보현은 예상치 못한 곤의 청이 당혹스러웠다.

선위교서 건은 결국 옥사로 끝이 나고 말았다. 소북의 많은 당인들이 죽거나 귀양을 갔으며 파직은 그나마 양호한 일이었다. 곤이 겨눈 화살이 이번에는 창을 비껴갔지만 그가 언제까지 창을 두고 볼지 불안한 나날이었다. 밥상머리에서 다정하게 얼굴을 맞대고 앉아 수저 들 상황도, 사이도 아니었다.

보현은 수틀을 확 밀치고 돌아앉았다. 박 내관이 정 상궁을 돌아보았다. 마마님께서 대비마마 좀 설득해 보십시오, 재촉의 눈길을 보냈다.

"승전 내관께서는 이만 건너가십시오."

"허나 마마님……."

"대비마마께는 침전으로 납시라 말씀 올리겠습니다. 그러니 건너가 계십시오."

보현을 대신한 정 상궁의 확답을 받고서야 박 내관은 밖으로 물러났다.

"저와 내가 함께 수라를 들 사이란 말이더냐!"

보현의 신경쇠약은 날이 갈수록 심각해졌다. 석수라를 건너 뛰고 일찍 침수에 들 요량이었던 그녀는 당의를 벗은 채 소고의 차림이었다. 정 상궁이 당의와 간단한 야용(冶容 얼굴을 단장함) 도구를 내오자 내동댕이치며 소리를 버럭 질렀다.

"수라는 핑계고 나를 겁박하려는 셈이지. 다 죽이고, 다 내치고 이제 나만 궐에서 쫓아내면 제 세상이 아니더냐. 또 무슨 꼬투리를 잡은 게야. 수라? 허! 내가 그걸 먹고 멀쩡히 두 발로 침전을 걸어 나올 수나 있단 말이냐?!"

카랑카랑한 보현의 목소리가 애먼 정 상궁을 찔러 댔다. 흐트러진 당의와 야용 도구를 추스른 정 상궁이 가깝게 다가앉았다.

"마마, 성상의 진노를 사지 마시옵소서."

"진노를 사고 말 것이 무엇이더냐. 천지사방 그자의 뜻으로 움직이지 않는 곳이 없는데."

"궐 안에 마마를 지켜 드릴 자가 남지 않았사옵니다. 좌의정이 사직하여 두문불출하고, 옥사에서 살아남은 이들은 불똥이 튈까 두려워 몸을 사리지 않사옵니까. 이런 때일수록 옥체를 낮추심이……."

고개를 옆으로 돌린 정 상궁이 뒷말을 삼켰다. 보현의 눈썹이 꿈틀했다.

"나더러 구차하게 목숨을 구걸하란 말이냐?"

"대군이 사가에 홀로 지내고 있지 않사옵니까?"

보현의 얼굴에 핏기가 사라졌다.

정 상궁은 보현과 처음으로 마주한 때를 기억했다.

열여섯, 선왕과의 초야를 치르기 전에 대비는 이미 현실을 받아들일 준비가 되어 있었다. 할아버지 왕에게 시집온 어린 아기씨니 그늘진 처연함이야 별수 없이 달고 사는 것이지만 어디에도 굴하거나 밀리지 않을 것 같은 당당함과 꼿꼿함이 있었다.

"자네가 정 상궁이냐?"

"그러하나이다."

"사가의 어머님이 자네만 한 연세일까……."

"천것이 궐에 들어와 수십 년이 흘렀사옵니다."

"구중궁궐 마음 놓을 곳이 없구나. 자네가 나의 편이 되어 주거라."

말간 홍안에 부드러운 미소가 감도는 새로운 상전을 향해 정 상궁은 존경심을 느꼈다. 애초부터 중궁의 자리가 자신의 자리인 양, 품위와 엄격함이 공존하는 모습에 상대로부터 존중을 이끌어 내는 특별함이 존재하던 대비였다. 거기에 매료되어 충심으로 보필하기를 십여 년, 신경질이 늘어난 대비의 면부에서 갈수록 당당함과 기품이 사라지는 것이 정 상궁은 안타까웠다.

"내게 아직도 지켜야 할 것이 남아 있었음이냐……."

보현이 힘없이 중얼거렸다

사가로 나간 창의 입궐이 허락되지 않고 있었다.

들리는 소문으로는 단자(單字 한문 낱개의 글자)를 배울 때가 되었는데도 훈육관으로 임명된 자가 글자를 가르치기는커녕 대군저에 있는 책이란 책은 모조리 빼돌렸다고 했다. 훈육관이 그에게 가르치는 내용이라고는 왕에 대한 신하의 도리, 왕족으로서 능히 가져야 할 조심성에 대해서 뿐이라고 했다.

종친을 훈육하는 자가 제멋대로 교육을 뒤흔들진 않았을 테고 필경 왕명으로 하는 일이었다.

멀쩡한 아지를 내치고 제 사람으로 앉히더니 이제는 훈육까지 제 뜻대로 조종하려 드는구나.

뻔히 들여다보이는 속셈이었다. 어차피 곁가지로 자라 곁가지로 남을 인생, 허울 좋은 대군 소리나 들으면 됐지 그보다 잘나면 생목숨 잡을 줄 알라는 소리였다.

피붙이를 곁에 두지 못하는 어미의 심정이 이루 말할 수 없이 참담했다. 더구나 어린 것이 벌써부터 감시의 눈초리 속에서 살얼음판을 걷는다니…….

보현은 지극히 한탄스러웠다. 정 상궁이 새로운 당의를 내왔다.

수라간과 퇴선간의 나인들이 바빠졌다. 그들은 고참 상궁의 지시를 받으며 일사불란하게 움직였다. 수라간에서 음식을 만들면 퇴선간 나인들이 정찬을 흑칠원족반 여러 개에 나누어 지밀로 날랐다.

생전 다른 이와 함께 수라상을 받아 본 적이 없는 왕이었다. 심지어 왕비와도 겸상을 하는 일이 없었다. 그런 왕이 대비와 왕비를 청한 것으로도 모자라 두 외척을 함께 불러 겸상하니 희한한 일이었다. 너무 늙어 거동이 불편한 판내시부사까지 나서서 수라상을 점검할 정도였다.

보현이 문지방을 넘어 안으로 들어오자 곤이 보료에서 일어나 예를 갖추었다. 그의 침방에는 이미 다른 이들이 도착해 있었다.

보현은 자리에서 일어나 자신을 맞이하는 사람들을 한 바퀴 돌아보았다. 왕비와 심일강, 김직언을 순차로 본 그녀의 눈길이 왕비 옆에 서 있는 창을 보고 멈칫했다. 흘끔거리며 곤의 기색을 살핀 아이가 왕비의 치마폭 뒤로 숨었다. 보현은 울컥, 치받는 감정을 감추기 위해 횅하니 고개를 돌렸다.

"문호는 무엇을 하느냐? 자전(慈殿 임금의 어머니)께 문후 여쭙지 않고."

곤에게 떠밀린 창이 쭈뼛거리며 한 발짝 앞으로 나섰다.

"어마마마, 그간 평안하셨사옵니까?"

"그래, 대군도 잘 지냈느냐?"

"소자는 아지와 함께 잘 지내고 있사옵니다."

"다행이로다. 어미가 대군을 살피지 못하니 대군은 스스로를 살펴야 할 것이다."

"예, 어마마마."

창은 형식적인 인사치레를 끝내고 얼른 눈을 내리깔았다

아이는 아이답게 크는 것도 빠르고 잊는 것도 빨랐다. 아이는 길지 않는 시간 동안 부쩍 자랐다. 웅얼거리던 발음이 또릿해졌으며 제법 체면을 차릴 줄도 알았다. 반면에 아이는 어미를 잊은 듯했다. 왕실의 체통을 차리느라 살가운 정으로 키우지 못한 아이였다. 아이는 사가로 나가 함께 부대끼며 사는 새로운 가솔들에게 더 정을 붙이고 사는 듯했다.

"좌정하시지요."

곤이 보현에게 보료 옆자리를 내주었다. 보현과 왕비가 그를 사이에 두고 나란히 앉았다. 심일강과 김직언이 맞은편에서 몸을 조아렸다.

화려한 정찬을 앞에 두고 선뜻 나서서 음식을 먹는 이가 없었다. 어른들이 먹지 않으니 창 역시 맞잡은 손만 꼼지락거렸다.

"어서들 드시구려. 이야기를 끝내고 들자니 얹힐 듯하여 상을 먼저 들인 것이외다. 사양치 마시오."

곤이 상을 가리키며 권했지만 그런다고 음식이 먹힐 리 없었다. 눈앞에 놓인 음식 값으로 무엇을 얼마나 치러야 할지 몰랐다.

공연히 밥이나 먹자고 사람을 불러들일 왕이 아니었다. 게다가 밥알이 걸릴 만한 이야기라니, 아는 것이 있느냐며 김직언이 심일강을 보았다. 아는 것이 없기는 심일강도 마찬가지였다. 그는 김직언이 보내는 눈길에 고개를 짧게 저었다.

창을 무릎에 앉힌 곤은 손수 수저를 쥐여 주고 먹어라 했다. 아이는 제 형님이 쥐여 준 수저로 밥을 한술 떠서 입에 넣었다.

흐뭇하게 보라보던 곤이 자반 살을 발라 아이의 수저에 놓아 주었다.

"문호야."

"예, 형님마마."

"네 배가 부른 만큼 그것을 행복으로 알거라. 종친이 그거면 되지 않겠느냐."

"예, 형님마마. 스승님께서도 그리 말씀하셨사옵니다."

보현이 저를 거칠게 내려놓았다.

"철도 모르는 것을 상대로 형님 노릇 참 잘도 하십니다."

창에게 국물을 떠먹여 준 곤이 수저를 놓고 보현을 돌아보았다.

"찬물이 비위에 맞지 않으시옵니까? 수라간에 일러 다시 들이라 하겠사옵니다."

언성을 높이진 않았으나 지나치게 낮은 것이 위험스러웠다. 가시덩굴에 옭아매인 것처럼 곤의 눈길에 사로잡힌 보현은 그대로 얼어붙었다.

곤이 자근자근 말했다.

"굶어 죽는 조선의 백성이 지천에 가득이옵니다. 운 좋게 종친으로 태어나 배불리 먹고 살면 행복이지 행복이 아니란 말씀이시옵니까?"

바닥을 스치는 뱀처럼 그의 말이 미끄덩했다.

"금상께서 지금 이 사람과 농을 하시자는 겝니까? 눈에 보이는 것만 믿을 수 없듯 들리는 대로 믿어서도 아니 되지요."

"곡해시옵니다. 무릇 인간의 도리에 대해 형님으로서 가르치는 것이옵니다."

"인간의 도리가 아니겠지요. 종친의 탈을 쓴 꼭두각시의 도리에 대해 가르치시려는 것이 아닙니까?"

곤이 차분하면 차분할수록 보현의 언성은 높아지기만 했다.

유 씨 부인을 부른 곤이 창을 데려가도록 했다. 방 안에 흐르는 불편한 기류가 부담스러웠던 아이는 유 씨 부인을 따라 미련 없이 밖으로 나가 버렸다.

"어마마마, 소자가 아직 드릴 말씀이 남았사옵니다. 벌써부터 너무 노여워하지 마시옵소서."

공손하지만 위압적인 말투였다. 수라상을 옆으로 치운 곤은 박 내관에게 준비한 것을 내오라 했다. 박 내관이 보자에 싼 물건을 내오자 곤이 그것을 심일강 앞으로 밀었다.

"음식이 아니 넘어가시는 모양이니 마음에도 없는 치레는 이쯤 하도록 하고 그거나 한번 풀어 보시오."

심일강이 보자를 풀었다. 피 묻은 목패가 드러났다.

궁인, 송가 개심.

심일강이 이런 흉악한 물건을 어찌 지밀에 들이냐는 표정으로 곤을 보았다. 목패를 알아본 왕비의 이마가 살풋 찌푸려졌다. 곤은 그들 부녀로부터 시선을 거두고 김직언을 보았다. 하릴없이 턱을 슬슬 매만졌다. 김직언은 모사를 꾸미는 쪽으로 도가

튼 작자였다. 속내를 숨기는 것 또한 능숙했다. 이번에는 고개를 돌려 보현을 보았다. 보현이 입술을 굳히며 슬며시 고개를 떨어트렸다. 그녀에게서 시선을 떼지 않은 채 곧이 심일강을 불렀다.

"영상."

"하교하시옵소서."

"이 출입패의 주인이 내전 소속이라 하던데 아는 나인이오?"

"모르는 나인이옵니다. 중궁마마께오서 신의 여식이라고 하나 국모의 신분이시옵니다. 신이 어찌 감히 중궁전을 함부로 드나들며 나인 개개인의 신상까지 알겠나이까."

"딴은 그렇기도 하겠소."

곧은 퍽 다정스러운 눈길로 왕비를 보았다. 왕비의 얼굴이 붉게 달아올랐다.

"내전, 이 나인을 아시오?"

"신첩이 지밀에 두고 부리던 아이옵니다. 행동거지가 재바르고 야무진 아이라 아꼈나이다."

"죽었다 들었소."

"자세한 병명은 알지 못하옵고 지병으로 그리된 줄 아나이다."

목패를 손에 들고 한참을 들여다보던 곧이 다시 심일강을 보았다.

"침전을 침입한 자객과 배후를 잡는 일은 어찌 되었소? 구미

호는 잡았소이까?"

심일강의 표정이 죽을상이 되었다. 그렇지 않아도 골머리를 썩는 중이었다. 정황상 소북에서 자신들의 위기를 타파하기 위해 저지른 일이 틀림없는데 증거가 없었다. 소북 내에서도 극소수만 가담한 듯 알아낸 내용은 아무것도 없이 오리무중이었다. 자객이라도 잡았으면 주리를 틀어서라도 자복을 받을 테지만 자객 또한 손에 없으니 답답한 노릇이었다.

"구미호를 잡았느냐고 묻지 않소?"

"송구하나이다. 백방으로 사건의 진상을 파악하고 있으니 잠시만 기다려 주시오면……."

"범자를 잡지 못 하는 데는 연유가 잇지 않겠소? 범자를 쫓는 자가 머릿속에 똥만 가득 든 빙충이거나, 쫓는 자보다 쫓기는 자가 똑똑하거나 아니면…… 쫓는 자가 쫓기는 자이거나!"

점차로 높아진 곤의 목소리가 우레와 같이 컸다. 심일강이 화급히 머리를 숙였다.

"전하, 그 무슨 망극한 말씀이시옵니까? 아니옵니다. 신의 충정을 의심치 마시옵소서."

"송가 개심. 내전 소속의 나인이오. 그것도 내전이 특별히 아꼈던! 헌데 죽은 나인의 출입패가 그날 밤, 무슨 사연으로 자객의 몸에서 떨어져 이곳 과인 침방 바닥을 뒹굴었는지 장인께서는 말씀해 보오."

옆에서 왕비가 숨을 훅 들이켰다. 일찰나 침묵이 사람들을 지배했다. 곤은 각자의 표정들을 살폈다. 찬찬하고 유심한 눈길을 피해 저마다 고개를 돌리거나 눈을 내리깔았다.

왕비와 심일강은 억울함과 두려움으로 공포에 떨었고 김직언은 모르는 일인 척 의뭉을 떨었다. 보현은 복잡해 뵈는 심속이 그대로 얼굴에 드러났다.

마침내 곤이 침묵을 걸어 냈다.

"이 출입패야말로 과인이 그대들의 목줄을 잡고 있다는 증거요. 기위 보이는 김에 다른 패도 하나 보여주리다."

문밖에 미리 대령해 있던 이록이 구창과 패거리들을 끌고 문지방을 건너왔다. 갈기갈기 찢긴 옷에 온몸 구석구석 성한 곳 없이 피딱지가 나앉은 모습들이 보고 있기 흉측했다.

"이놈들이 무슨 까닭으로 여기에 있는지 대감은 알리라 믿소."

곤은 싸늘한 눈초리로 김직언을 보았다. 보현이 김직언을 홱 돌아보았다. 낭패감이 김직언의 얼굴 위로 휘몰아쳤다. 그는 구창을 찢을 듯이 노려보았다.

저…… 저…… 내 저놈을 내 손으로 끝장내고야 말리라!

보료에서 일어난 곤이 구창의 상투를 휘어잡았다. 구창의 고개가 뒤로 홱 젖혀졌다. 흰자위가 뻘겋게 달아 있었다.

"네놈을 사주한 자가 누구냐?"

구창의 손이 부들부들 떨면서 천천히 올라갔다. 그의 손가락이 김직언을 정확히 가리켰다. 김직언이 고개를 세차게 흔들었다.

"아, 아니옵니다. 전하! 신이 어찌 그런 참혹한 일을 저지르겠사옵니까. 신은 결코 이놈들을 사주한 일이 없사옵니다."

"과인이 무어라 말을 한 적이 없건만 무슨 일인 줄 알고 참혹하다는 거요?"

김직언은 아차 싶었던지 벌린 입을 다물지 못했다.

"너무 겁내지 마시오. 생각보다 대단한 일이 아닐 수도 있으니."

구창을 놓아준 곤이 허리를 폈다.

"제발이 저려도 그렇지. 정치라면 이골이 날 만한 고수가 속내를 누구보다 빠르게 훤히 내비치다니 감이 많이 무뎌졌소이다."

곤은 실눈을 뜨고 구창을 내려다보았다. 발을 들어 냅다 걷어찼다. 한 놈이 쓰러지면서 옆에 놈을 쓰러트리는 형국이 되었다. 우르르 뒤엉켜 쓰러지는 꼴들을 역겨운 눈길로 쳐다보았다.

방 안은 한동안 고요했다. 심약한 왕비의 호흡이 거칠었다. 그녀는 마른기침이 나오는 것을 억지로 틀어막았다. 심일강과 김직언은 난국을 타개하기 위해 부지런히 머리를 굴렸다. 닥친 위기 앞에서 늙은 머리들이 갑자기 둔해진 듯했다.

보현은 고단했다. 머리가 옆으로 기울었다. 미세하게 떨리는 손으로 이마를 문질렀다. 눈가를 지그시 눌렀다.

"운 떼시다 인경도 치고 파루도 치겠습니다. 그만 겁박하시고 본론으로 들어가세요. 죽이고도 모자랄 이 사람들을 살려서 모아 놓으셨으면 원하시는 바가 있을 것 아닙니까?"

보현의 말에 자리로 돌아온 곤이 종이를 펼쳤다. 손수 먹을 갈았다. 붓에 먹물을 찍어 크고 굵게 자획을 그었다. 거침없이 유려하게 그어지는 자획이었다.

대동(大同).

온 세상에 차별이 없다?

조선은 철저한 신분 사회였다. 모든 것에 차별이 있을 수밖에 없었다. 대동이라니, 조선의 근간을 흔드는 말이었다. 글자의 뜻을 헤아린 심일강과 김직언이 서로를 보았다.

젊은 왕이 미치기라도 했단 말인가.

곤이 붓을 내려놓았다.

"과인이 경들에게 바라는 것, 경들이 해야만 하는 것. 그것이 바로 대동이오."

"상세히 하교하여 주시옵소서. 미욱한 신들이 성심을 알지 못하겠나이다."

"공납을 철폐할 것이오."

심일강과 김직언은 잘못 들은 것이 아닌가, 곤의 입술만 뚫어지게 보았다. 종내 곤의 말이 진심인 것을 알고 기가 막혔다.

공납을 철폐하다니…….

그들은 약속이나 한 듯 짧은 숨을 훅 토해 냈다.

보현이 물었다.

"조세를 받지 않으면 나라 살림은 어찌하려고 그러십니까?"

"조세를 받지 않을 수야 없지요. 세법을 개편하겠다는 것이옵니다."

"전하, 멀쩡한 공납제를 두고 어찌 세제 개편을 말씀하시옵니까? 부당함을 간하는 자가 아무도 없사옵니다."

심일강의 말에 곤이 가소롭게 여기며 입술을 비틀었다.

"당연한 일 아니오? 공납으로 제 배를 불리는 자들이 편전에 차고 넘치는데 누가 고한단 말이오. 고로 부당함을 간하는 자가 없는 것은 당연하나 또한 그릇한 일이외다"

"무슨 말씀이시온지……."

"신들은 도무지 알지 못하는지라……."

심일강과 김직언이 오랜만에 뜻을 같이했다.

"경들이 모르는 것투성이인 머저리란 사실은 진즉부터 알고 있었소. 그러니 그대들은 과인이 시키는 대로만 하오."

왕이라 할지라도 나이로 따지면 선대뻘이요, 학문으로 보면 선학과 후학이고, 신분으로는 적서의 차이가 분명했다. 원로의 대신으로서 머저리란 표현에 모욕을 느끼는 것이 당연했다. 붉으락푸르락해진 얼굴들이 푸르르 떨렸다.

아랑곳하지 않고 곤은 마저 말을 이었다.

"고을 관아마다 탐관오리들이 서리니, 방납업자니 끼고 앉아 백성들의 고혈을 빨아 대면서 제 놈들 살이나 찌우지 않겠소. 그러니 글줄깨나 아는 고관대작 나리들 중 공납이 어쩌니 저쩌니 부당함을 알릴 멀쩡한 인물들이 얼마나 있느냔 말이오? 배때기에 기름 채우기 바쁘지."

구순(임금의 입과 입술)에서 속된 말들이 술술 잘도 새 나왔다.

난 자리가 천해 천성이 천한 것이라고 김직언이 내심으로 짓이 겼다.

"전하, 왕언이 어찌 이리 속되실 수가 있단 말씀이시옵니까? 어심이 편치 않으시더라도 말씀을 가려……."

"내전은 과인만 보면 가르칠 것이 넘쳐 나는가 보오."

우물우물 속삭이던 왕비가 입술을 꼭 깨물었다. 눈에 눈물이 그렁그렁했다.

눈앞에서 사위가 딸을 죄이는 모습을 보고 있으려니 심일강의 부아가 부글부글 끓어올랐다. 냉랭하고 꼬장꼬장한 그도 아비는 아비였다.

"각설하고, 과인은 방납업자와 관아의 서리, 탐관오리들이 협잡하는 것을 더는 두고 볼 수 없소. 백성들로 하여금 제때 공납을 맞추지 못하게 하며, 공납을 위해 빚을 지게 하거나 그 빚을 고리로 받아 내어 고혈에 고혈을 빨아 대는 놈들에게 철퇴를 가할 것이오. 이는 불합리한 공납의 폐단에서 백성들을 구하고자 함이니 누구보다 두 분 원로의 힘이 필요하오."

"일단 빈청으로 물러나 삼사에서 의논토록 허하여 주시옵소서."

자리를 피하고 보려는 심일강의 속셈에 김직언이 거들었다.

"그러하옵니다. 응당 다른 중신들의 의견도 취합이 되어야 할 것이옵니다."

곤이 어림없는 소리 말라며 눈가의 근육을 꿈틀거렸다.

"왜들 이러시오? 정치 한두 해 하셨소? 본시 이런 중대 사안은 밀실에서 알 만한 자들끼리 이루지는 것이외다. 많이들 들어 보시고 해 보셨잖소. 밀실 정치."

비꼬는 것도 같고, 진심인 것도 같고.

심일강과 김직언은 곤과의 말싸움에 진력이 났다. 이대로 있다가는 밤새 시달려 첫새벽에 실려 나가지 싶었다.

"하여 과인이 공납제를 대신할 만한 것을 궁리해 보았는데 들어들 보시겠소?"

혼자 북 치고 장구 치면서 물어보기는 무엇을 물어보나.

"가진 토지의 결수대로 쌀을 거둘 것이외다. 있는 놈은 더 내고, 없는 놈은 덜 내자는 말이오. 대동이 달리 대동이겠소? 능력 되는 대로 거두면 그것이야말로 대동의 첫 걸음이지."

누가 들어도 사대부들을 겨냥한 말이었다. 둔해졌던 머리들이 팽팽 돌기 시작했다.

곤은 계속해서 말했다.

"없는 놈 털어 봤자 생목숨밖에 더 잡을까. 말라비틀어진 닭 모가지, 먹잘 것도 없고. 해서 대감들 것 좀 같이 나누자는 것이오. 그래야 조세가 순탄히 잘 걷혀 국고가 든든해질 것이니."

"하오나 전에 없던 일인지라 당장은 당혹하여 신들이 무어라 여쭈어 올리지를 못하겠나이다."

"그런 말씀이나 듣자고 과인이 이리 청했겠소? 아니다, 못한다, 소리 듣지 않을 터. 나라와 백성을 사랑하는 마음이 지극들

하시니 반대…… 아니하실 것이라 믿소."

"전하! 몇 명의 탐관오리들로 사대부 전체를 호도하실 수는 없으시옵니다. 죄가 분명한 관리들과 방납업자들을 잡아들이시고 공납을 공고히 하심이 가한 줄로 아옵니다."

심일강의 말에 김직언이 옳다며 고개를 끄덕거렸다.

곤이 이록을 힐긋 보았다. 지체 없이 칼을 빼 든 이록이 심일강과 김직언을 겨눴다.

"이보세요, 금상!"

"전하!"

보현과 왕비의 입에서 고함이 터졌다. 곤은 그들의 비명이 들리지 않은 듯 무심히 귀를 후볐다. 심일강과 김직언을 찌를 듯이 내쏘았다.

"장인, 내 하나만 물으리다. 죽은 내전 나인의 출입패가 편전에서 중신들에게 공개된다면 일의 추이가 어찌 흐를 것 같소?"

"신이나 중궁마마와는 아무런 관련이 없사옵니다."

긴장한 심일강의 목소리가 떨렸다.

"과인도 아오."

"허면 신을 핍박하시는 연유가 무엇이옵니까?"

"과인이 정치가 치사하다 말하였는데 벌써 잊으신 것이오?"

뜸을 들인 심일강이 마지못해 답했다.

"왕언을 어찌 잊으오리까?"

"자, 그럼 우리 한번 찬찬히 짚어 보십시다. 송가 개심의 성명이 새겨진 출입패의 등장으로 제일 좋아할 자들은 단연 소북이오. 그러나 여타의 파당들도 달려들 거외다. 어쩌면 대북도 그렇지 않겠소? 권력은 지존의 것을 제외하고 나면 옮겨 다녀야 순리건만 장인께서는 너무 오래 가지고 계셨으니까 말이오. 같은 파당이라도 불만들이 많았을 거외다. 인간의 욕심이 그러하니까."

"전하, 전하께오서 뉘 덕에……."

"그 말 왜 아니 하시나 했소. 그렇기에 장인의 약점을 틀어쥐려는 것이오."

"전하!"

"장인이 진실로 이 사위를 해하려 했거나, 과인과의 사이가 원만하지 못한 내전에서 단독으로 행한 것이거나, 이것이 모함이거나! 어쨌든 장인의 몰락을 바라던 자들은 이를 호재로 삼을 것이 자명하오. 출입패가 공개되면 여지없이 역신으로 몰릴 것이오."

"신에게 이러실 수는 없으시옵니다."

"천만에. 충분히 그럴 수 있소. 그러니 선택을 해야 할 것이오. 과인과 함께 백성을 위한 일을 해 보시겠소, 아니면 정적들에게 약점을 헌납하시겠소? 이도저도 싫으면 이 자리에서 목을 내놓아도 좋고."

심일강은 경혹감에 휩싸였다.

곤은 홉뜬 눈의 방향을 바꾸어 김직언을 겨냥했다.

"경은 과인이 자중하라 이르지 않았소? 그대 하나만 죽는 것이 아니라 어마마마는 물론 문호까지 죽는다고 말이오."

"저…… 전하."

"전하, 전하, 전하! 과인을 왕이라 생각지도 않으면서 그놈의 전하 소리는 잘도 하오. 듣기 싫으니 닥치고 가까이 오시오."

보료 앞까지 엉금엉금 기어간 김직언이 몸을 납작 엎드렸다.

"과인이 영상을 설득해 선위교서 건을 김진한의 처형에서 마무리하였소. 헌데 반성치 않고 경은 또다시 경거망동하여 과인의 심사를 건드렸소."

곤은 김직언의 팔을 거칠게 잡아챘다. 귀엣말을 격렬히 속삭였다.

"감히 침전을 범한 것으로도 모자라 과인이 지키는 자를 향해 한 번도 아닌 두 번씩이나 살수를 보내?"

시퍼런 냉기를 뚝뚝 떨어트리며 오직 김직언만 들을 수 있도록 중얼거렸다.

"서연옥이 털끝이라도 다쳤으면…… 이봐, 네놈은 협상의 기회조차 없이 내 칼에 사지가 절단 났을 게야. 그러니 말만 하라고. 죽고 싶다면 언제든지 기꺼이 죽여 줄 테니."

김직언은 기가 풀려 눈을 감았다. 곤이 밀어젖히자 몸을 비틀했다.

자세를 바로 한 곤은 입술을 가로 그으며 비릿하게 웃었다.

"같이 좀 먹고 살자는 것이외다. 풍진세상 서로 도와 가며 살아야지 않겠소? 내금위장은 칼을 거두고 흉괴한 저놈들을 의금부 옥사에 가두라."

이록이 구창과 패거리를 끌고 밖으로 물러났다. 열렸다 닫히는 문 사이로 곤이 당부했다.

"옥사에 접근하려는 자가 있거든 누구를 막론하고 죽여 없앨 것이다."

그는 곧 주위를 환기시키며 목소리를 누그러트렸다.

"김직언 대감. 좌의정 자리를 돌려주겠소."

미친 망아지처럼 날뛰더니 무슨 속셈인가.

김직언은 엎드린 채 곤의 백룡포 자락을 노려보았다. 경계의 눈초리를 풀지 않았다.

"과인이 제시한 세법이 실효를 거둘 수 있도록 영상과 함께 중신들을 설득하여 주시오. 각기 당으로 돌아가 한 명도 빠짐없이 이에 찬성케 하고 다른 파당들도 동참시키도록 하오."

심일강과 김직언은 수십 년, 입신의 기간 동안 죽고 사는 문제를 여러 번 경험한 자들이었다. 노회한 그들은 지금이야말로 물러설 때임을 알았다.

승리를 예감한 곤이 회심의 미소를 지었다.

"내 그럼 그리하는 것으로 알고 있겠소이다. 이왕지사 하기로 하였으니 합심하여 잘들 해 보시오. 사내로 났으면 한 세상 옳은 일도 해 봐야 멋들어진다 할 것인데 배때기에 기름이나 채우고 앉았으면 그걸 어디 사내라 하겠소?"

머리에 피도 안 마른 젊은 왕에게 들을 소리, 못 들을 소리 온갖 소리를 들은 심일강과 김직언은 전의를 상실하고 고개만 주억거렸다.

약점 한번 거하게 잡혔다 했다.

맹장지문이 열리고 패배한 이들이 힘없이 걸어 나왔다. 대청
마루 끄트머리에 심일강과 김직언이 나란히 섰다. 말없이 서로
를 마주 본 그들은 낙담한 얼굴로 고개를 설레설레 흔들었다.

"미치신 게지요."

김직언의 말에 심일강은 고민스러운 눈길로 대들보만 올려다
보았다. 왕비가 뒤따라 나왔다. 왕비를 앞세워 희정당을 떠나는
심일강의 어깨가 한 자나 늘어졌다.

*   *   *

보현은 곤의 얼굴을 똑바로 응시했다. 보현의 눈길을 정면으
로 맞받아친 곤이

"무슨 생각을 하시옵니까?"

물었다. 물음에 보현은 답하지 않았다.

곤은 거듭 물었다.

"그만 이 싸움에서 물러나시겠사옵니까?"

그 또한 보현은 답하지 않았다.

"물러나시려거든 되도록 빨리 물러나셔야 할 것이옵니다. 시
기를 놓치면 되돌릴 수 없사옵니다."

곤이 벽에 일렁이는 촛불 그림자를 가리켰다.

"보시옵소서. 그저 벽에 갇힌 그림자에 불과한 것이지만 흔들리는 불빛의 움직임이 마치 실재하는 것처럼 보이지 않사옵니까?"

보현은 검게 일렁이는 촛불 그림자를 홀린 듯 들여다보았다.

"허상입니다."

벼락처럼 쏟아져 내린 선언에 보현이 고개를 홱 돌렸다. 곤의 눈을 뚫어질 듯 보았다.

"가질 수 있을 것처럼, 실재하여 손에 잡힐 것처럼 저리 유혹하나 기실은 거짓이옵니다. 가질 수 없는 것을 탐하는 마음을 조롱하는 것이옵니다."

"허상이라……."

보현은 멍하니 중얼거렸다.

곤이 손을 저어 바람을 일으키자 촛불이 훅 꺼졌다. 주변의 것들이 어둠 속으로 숨어들었다.

"허상을 쫓는 어마마마의 처지가 이와 같사옵니다. 미미한 바람에도 꺼져 버릴 촛불이옵니다. 언제고 사라져 버릴 그림자이옵니다."

곤은 몰아치듯 말했다.

"그쯤 하셨으면 하실 만큼 하셨사옵니다. 소자의 손으로 문호를 죽이지 않게 하옵소서. 어마마마를 소자가 해하지 않게 하옵소서. 김직언을 멀리하소서. 마마와 문호는 소자가 지킬 것이옵니다."

보현은 고개를 돌려 곤을 외면했다.

*　　　*　　　*

대청마루 앞을 서성인 김직언은 보현이 곤과의 독대를 마치고 나오기를 기다렸다. 밖으로 나오는 보현을 보고 성급히 말을 건넸다.

"임금이 무어라 하옵니까?"

묵묵히 당혜를 신은 보현은 김직언을 가만 보았다. 김직언은 초조감에 빠져 그녀의 시선을 눈치채지 못했다. 그는 성마르게 주절거렸다.

"임금이 무연의 정체를 알아낸 듯하옵니다."

"중신들을 설득시키세요."

"마마?"

"금상의 뜻대로 세법을 바꾸시란 말입니다."

보현이 담담한 투로 강조했다. 김직언이 그럴 수 없다며 고개를 저었다. 말도 안 된다며 펄쩍 뛰었다.

"가당치 않사옵니다."

"하면은 역신으로 몰리시겠습니까? 금상이 무연의 정체를 알았다면서요. 그것이 무슨 소리겠습니까?"

주변을 의식한 보현의 목소리가 낮아졌다.

"금상이 그 아이와 우리의 관계를 파악했다는 소리가 아닙니까. 모다 죽고 숙부님과 저만 생목숨 부지하고 있다는 사실을 잊으시면 아니 됩니다."

입술을 질끈 깨문 김직언의 숨소리가 거칠었다.

"사대부들 곳간 문을 여는 일입니다. 찬동할 자가 누가 있겠사옵니까?"

"그러게 일을 뒤탈 없이 처리하셨어야지요. 무연을 죽인다 하셨으면 그리하셨어야 합니다. 그랬으면 애먼 꼬투리를 잡혀 곤란한 지경에 이를 일도 없었을 테니 말이에요. 이제는 늦었습니다."

"애꾸눈 놈만 아니면 무연이 사실을 토설했다 하더라도 그를 증명할 증좌도 증인도 없사옵니다. 임금을 밀살하려던 계획은 무연과 마마, 이 숙부만이 아옵니다. 저 모자란 애꾸눈 놈을……."

보현이 갑갑한 소리 좀 하지 말라며

"금상이 하는 소리를 못 들으셨습니까? 의금부 옥사에 접근하는 자들은 모조리 죽이라 하는 것을 말입니다. 구태여 숨기지 않고 어디에 가두는지 우리에게 알려 준 까닭이 무엇이겠습니까? 문을 열고 숙부님을 기다리겠다는 것이지요. 제발 조동하지 마시고 차분해지세요. 아시겠습니까?"

숨죽인 소리로 조목조목 나무랐다. 비위가 상한 김직언은 대비고 뭐고 노골적으로 인상을 찌푸렸다. 보현의 말이 틀리지 않기에 반박하지 못하는 것이 더욱 울화가 났다. 인사를 하는 둥 마는 둥 그는 보현을 남겨 둔 채 쌩하니 돌아섰다.

보현은 희정당 전경을 쓸쓸히 돌아보았다. 구석구석 놓치는 곳 없이 유심히 살폈다. 의금부 옥사에서 돌아오던 이록이 그녀를 보고 고개를 조아렸다. 으레 그렇듯이 무감한 얼굴이었다. 보현은 파리한 얼굴로 그를 마주 보았다. 그녀는 흐릿한 음성으로 뇌까렸다.

"여기 모든 것이 눈앞에 있건만 허상이랍니다. 모든 것이 말이에요. 모든 것이……."

그리고 물었다.

"금상은 어떤 사람입니까?"

칼을 쥔 이록의 손에 힘이 들어갔다.

"이보세요, 내금위장."

다가서는 보현을 피해 그는 발작적으로 물러섰다.

"내가 묻고 있습니다. 금상은 어떤 사람입니까? 과연 그를 믿어도 되겠습니까?"

붉어진 눈으로 보현은 주절주절 말이 많았다.

"어찌해야 할지 막막해져서 묻는 것입니다. 옛정이……."

"마마. 말씀을 삼가소서."

이록이 다급하게 그녀의 말을 가로막았다.

"듣는 귀들이 많사옵니다."

"알고 있어요. 알고 있습니다. 헌데 말입니다. 나는 무엇입니까?"

두서없이 튀어나온 말이 또한 덧없었다. 보현은 입술을 깨물었다. 이록이 숙인 고개를 들어 요동치는 그녀의 눈을 보았다.

그의 눈이 그녀의 것처럼 흔들리다가 재빨리 평정을 찾았다. 이록은 들었던 고개를 숙였다.

"송구하옵니다. 하문하시는 바를 알지 못하겠나이다."

덧없음에서 벗어나기 위해 보현은 고개를 짧게 흔들었다. 애써 밝은 표정을 지었다. 전혀 밝아지지 않는 표정이다.

"신경 쓰실 것 없습니다. 허튼소리가 나온 게지요."

"전하를 믿으시옵소서."

보현은 이록을 지나치다 말고 움찔했다.

"믿으셔야 하옵니다. 성상께서 마마를 지켜 주실 것이옵니다."

"참으로…… 안쓰러운 일이라지요. 그대의 말을 온전히 믿을 수 있다면 좋을 텐데 말입니다."

"마마께서 믿으셔야 할 분은 성상이십니다. 김직언이 아니라."

김직언의 이름을 말할 때 이록은 유독 힘을 주었다. 보현은 뒷골에 짜릿한 전율을 느꼈다. 극렬한 감정의 폭류가 일찰나 그들을 휘몰아쳤다. 폭류한 감정은 순식간에 잠잠해졌다.

"만일 내가 금상의 손을 잡는다면 그것은 금상이 아니라 내금위장, 그대를 신뢰하는 것일 테지요."

우수가 실린 목소리로 중얼거린 보현이 걸음을 뗐다. 끌리는 치맛자락 아래서 홍옥당혜가 숨바꼭질 하듯 살짝살짝 드러났다.

四章
달빛이 밝아서

정월 초하루. 창덕궁 인정전에서 백관이 왕에게 새해문안을 드리는 정조하례가 열렸다.

하례 내용을 적은 전문과 표리를 바친 조정 중신들이 당상까지 올라와 하례를 올렸으며 각지의 관리들 역시 방물을 가지고 참례했다.

문무백관의 하례를 받은 곤은 정월 초하루를 경축하며 회례연을 베풀었다. 국상을 당하고 시일이 얼마 지나지 않아 권정례로 대체한 동지와 달리 이번 회례연은 크고 화려했으며 왕실의 위엄을 궐 안팎으로 알리기에 충분했다.

본래는 동짓날과 마찬가지로 금번을 포함해 차후 삼 년간 거의 모든 국가적 의례를 권정례로 축소할 예정이었지만, 생각을 고친 곤은 어느 때보다도 성대한 회례연을 열도록 담당 관청에 명을 내렸다. 한창 신료들과 힘겨루기 중인 터라 자신이 흔들림 없이 건재하다는 것을 회례연의 형식을 빌려 과시할 필요가 있었다.

이백여 남짓한 장악원 악사들의 연주 소리가 인정전을 장엄하게 울렸다. 화관을 쓴 궁중무희들의 나풀거리는 무복 자락이 역동적이었다.

곤은 말없이 술잔을 기울였다.

급작스럽게 대두된 조세 개편으로 조정은 줄곧 어수선했다. 예상은 했으나 기득권의 반발이 상상을 초월했다. 상소가 빗발치고 인정전 뜰에서는 정청이, 대궐 앞에서는 집회가 끊이지 않았다. 그들은 제 살이 뜯기는 것처럼 분노하고 아까워했다. 이일에 관한 한 당리당략과 상관없이 모두가 하나 되어 동일한 목소리를 내었다.

정초에 앞서 곤은 종묘사직에 제례를 올리고 유생들을 격려하기 위해 성균관으로 거둥했다. 젊은 생도들마저 그에게 당금의 세제를 유지하여야 한다고 읍소하는 지경이었다.

"시간을 끌지 마시오. 과인이 제 풀에 지쳐 유야무야되는 일은 없을 것이니."

환궁하는 연에 오르면서 곤이 일성하자

"신들이 그럴 리가 있겠사옵니까?"

속내를 들킨 심일강과 김직언의 얼굴에 당황하는 기색이 스쳤다.

"회례연까지요. 회례연이 끝나기 전에 중론을 모아야 할 것이오."

"전하, 고려조부터 내려오던 조세법을 고치는 일이 아니옵니까? 급하게 처결하실 일이 아니옵니다. 부작용이 일어나지 않도록 충분히 숙고하겠나이다."

"회례연까지라 하였소."

"조정 대신들의 반발이 격렬하옵니다. 말미를 더 주시오면……."

"경들이 조복을 입고 나를 배행해 종묘사직에 제를 올리는 것이 순전히 경들만의 덕인 줄 아는 모양이오? 허나 잊지 마시오. 과인이 그대들을 살려 두고 있음을. 아직…… 은 말이오. 가치가 떨어지면 경들의 목도 함께 떨어지는 것이오."

곤은 제 할 말만 하고 박 내관에게 눈짓으로 출발을 명했다. 스무 명 남짓한 가마꾼이 연을 어깨에 멨다. 선두에 선 수백의 군사와 의장기들이 천천히 앞으로 나아갔다. 취타대가 고취악을 울리며 왕의 거둥을 만방에 알렸다.

정해진 법도에 따라 치르는 연회다 보니 어쩔 수 없이 참례하면서도 곳간 문을 열 생각에 가슴에서 천불이 나는 자들이 한둘이 아니었다. 곡식이 썩어 나갈지언정 기어이 제 곳간에 두어야만 만족하는 욕심 사나운 자들이었다. 진수성찬을 앞에 두고 가무가 펼쳐지는 자리지만 온전히 즐기는 자가 없었다. 불쾌한 긴장감이 인정전 뜰에 팽배했다.

곤은 자신을 향한 까칠한 시선들을 즐기며 피식거렸다. 측석에 앉아 연회를 구경하던 호가 그를 의아히 보았다.

"원자는 아비를 어찌 그리 보니?"

"웃으시기에……."

징광루에서의 대화가 떠오른 아이는 눈썹을 내렸다. 자신에게서조차 숨어 있으라던 냉정한 아비의 말이 아이는 버거웠다.

"아니옵니다, 아바마마."

우물거리는 아이의 모습에 곤은 잠시 마음이 흔들렸다.

"궁금해 말라. 구태여 구린내를 맡을 필요가 있느냐?"

"구린내라니요?"

"구린내가 나는 자라야 구린내를 견디는 법이다. 안달하지 않아도 그리될 게야. 작금은 순수함을 누릴 때이니라. 아비가 되도록 오래 너의 순수함을 지켜 줄 게다. 허니 관심 갖지 말거라. 구린내가 역하구나. 너무…… 역해."

공연히 말간 눈에 눈물을 뽑는 아이다. 진정 곤의 속내를 헤아린 것인지, 아닌지 알 길이 없지만 호는 고개를 끄덕였다. 곤이 호의 어깨를 토닥거렸다.

"원자는 이만 물러가거라. 오늘은 정월 초하루니 내전에 하례드리고 하루 묵도록 하여라."

어미를 보러 가도 좋다는 말에 눈물이 쏙 들어간 호는 눈에 생기를 머금고 일어나 넙죽 읍을 했다.

"가 보거라."

연회가 지루했던 듯 아이는 빠르게 물러났다. 곤은 서둘러 걸음을 옮기는 호의 뒷모습을 한참 바라보았다.

김직언은 심일강이 따라 주는 술을 묵묵히 받아 마셨다.

"타협을 하십시다."

속삭이는 심일강의 말에 고개를 흔들었다.

"찬동을 하는 자가 있어야 말이지요. 땅의 결수대로 세금을 내라니. 허! 참. 다들 눈뜨고 도적질을 당해도 이보다는 낫다지 않소."

"미적대 봐야 달라질 것이 없어요. 전하의 성정을 아시지 않소? 회례연이 끝날 때까지 답을 고해 올리지 못하면 우리가 죽습니다. 대롱거리는 목은 붙여 놓고 봐야지요."

"왕이 아니라 날도적예요."

어금니를 깨물며 김직언이 곤을 원망했다.

"말씀이 과하시오, 좌상. 그래도 그렇지, 날도적이라니요. 나라의 지존이십니다."

"영상께서도 사위라고 무턱대고 편드시는 거 아닙니다."

"어허, 장서 이전에 군신지간입니다. 내가 무슨……."

"어쨌거나 임금도 지탄 받을 일은 받아야지요. 그래야 나라가 바로 섭니다. 크흠!"

심일강이 가까이 다가앉았다.

"그렇다고 분통이나 터트리고 앉아 있으면 해결이 된답니까?

우선은 시간부터 버십시다."

"방책이 있소이까?"

부득이 목소리를 죽인 김직언이 관심을 보였다.

"타협을 하자니까요. 다는 못 드리니 적당히 떼어 드리자는 말입니다."

"건드릴 것을 건드려야지. 저러다 장히 후회하고 말 것이에요. 젊어 혈기만 방장해서는. 쯧쯧쯧."

차양이 호화롭게 펼쳐진 월대 위를 주시한 김직언이 다시금 고개를 흔들었다.

*　　　*　　　*

회례연은 세 시진 만에 끝이 났다. 심일강과 김직언은 결연한 각오로 희정당에 입시했다.

곤은 서안 너머 꼿꼿한 자세로 앉아 서책에서 고개를 들지 않았다. 깊이 부복한 두 노신의 이마에 진득한 땀방울이 맺혔다.

심일강은 곤의 기분을 거스르지 않기 위해 말을 신중히 골랐다. 고르고 고른 말에 온갖 수사를 곁들여 장구히 주절거렸다.

"······하여 누대로 이어져야 할 세법이온지라 법의 효용을 살펴 보완하자면 가까운 곳부터 먼 곳으로 차차 늘려나가심이 가한 줄로 아뢰나이다."

드디어 긴 여정과도 같던 말이 무사히 끝났을 때 심일강과 김직언은 안도의 한숨을 내쉼과 동시에 곤의 안색을 살피기에 급급했다.

"나쁘지 않소."

곤은 매끄럽게 흘러나오는 음성으로 동의했다. 예상과 달리 수월한 반응에 전전긍긍한 것이 허무할 정도였다. 심일강과 김직언은 얼떨떨해하며 서로를 보았다.

책을 덮고 고개를 든 곤이 가느스름하게 뜬 눈으로 그들을 빤히 보았다. 그는 표정을 풀며 씩 웃었다.

"겁 없이 날뛰는 왕을 어찌 달래나 노구에 애들 많이 쓰셨을 터인데 그만 나가 보시오. 빈청에서 모다 기다리고 있을 터, 가 보셔야지 않겠소? 한시름 놓았으니 약주 한 잔씩들 하시고 푹 쉬도록 하오."

김직언이 확답을 요구하듯 조심스럽게 물었다.

"허면 전하. 교서를 내려 주시겠나이까?"

"경기 지역이 시작이오. 단점이 있다면 하나씩 고쳐 종국에는 새로운 세법이 조선 전역으로 확대될 것이외다. 한발씩 물러나 합의를 보니 실로 아름다운 시작이오."

선선한 동조에 한시름 놓을 법도 한데 어쩐지 뒤통수가 당겼다. 달리 할 말이 없었던 심일강과 김직언은 개운치 못한 상태로 물러났다.

그들이 나가기를 기다린 곤이 이록을 불렀다.

"뭐든 걸리는 것이 있을지 모른다. 영상과 좌상의 동태를 잘 살

퍼봐야 할 것이야. 다른 중신들에게서도 눈길을 떼지 말아야 할 것이고. 곳간 쇠를 빼앗겼으니 한창 미쳐서 날뛸 것이 아니냐."

박 내관이 문밖에 윤세준이 대령해 있다고 고했다.

"정치판에서 날고 기던 자들이옵니다."

입시를 허락받기도 전에 문을 열고 들어온 윤세준이 용건부터 말했다.

"쉽게 걸려들지 않을 것이란 말이렸다?"

절을 하고 자리에 앉는 윤세준을 곤이 쏘아보았다.

"내가 저들에게 불씨를 던졌다. 싸움은 이미 시작되었다고 봐야지 않겠느냐."

"지금이야 한풀 꺾여 허둥거려 보일지 몰라도 이런 싸움에서 수도 없이 살아남은 능수능란한 자들이옵니다."

"그러거나 말거나 나는 기필코 늙은 너구리들을 잡아야겠다. 그래야 대비의 귀에 대고 속닥거리는 꼴을 아니 볼 것이고 원자를 앞세워 수작질하려는 내전과 영상의 꼬락서니도 아니 볼 것이다."

"지당하시옵니다."

"흥! 경기 지방에만 시험적으로 새로운 세법을 실시하자? 나이 처먹고 느는 것이라고는 꼼수밖에 없지."

윤세준이 주변을 경계하며 목소리를 낮췄다.

"미끼를 한번 던져 보시옵소서."

"미끼?"

"간을 보시는 것이옵니다."

고민하는 곤의 표정이 나른했다.

*　　　*　　　*

쇠석이 황육을 실은 수레를 반빗간 앞에 세웠다. 장사 준비로
바쁜 탓에 태평관의 반빗아치들 중 그가 온 것을 눈치챈 이가 아
무도 없었다. 누군가 아는 체하기를 기다리면서 쇠석은 별채로
이어지는 길목을 흘끔거렸다.

때마침 기방 청지기가 물목 장부를 가지고 나타났다.

"어디를 그렇게 흘끔거리는가?"

"또, 또 생사람 잡으시네."

"높으신 분들 다니시는 기방일세. 물색없이 굴다 발에 채는 일
만들지 말란 말이야. 사람이 제 할 일만 하면 됐지 괜한 호기심
에 몸 상하이."

청지기는 그렇지 않아도 좁은 양미간을 높게 치켜 올리며 으
름장을 늘어놓았다. 정승판서 댁 청지기도 아니고 기방 청지기
주제에 으스댄다고 쇠석이 입술을 비죽거렸다.

물목 장부를 펼쳐 든 청지기는 깐깐해 뵈는 눈을 모아 뜨고
주문한 부위가 제대로 왔는지 장부와 고기를 면밀히 대조했다.
고기를 꼼꼼하게 살피는 청지기의 유심함이 쇠석의 심사를 건드
렸다.

"거래 하루 이틀 하나. 이놈은 먹는 걸로 장난질 안 합니다."

"내 알지. 그래도 장사하는 집이 물건 그냥 받는 거 봤어?"

"예, 예. 실컷 보십시오. 내 참, 더러워서."

"때깔은 좋구먼."

"멀쩡한 고기를 가지고 볼 때마다 구시렁대는 거 지겹지도 않습니까? 사기 싫음 마쇼. 이놈한테 고기 못 받아 안달인 양반이 한 둘이 아니니."

쇠석이 팩하니 돌아섰다.

"계집도 아니고 뭘 그리 토라지나? 사람 하여간. 그나저나 부군당 동제에도 자네가 고기를 댄다면서? 나흘이나 열리는 굿판이라 한몫 단단히 잡겠구먼."

"해 년마다 대는 고기, 대수로울 것도 많다."

"쯧쯧. 그놈의 성질머리하고는. 아직 머리가 붙어 있는 것이 용하이."

바지춤에 달린 주머니를 들여다본 청지기가 엽전 몇 개를 주섬주섬 꺼내 쇠석의 손바닥에 떨어트렸다. 세필 붓에 침을 발라 장부에 셈한 것을 적어 넣었다.

"설이라고 본래보다 두둑이 챙겼으니 감사한 줄 알아."

"이까짓 것 얼마나 된다고 생색 한번 거하십니다. 그려."

"자네 욕심이야말로 거하이. 황육 한 근에 팔 푼인 것을 일 전으로 맞춰 줬으면 고마운 줄 알아야지."

"그거야 웬만한 놈들 이야기고 이놈이 누구요? 쇠석입니다. 그것도 반촌 제일가는!"

가슴을 자랑스레 내민 쇠석이 큰소리로 외쳤다. 장부를 덮은 청지기가 고개를 설레설레 흔들었다. 황육이 왔다며 반빗간 찬모를 소리쳐 불렀다.

"아무튼 쓸데없이 기웃거리다가는 좋은 꼴 못 볼 걸세. 황육이나 내려놓고 후딱 가란 말이야."

"글쎄, 안 기웃거린다니까요!"

아이쿠, 귀청이야. 어깨를 으쓱인 청지기가 약이 오를 대로 오른 쇠석을 뒤로하고 곳간 쪽으로 종종걸음 쳤다. 쇠석은 청지기의 얄미운 뒷모습을 희번덕거리며 노려보았다. 콧구멍을 벌름거리며 씩씩거렸다.

찬모가 반빗아치들을 데리고 나와 황육을 반빗간 안으로 나르도록 시켰다.

쇠석이 반빗아치들 중 한 명을 붙잡고 물었다.

"별채에 사람이 머문다지?"

"그게 이녁이 왜 궁금하오?"

의심쩍은 눈길이 날아들었다.

"이유가 있어야 묻나? 고기 대러 올 때마다 간난이 고것이 저쪽으로 왔다 갔다 하는 것이 눈에 보이니까 궁금해서 묻는 것이지."

"관심 끊으시오. 그러다 죽소."

"뭔 말을 그렇게 험악스럽게 하나. 에이 그러지 말고 말 좀 해봐. 응?"

"기방 사정 밖으로 잘못 물어다 나르면 어찌 되는지 아오? 별채에 누가 있는지 알지도 못하지만 알아도 나불거릴 사람 여기 없소. 여차하면 끽하는데 누가 그러겠소?"

그러면서 반빗아치는 제 목을 긋는 시늉을 했다.

"거기 자네! 부지런히 움직이지 않고 무엇을 하는 겐가?"

찬모의 채근에 퍼뜩 정신을 차린 반빗아치가 대나무 채반에 황육을 척척 쌓아 올렸다.

"기어이 장사를 하는 모양이지? 나라에서 사흘은 쉬어도 된다고 했잖은가. 관아니 어디니 다 쉬는데."

쇠석의 말에 모르는 소리 말라는 듯 반빗아치가 코웃음을 쳤다.

"명절이니까 장사를 하는 거요. 명절날 남아도는 시간에 집 안에 틀어박혀서들 뭐할 것이오? 이럴 때 기방 나들이하는 것이지."

"하기는 그래. 명절이라고 노는 것도 양반들 이야기지. 그놈들 노는데 우리 같은 천것들이 고기도 잡아다 바치고 술도 받아다 바치고 해야지, 같이 놀면 양반 것들 불편해서 못 써."

"암만."

"시전도 거의 열었더라고. 말이 쉬는 날이지 명절은 개뿔."

쇠석이 반빗아치의 머리 위로 채반을 받쳐 주었다.

"하여간 하릴없이 온갖 데 고개 들이밀다 일 나지 말고 가서 고기나 파시구려."

반빗아치가 뒤뚱거리며 반빗간으로 안으로 들어가자 찬모가 가지 않고 뭐하고 섰느냐며 도끼눈을 뜨고 쇠석을 보았다.

"간다, 가. 이 여편네야."

들리지 않게 뇌까린 쇠석이 빈 수레를 끌고 움직이자 그제야 찬모의 관심이 다른 곳으로 향했다.

느적느적 걸음을 옮기는데 때마침 별채 쪽에서 나오는 간난이 보였다. 반빗간으로 달음박질하는 아이의 팔뚝을 잡아 세운 쇠석이 소매 밑에서 여러 번 겹쳐 접은 종이를 꺼내 재빨리 쥐어 주었다.

"이거 중요한 거다. 접때 별채에 사람 있댔지? 전해 주고 다른 사람들한테는 암말 말어."

"이게 뭔데 그래요?"

"넌 알 거 없어. 꼭 전해 줘야 한다. 그리고 나중에 푸줏간에 한번 들러. 아재가 석쇠에 쇠고기 구워 줄 테니까."

"쇠고기요?"

눈을 반짝인 간난이 입맛을 다셨다.

"대신 이거 반드시 별채에 가져다 줘야 된다. 알아들었지?"

쇠고기에 혹한 간난이 손에 쥔 종이를 만지작거리다가 고개를 열렬히 끄덕거렸다. 떠나는 쇠석의 뒤통수를 멀뚱멀뚱 보던 아이는 이내 반빗간으로 뛰어들었다.

＊　　＊　　＊

당당한 솟을대문과 달리 태평관의 뒷문은 좁고 초라했다. 홍지는 좀이 쓸어 갈라진 문틈으로 건물 안쪽의 상황을 빼꼼히 살폈다. 쇠석이 수레를 끌고 밖으로 나오자 기다렸다는 듯이 그를 잡아끌었다.

"어찌케 됐냐?"

"어떻게 되긴 뭘…… 그깟 종이 쪼가리 전해 주는 것이야 식은 죽 먹기지."

어느 날 아무런 말도 없이 사라진 혁주는 시일이 지나도록 나타나지 않았다. 홍지는 저자의 염알이꾼들을 닦달해 혁주의 거취를 수소문했다. 흔적도 없이 사라진 탓에 그의 행방을 아는 자들이 없었다. 어디 가서 쥐도 새도 모르게 콱 죽어 버렸나 할 때쯤, 쇠석이 일전에 자신의 현방에서 본 연옥에 대해 말해 주었다. 혁주의 행방불명이 그와 관계된 것이 아니냐 했다.

"참말로 우리 계주 어른, 여기 계신 것이 확실하제?"

"간난이라고 계주가 푸줏간에 왔을 때 같이 있던 계집애가 하나 있어. 고것한테 글쪽지 쥐어 줬으니까 잘 전해 줄 것이다."

"진짜지야? 니만 믿는다이."

"몇 번을 물어보냐? 틀림없다니까 그래."

거듭되는 질문에 쇠석이 짜증을 냈다. 그는 홍지의 손을 신경질적으로 떨쳐 냈다.

"아무튼 나는 전해 달라는 거 전해 줬으니까 그만 갈란다. 고기 못 먹어 죽은 귀신들이 붙었나, 사방에서 고기만 찾아 대는데 잠잘 시간도 없어. 눈코 뜰 새 없이 바쁘다니까."

홍지는 가재미눈을 뜨고 으스대는 쇠석을 흘겨보았다.

"아따, 니 골마리(허리춤)에 엽전깨나 짤랑이는갑다?"

"웬만큼 되지."

"지가 벌믄 을매나 번다고 유세 한번 장허다이."

쇠석이 바지춤에 손을 얹고 홍지를 향해 성큼 다가섰다.

"못 미더우면 확인해 보든가."

"이런, 씹어 갈!"

기겁을 한 홍지가 소리를 빽 지르며 뒤로 물러났다. 누런 이를
드러내고 키득거리는 쇠석의 모습이 퍽 밉살스러웠다.

"염병할 놈이 어따 대고 수작질이다냐. 디질래?"

앙칼지게 쏘아붙이는 홍지를 쇠석은 머리부터 발끝까지 훑어
보았다. 혀를 끌끌 찬 그는 보란 듯이 바지춤을 바짝 치켜 올렸
다.

"꿈도 야무지다. 누가 진짜로 보여 준대?"

홍지의 얼굴이 벌겋게 달아올랐다.

"나…… 나야말로 고런 꿈, 꾸기나 한 중 아냐?"

"아니면 말지."

"됐고 꼴 보기 싫으니께 가그라. 가서 고기나 썰어야."

쇠석이 휘휘 저어 대는 홍지의 손을 와락 붙잡았다.

"진짜 안 볼 거냐?"

"니는 어째 그라고 치마만 두르믄 느물대냐? 할 일도 징허게
없제."

"그럼 여인네 보고 느물대지 사내놈 보고 느물댈까?"

"아, 증말! 시답잖은 소리 그만 씨부리고 언능 가야."

벌컥 화를 낸 홍지가 쇠석을 떠밀었다. 쇠석이 주춤주춤 밀려 나면서 투덜거렸다.

"알았다. 알았어. 가지 말래도 갈 거니까 그만 좀 밀어 대. 여편네 손길 한번 와살스럽네."

결국 쇠석이 떠나고 혼자 남은 홍지는 착잡한 눈길로 태평관을 노려보았다.

쇠석은 연옥이 운종가에서 괴한들에게 잡혀 끌려갔다고 했다. 혁주에게 연통을 보냈지만 정체를 알 수 없는 자들이 먼저 연옥을 구해 내, 태평관으로 데려갔다는 것이다.

쇠석의 말대로라면 혁주는 이미 연옥의 행방을 알고 있었던 셈이었다. 홍지는 이 일에 관해 일언반구 없었던 혁주가 괘씸했으나 원체 말없이 모든 것을 혼자 처리하는 성미를 아는지라 분하면서도 그러려니 했다. 다만 연옥의 거처를 알고서도 곧장 단계옥으로 데려오지 않은 것과 도리어 함께 사라져 버린 것은 도시 이해되지 않았다.

게다가 툭하면 연옥과 혁주를 잡아먹지 못해 안달이던 구창과 그를 따르던 패거리까지 보이지 않고 있었다. 혹여 연옥과 혁주가 사라진 것이 구창과 연관된 것이 아닌가, 노파심에 입안이 타들어 갔다.

천지간에 피붙이 하나 없이 정 붙이고 사는 이들이라곤 연옥과 혁주가 전부였다. 홍지는 저만 따돌린 사정이야 어찌 됐든 그들을 무탈하게 찾을 수 있기만을 바랐다.

*　　*　　*

간난이 쇠석에게 받은 종이를 연옥에게 내밀었다. 종이를 받아 든 연옥이 의아한 눈길로 간난을 쳐다보았다.

"누가 전해 달랬다고?"

"푸줏간 쇠석이 아재요."

"반촌 현방의?"

"예. 분명히 쇠석이 아재였사옵니다."

다과상 위의 주전부리들을 뒤적거린 간난은 연꽃잎이 새겨진 송화다식 하나를 입에 넣고 우물거렸다. 입맛이 없다는 연옥의 말에도 부득불 반빗간으로 달려간 아이는 기방 식구들을 위한 정초 음식을 잔뜩 챙겨 왔다. 그러곤 연옥이 먹든 안 먹든 제 뱃속 채우는 일에 여념이 없었다.

부모 없이 홀로 자란 아이는 드센 행랑채 식구들 사이에서 별채 손님을 핑계 대지 않으면 제 몫을 챙기기 어려웠다.

혼자 먹기가 염치없었던지 간난이 막 집어 든 육전을 슬그머니 내려놓았다.

"정말로 아니 드시렵니까?"

연옥이 아이의 입가에 번들거리는 기름을 닦아 주었다.

"나는 괜찮아. 신경 쓰지 말고 너나 어서 먹어."

다정한 손길이 식탐에 대한 면죄부처럼 느껴졌다. 간난은 다시금 먹는 일에 집중했다.

운종가에서 사 주었던 노리개가 술이 엉킨 상태로 아이의 옷고름에 매여져 있었다. 술을 가지런히 정리해 준 연옥은 아이가 가져온 종이를 펼쳐 들었다. 언문으로 삐뚤삐뚤 써진 글쪽지였다.

쇤네 홍지여라. 계동에서 달빛이 젤로 아름다운 집 있지라? 쇤네가 기다리고 있을랑께요, 해가 지믄 그 짝으로 꼭 오셔요. 꼭이어라!

상대의 이름은 언급하지 않고 제 이름만 밝힌 글쪽지는 암호 같은 내용으로 짤막했다. 연옥은 몇 번이고 반복해서 문장을 읽었다.

나를 아는 이야.

지난 두 번의 습격처럼 함정일 가능성도 있지만 그렇지 않을 수도 있었다. 어느 쪽이건 명시된 장소에 나가 봐야 아는 일이었다. 그러나 연옥은 쉽사리 몸을 움직이지 못했다. 그녀가 선뜻 행동하지 못하고 머뭇거리며 쪽지만 들여다보는 것은 혹시 있을지 모를 함정에 대한 불안함 때문만은 아니었다.

"아무것도 모르는 빙충이로, 모자란 것으로 그리 살아 주면 아니 되겠느냐?"

곤이 혼잣말처럼 뇌던 말이 뇌리를 스쳤다. 잃어버린 과거를 찾을지도 모르는데 반색을 하기보다 갈등이 되었다. 연옥은 손목에 묶인 가죽 끈을 응시했다.

"질문을 아껴라. 그에 따른 눈물 또한 아껴라. 네 기억이
돌아오는 날 너의 눈물이 강을 이룰 것이다."

예상과 다른 삶이라 해도, 그로 인해 두려울지라도 자신이 살아온 삶의 흔적이 궁금한 것은 인지상정이었다. 인과 없이 튀어나오는 조각난 꿈과 기억이 도무지 맞춰지지 않아 조바심을 내었다. 백지가 되어 버린 머리를 탓하였다. 와중에 드디어 기억의 실타래를 옳게 풀어낼 기회가 찾아왔건만 수수께끼 같은 곤의 말이 자꾸만 걸렸다. 그럼에도…….

알아야 하지 않겠는가.

보이지 않는 어둠 저편이 인간의 호기심을 가장 자극하는 법이었다. 하물며 두터운 장막 뒤에 가리어진 기억에 대한 것이야…….

연옥은 종이를 품속에 넣었다.

"간난아. 네가 나 좀 도와줘야겠다."

간난이 입안에 있는 음식을 꿀꺽 삼켰다.

"무엇을요?"

"밖에 있는 자들 몰래 이곳을 나가야겠다."

눈을 동그랗게 뜬 간난은 고개를 세차게 저었다.

"그건 절대로, 절대로 아니 되십니다. 지난번에도 경을 칠 뻔하지 않으셨사옵니까? 들키면 저만 벼락 맞을 것입니다."

"그러니 몰래 나간다는 게지. 이건 내게 아주 중요한 일이라서 그래."

"하지만……."

"그러지 말고 네가 한번만 도와줘."

금세 마음이 약해진 간난은 작은 어깨를 축 늘어트렸다. 한숨을 폭 내쉬었다.

"뭘 어떻게요?"

"필요한 것이 있어. 그걸 네가 구해 줬으면 해."

연옥은 간난의 귓가에 대고 은밀히 속삭였다.

* * *

달빛이 교교한 밤, 기생의 얼굴 위로 긴장이 드리워졌다. 곧 정초연회가 있을 예정이었다. 간난이라고 했던가? 단장할 시간조차 빠듯한데 행랑채 꼬맹이 계집아이를 따라가는 발길이 마뜩찮았다.

"은밀히 별채로 가라 하셨단 말이냐?"

"예. 아씨."

"하지만 그곳은 기방의 식솔들조차 마음대로 드나들 수 없는 곳이 아니냐?"

"모르겠습니다. 별채로 가시면 아실 것이라 하셨사옵니다."

주연 자리에서 오가는 수많은 말들 중, 가장 쓸모 있는 정보를 수집하고, 목표한 자들이 빠져나갈 수 없을 만큼 촘촘한 덫을 치는 것이 태평관 기생들의 임무였다.

범바위골에서 내려온 지 얼마 되지 않은 기생은 금일 있을 연회가 처음으로 맞이하는 큰 자리였다. 조직의 신념이나 사명에 관해 누누이 가르침을 받고 한낱 공치사 따위에 연연할 일이 아님을 알지만 어느 분야든 신출내기는 인정받고 싶은 의욕이 충만한 법이었다. 하필 이러한 때에 웬 알 수 없는 심부름인가 했지만 행수, 설로화가 직접 내린 명이었다. 이제 갓 머리를 올렸을 뿐인 자신을 직접 지명했다는 사실에 기분이 고무되었다. 남들 모르는 중요한 임무라도 주려는 것인가? 마뜩찮아 하던 기생은 으쓱한 기분이 되었다.

별채 중문에 이르자 학진이 툭 튀어나와 기생과 간난을 가로막았다. 매번 어디에 숨어 있다 사람을 놀라게 하나, 간난은 가슴이 콩닥거렸다. 입술을 움찔거리며 숨을 죽였다.

횃불로 기생의 얼굴을 비춘 학진은 그녀의 얼굴을 알아보았다. 범바위골에서 함께 지낸 동무라고 저 딴에는 반가워서 입이 헤벌쭉 벌어졌다. 언제 산에서 내려왔느냐며 본격적으로 떠들려는데 기생의 표정이 엄격했다. 허리를 꼿꼿하게 세운 그녀는 학진과 눈도 마주치지 않고 정면만 바라보았다. 두 사람 사이에서 눈치를 살피던 간난이 우물우물 끼어들었다.

"행수 어른이요. 행수 어른께서 아씨를 별채 손께 보내셨습니다."

학진의 눈썹이 대번 일그러졌다. 그런 이야기 전해 받은 적 없다며 위협적으로 다가서자 간난이 얼른 덧붙였다.

"은밀해야 된다고…… 하셨습니다."

"정말이냐?"

"예."

기생은 새치름해져서 입술을 삐죽거렸다. 왜? 나는 행수 어른께 따로 명 받으면 안 되는 것이니? 하는 눈빛으로 학진을 째려보았다. 기생의 앙칼진 태도에 학진이 슬그머니 물러났다. 범바위골에 있을 때부터 사납기가 이를 데 없더니 저 성미는 어째 나이가 들수록 그대로냐며 투덜거렸다.

"들어가 봐."

다른 이도 아니고 행수가 보냈다고 하니 그만한 일이 있겠지, 학진은 나타났을 때와 마찬가지로 훌쩍 어둠 속으로 사라졌다.

호롱불 밑에 정갈히 앉아 있는 연옥의 모습이 문살에 어른거렸다. 기생은 잠시 시간을 보낸 후 인기척을 냈다.

"행수 어른께서 보내셨습니다."

"드시지요."

기생은 치맛단을 들고 대청마루로 올라섰다. 옷매무새를 단정히 갈무리한 후 방문을 열었다. 발을 한 발짝 문턱 너머로 들이는 순간 문 옆에 숨어 있던 연옥이 그녀의 목 뒤를 가격했다. 급작스러운 공격에 기생은 방어는 고사하고 억 소리 한번 내 보지 못한 채 쓰러졌다.

"죄송하게 되었습니다. 사죄는 차후에 드리도록 하지요."

연옥이 기생을 끌어다 이부자리 위에 누이는 것을 간난이 들어오다가 보았다. 소스라치게 놀란 아이는 숨을 훅 들이켰다. 말문이 막혀서 더듬거렸다.

"아…… 아…… 아씨가……!"

"괜찮아. 잠깐 이대로 있다가 깨어날 거야."

"그…… 그렇지만……."

"시간이 없어. 밖에 그림자가 비치지 않도록 발 좀 쳐 줘. 어서."

마음이 급한 연옥의 목소리가 평소와 달리 강압적이었다. 간난은 얼어붙어서 움직일 줄 모르고 벌벌 떨었다.

아이는 잘못이 없었다. 기생 한 명만 유인해 달라는 연옥의 부탁을 들어준 것이 전부였다. 이런 일이 벌어질 줄 몰랐던 아이는 겁에 질려서 어찌할 바를 몰랐다. 기생이 깨어나거나 연옥이 기방 밖으로 빠져나간 것이 알려지면 제일 먼저 벌을 받을지 모른다는 생각에 아이는 제 처지가 더욱 서럽기만 했다.

연옥은 미안함에 목소리를 억눌렀다.

"내 말 믿어. 이분은 아무 문제없이 깨어날 거야."

"거짓말까지 하고 아씨를 모셔 왔는데 필시 혼이 날 거란 말입니다."

"내가 시킨 일이니까 행수께선 크게 야단하지 않으실 거야."

"정말……이요?"

"그래, 정말이야."

그때서야 간난이 조금씩 몸을 움직였다. 아이가 창가에 발을 치는 동안 연옥은 기생의 옷가지를 벗겨냈다. 허벅다리 안쪽에서는 표창이, 가슴팍에서는 비수가 나왔다. 기생이 이런 무기들이 왜 필요하단 말인가. 의아해하는 연옥 옆으로 다가온 간난이 눈가에 남은 눈물을 손등으로 비비며 쪼그려 앉았다.

"여기 아씨들은 다 그렇습니다."

"다 그렇다니?"

"이런 것들 하나쯤은 지니고들 계신다는 말이옵니다."

"기방 기생이?"

"저도 잘 모르는데 여긴 그냥 그렇습니다. 행랑 아재들이 아씨들에게 칼 쓰는 법도 가르치고 태껸 같은 것도 막 가르칩니다. 저도 배우고 싶은데 제가 보챌 때마다 산엘 가야지 그래서 관뒀사옵니다. 가르쳐 주기 싫음 말지. 산에는 왜 자꾸 가래는지 몰

라. 아, 이런 거 밖에 나가서 말씀하시면 아니 되십니다. 찬모님이 입 함부로 놀렸다간 뒤질 줄 알아, 그랬사옵니다."

아이는 어느새 놀란 가슴이 진정되었는지 묻지도 않은 것을 종알거렸다. 연옥은 이상히 여기면서도 하던 일을 우선 마무리했다. 당장은 태평관의 비밀스러움을 파헤치기보다는 자신의 흩어진 기억 조각을 찾아나서는 것이 급선무였다.

조심스레 방문을 열고 나온 여인이 대청마루 밑, 붉은색 당혜을 신었다. 등롱을 비추며 휑한 마당을 민첩하게 훑어본 그녀는 서둘러 중문을 나섰다. 시커먼 사람 그림자 하나가 나타나 앞을 가로막았다.

곤은 합죽선을 접어 맞닥뜨린 여인의 턱을 들어 올렸다.

"출입이 금지된 곳이다. 뉘더냐?"

여인이 몸을 약간 틀었다.

"금야에 있을 정월 초하루 연회에 부름을 받은 예기옵니다."

"이곳의 기녀치고 내가 모르는 이가 없다."

"다른 곳에서 차출되어 왔나이다."

"함부로 드나들 곳이 아니건만 어찌 이곳에 있느냐?"

여인은 고개를 숙이며 몸을 사렸다.

"명성이 자자한 곳이라 잠시 구경만 한다는 것이 그만 길을 잃고 헤맸사옵니다. 워낙에…… 넓은 곳이더이다."

군청색 반회장저고리와 진홍빛 치마. 구름 같은 가채를 장식

한 화려한 머리꽂이. 비스듬히 쓰인 전모 위로 벽색의 장옷이 흘러내렸다.

여인의 전모를 들춰 올린 곤은 움찔 놀라는 홍안을 주의 깊게 들여다보았다. 전에 없는 미색이 신비로웠다. 감탄조의 신음이 입술을 비집고 흘러나오는 것을 겨우 눌러 참았다. 여인에게 길을 터 준 그는 연회장이 있는 방향을 가리켰다.

고개를 가볍게 끄덕인 여인이 종종걸음으로 사라졌다. 멍하니 지켜보던 곤이 머리를 흔들며 정신을 차렸다. 느닷없이 커다란 웃음이 터져 나왔다.

지근에 있던 이록이 어둠 속에서 걸어 나왔다.

"서 소저이옵니까?"

곤은 연신 고개를 주억거리면서도 좀체 웃음을 멈추지 않았다.

"소싯적부터 당돌한 데가 있는 줄은 알았다만 감히 내 면전에서 거짓을 고하고 줄행랑을 치다니…… 확실히 보통은 아니야."

한동안 이어지던 웃음소리가 점차 가라앉았다.

"치마저고리 입혀 보고 싶다 생각만 하였는데 알아서 입어 주고 기특하지 않느냐?"

이록이 어둠 속에 숨은 이들을 힐난하듯 돌아보았다. 학진과 범바위골 군사들이 쭈뼛쭈뼛 어둠 밖으로 나왔다. 연옥의 방문을 열어 본 군사가 곤의 짐작이 맞았음을 확인했다.

"기생이 하나 쓰러져 있고, 비자 아이가 있었사옵니다."

그제야 자신이 속았다는 것을 안 학진은 애꿎은 제 이마만 쥐어박았다.

얌전히 있지 않고 어딜 그렇게 나다니지 못해 안달이야? 덕분에 나만 이게 무슨 꼴이냔 말이지.

처음 범바위골에서 내려올 적에는 뭐든 시키는 일은 잘 해내리라 다짐했지만 지금은 별 볼 일 없는 놈 하나, 제대로 지키지도 못하고 툭하면 놓치기나 한다면서 스스로를 책망했다. 그러면서도 대체 뭐하는 놈이기에 저런 자객 놈을 전하께서 애지중지 감싸시나 답답해했다. 군사들끼리야 전하께서 남색에 취미가 있으신 것이 아닌가, 수군거리긴 했지만 그 말을 곧이곧대로 믿자니 그 자체로도 송구하고 민망했다.

이제는 하다 하다 별짓을 다 하네. 사내가 돼서 계집 옷이 웬말이야?

그러면서 방 안에 쓰러져 있다는 기생을 떠올린 학진은 꼴좋다 했다. 저가 뭐라도 되는 양 우쭐대더니 손 한번 못 써 보고 당했냐며, 저가 한 실수는 실수고 그와 별개로 참 고소하다 했다.

하여튼 계집은 계집이라니까. 그렇게 주야로 훈련을 받아 놓고 저 모양이면 큰 공 세우기는 글렀네, 그려.

학진이 당장 달려가 연옥을 잡아 오겠다고 하자 곤이 되었다며 오히려 그들을 물리쳤다. 이록이 옆으로 다가왔다.

"서 소저를 저대로 두시겠사옵니까?"

"명절날 밤에 대궐에만 틀어박혀 있기가 좀이 쑤셔 나왔더니이리 환영을 해 주는구나. 앙큼한 발길의 향로가 어디인지 내버려 두어라. 등롱이 훤하지 않더냐."

연옥을 쫓아 걸음을 떼던 곤이 인상을 찌푸리며 이록을 돌아
보았다.

"정말 내가 저를 알아보지 못할 거라 생각한 것일까?"

"무슨 말씀이시온지?"

곤은 새삼 깨달았다는 듯이 중얼거렸다.

"한 번이면 됐지 두 번을 못 알아볼까. 저거, 저…… 진정 빙충
이가 아니더냐?"

그것도 저 꼴을 하고서 말이다.

*   *   *

장사를 끝낸 쇠석은 부지런히 현방을 정리했다. 명절이랍시
고 들떠 있던 떠꺼머리 녀석들이 몰래 저자로 도망을 치는 바람
에 남은 일이 산더미였다. 새벽 참이 되어서야 술이 떡이 되어
돌아올 녀석들을 어찌 혼을 내 줄까 이를 부득부득 갈았다.

"우라질 놈들. 하던 일이나 마저 해치우고 갈 것이지. 에잇. 오
기만 해 봐라. 가만 두나."

종일 쌓인 피로가 한꺼번에 몰려들었다. 하품에 입이 쩍쩍 벌
어졌다. 빨리 뜨뜻한 구들방 안으로 들어가 눕고 싶었다.

판장문이 삐걱대며 열리는 소리가 났다. 쇠석은 핏물이 스며
든 도마를 행주로 쓱 문질러 닦았다.

"장사 끝났수다."

"잠시 여쭐 것이 있습니다."

힐끔 눈썹을 들어 올리자 장옷을 뒤집어쓴 여인이 문 앞에 서 있었다.

"누구요?"

"태평관 별채에 머무는 사람입니다."

장옷과 전모를 벗은 연옥이 쇠석을 똑바로 보았다.

쇠석은 가까이 다가오는 연옥을 반쯤 벌린 입을 하고 뚫어지게 보았다. 행주를 도마 위로 툭 떨어트렸다.

"계주…… 어른이 아니십니까?"

고개를 좌로 기울였다 우로 기울였다, 쇠석은 혼란스러웠다.

"이것이 뭔 일일까? 내가 아는 계주는 분명 사내인데……."

그가 말을 채 끝내기도 전에 연옥이 대답했다.

"이목을 피하느라 여인의 복색으로 위장하였습니다."

위장이라곤 생각할 수 없을 정도로, 이제야 제 옷을 찾아 입은 양 이질감이 전혀 느껴지지 않았다. 쇠석은 제 눈으로 보고도 못 믿겠다며 고개를 설레설레 흔들었다. 괜스레 닦은 도마를 또 닦았다.

"사내가 계집 옷을 입지 않으면 밖으로 나오지도 못하다니, 죄 짓고 숨어 있는 것이 아니고서야 멀쩡한 이가 그런 흉한 짓까지 할 필요가 있습니까요?"

말을 하지 않으면 여지없이 속고도 남을 모습이었다. 웬만한 여인은커녕 절세미녀라는 설로화에 견주어도 부족함이 없어 보이는 고운 자태에 일없이 마음이 싱숭했다. 퉁명스러운 말로 왠지 모를 자책감을 억눌렀다.

"이것 좀 보시지요."

쇠석은 연옥이 내미는 종이를 받아 들고 무성한 눈썹을 들썩였다.

"어라? 이것은 간난이더러 계주께 전해 달라고 한 글쪽지가 아닙니까? 가만…… 그게 이거 맞나? 까막눈이라 아리까리한 것이……."

"그 글쪽지가 맞습니다."

종이를 내려놓은 쇠석이 어깨를 으쓱였다. 자기는 부탁을 받고 글쪽지를 전해만 줬을 뿐이라며 현방엔 웬일이냐고 물었다.

"제가 이해하지 못하는 내용이 있어서 말입니다."

"계주께서 모르시는 것을 이놈인들 알겠습니까?"

"계동에서 달빛이 가장 아름다운 집이라고 했습니다. 이 글쪽지를 보낸 이가 그곳에서 보자 하였는데 어딘지 알지 못하겠습니다."

시큰둥하던 쇠석의 눈빛이 멈칫했다. 종이에 다시 시선을 고정시킨 그는 확실하다는 듯 목소리에 힘을 주었다.

"맞네, 맞어. 내 참. 망한 집구석에는 뭐 하러 가나."

의아한 눈길로 연옥이 쇠석을 쳐다보았다.

"아, 왜 수 년 전에 역모가 발각돼서 망한 집 있잖습니까. 고기

대느라 종종 그 집 문턱을 넘어 보기는 했습지요. 사실 말이야 바른 말로 나라님이 역모다 그러면 그게 바로 역모지 달리 역모 겠습니까? 그럴 집이 아닌데 어쩌다 보니 그리된 겝니다. 역모가 진짜 있었는지 없었는지 우리 같은 치들이 알 턱이 없습지요."

"역모?"

"예. 역모요. 계동에서 내로라하는 대가 댁 기둥이 한 순간에 쑥 뽑히는데 어휴, 난리, 난리 그런 난리도 없었잖습니까?"

"식솔은…… 식솔들은 어찌 되었답니까?"

연옥의 질문에 쇠석은 퍽 안됐다는 표정으로 깊은숨을 내쉬 었다.

"그거야 뻔할 뻔자지요. 노비들은 뿔뿔이 흩어져 다른 집으로 끌려가거나 도망친 자들도 몇몇 있고, 핏줄들도 마찬가지였습 니다. 참형을 면치 못해 목이 떨어져 나갔나 하면 신분이 노비로 떨어지기도 했으니까 말입니다요. 아무튼 폐문된 그 댁 가옥을 사람들이 수월재라고 불렀습죠."

"그 댁이 확실한 것입니까?"

"확실하다마 마다요. 그 댁 대감이 거처하던 사랑채 누마루에 서서 바라보는 달이 빼어나게 밝고 고와 그리 이름 지었다고 어 디서 주워들었습……."

쇠석의 목소리가 그대로 잦아들었다.

그러고 보니 의구심이 들었다. 사라진 계주를 오매불망 그리 던 홍지로 보아 두 사람이 서로 막역한 사이가 맞을 텐데 눈앞에 이자는 홍지를 아예 모르는 눈치였다.

쇠석의 속내를 읽은 듯 연옥이 눈을 내리깔며 말했다.

"변고가 있었습니다. 현재는 기억을 하는 것보다 하지 못하는 것이 더 많은 상태입니다."

"기억을 못 한단 말입니까?"

목소리가 커진 쇠석이 의혹에 찬 눈길로 연옥을 쳐다보았다.

"간혹 이런 경우가 있다 합니다."

"허! 별스러운 일도 다 있습니다요."

쇠석은 미더워하지 않으면서도 안쓰러운 기색이었다.

"몸이 아픈 것이야 약을 쓰면 나을 것인데 그런 병은 무슨 수로 고칠라나? 고칠 수는 있답니까요?"

연옥은 쓸쓸해하며

"허면 제가 계동의 수월재로 가면 되겠습니까?"

확인하듯 물었다.

쇠석은 연옥의 표정을 조심스럽게 살폈다. 거짓을 말하는 것 같진 않았다. 그는 경계의 눈초리를 풀었다.

"계주 어른 찾는다고 홍지 고년이 치맛자락을 얼마나 휩쓸고 다니던지. 계동에서 제일 크되 귀신 나올 것처럼 폐허가 된 집이니까 가시면 쉽게 찾을 수 있을 겁니다요."

"저를 두고 계주라 부르시는데, 저를 아십니까?"

"먼발치서 어쩌다 한 번씩 뵀습니다요. 자세한 이야기는 홍지 고것한테 들으시는 게 나을 겁니다. 이녁이 뭘 알아야 말씀을 드리지요."

물동이에서 물을 한 바가지 뜬 쇠석이 연옥을 돌아보았다. 그가 미처 물을 권하기도 전에 연옥은 짧게 인사를 건네고 현방을 나왔다. 쇠석은 허공에 붕 떠 있는 제 손과 물바가지를 보며 입맛을 다셨다.

닫힌 현방 문 앞에서 연옥은 잠시 멈춰 섰다. 어쩌다 저런 반편이가 됐나, 주절대는 쇠석의 말소리가 문 너머 들렸다. 쓰게 웃은 연옥은 곧장 계동으로 길을 잡았다.

역모.

여인임을 숨기고 사는 처지임을 봤을 때, 충분히 가능성 있는 이야기였다. 폐문된 집안의 핏줄 혹은 노비로 도망치는 신세라면 신분을 숨기기에 합당한 명분이었다.

부지런히 옮기던 걸음이 점차 느려졌다.

"나를 네가 죽이려 하였다."

떠나겠다고 하직 인사를 하던 날 밤에, 곤이 분노하며 외치던 말을 곱씹었다.

흩어진 조각조차 심연 깊이 가라앉아 손에 잡히지 않았을 때는 그의 '그' 말이 무딘 칼날과도 같았다. 모호하던 그의 말들이 모호하나마 이해되기 시작했다. 무디게 느껴졌던 칼날이 파르라니 빛을 띠우고 스르렁거렸다. 다가오는 진실의 그림자가 머리 위로 검게 드리워지고 있었다.

홀연히 까만 허공을 보며 연옥은 어금니를 지그시 깨물었다.

*　　*　　*

진일 같으면 벌써 인경을 치고 사람의 통행을 금했겠지만 이날은 특별한 밤이었다. 집밖으로 나온 사람들은 삼삼오오 무리를 지어 명절 밤을 즐겼고, 엄격하기만 하던 순라군들도 일찍 들어가라며 훈시하는 정도지 딱히 만류할 생각이 없어 보였다.

샛길과 길목마다 혹간 대로에까지 명절의 흥취는 무르익었다. 사람들과 사람의 무리를 따라 흔들리는 등롱이 밤을 한껏 달궈 놓았다.

계동에 들어선 연옥은 의외로 쉽게 수월재를 찾았다. 반쯤 옆으로 기울어 덜렁거리는 현판을 멀거니 보았다. 문 한 짝이 떨어져 나간 숫을대문을 들어서자 무성하게 자란 잡초가 마당을 가득 메우고 있었다.

시끌벅적한 저자와 달리 폐허가 된 집 안은 불빛 한 점 보이지 않고 쥐 죽은 듯이 고요했다. 잡초에 치맛자락 스치는 소리가 연옥이 들을 수 있는 유일한 소리였다. 겨울이 마저 지나지 않는 탓에 풀벌레 우는 소리조차 들을 수 없었다.

연옥은 등롱을 들어 사위를 신중하게 비추었다. 그녀의 등롱에 화답이라도 하듯 희미한 불빛이 어둑한 저편으로부터 너울거렸다. 밤이슬 내린 잡초에 치맛자락이 젖는 것쯤이야 아랑곳 않고 연옥은 불빛을 향해 걸었다.

"애기……씨?"

사랑채 앞을 배회하며 연옥이 오기를 기다리던 홍지의 눈이 커다래졌다. 여인이 여인 옷을 입은 것이니 이상할 일이 아니었으나 치마보다는 도포가, 여인의 장신구보다는 칼이 더 어울리는 삶을 살아온 연옥이었다. 등롱을 연옥의 얼굴에 대고 이리저리 살핀 홍지는 안도하듯 한숨을 후, 뱉었다.

아무리 쇠석의 호언장담이 있었다 해도 태평관 별채에 있다던 이가 연옥이 맞는지 확신할 수 없었다. 그것이 그녀가 연옥을 부득불 이곳까지 불러낸 이유였다. 연옥이라면 계동에서 달빛이 가장 아름다운 수월재를 모를 리 없을 테니 말이다.

"워매, 우리 애기씨 살아 계셨네! 참말로 지가 애기씨 땜시 애가 타가지고 죽는 줄 알았당께요."

반가움과 그간의 마음 졸임이 뒤섞여 홍지의 목소리가 높아졌다. 감정을 주체하지 못하고 훌쩍이며 눈가를 닦았다.

"하기는. 살아 계셨으니 인자는 만고 땡이네요. 그라믄 됐제. 뭐……."

다시는 놓지 않을 것처럼 연옥의 손을 꼭 붙잡은 홍지는 그녀를 대청마루로 이끌었다. 연옥은 마루에 어색하게 걸터앉았다.

"이라고 멀쩡하신 것을 본께 천만다행이어라."

주절주절, 홍지가 쉬지 않고 중얼거리는 동안 연옥은 폐가를 낯설게 돌아보았다. 관자놀이가 찌릿하면서 불현듯 찾아온 두통에 미간을 찌푸렸다.

"어쩨 그러셔라? 워디가 편찮으신게라?"

걱정스럽게 묻는 홍지를 유심히 관찰한 연옥은 아무것도 떠오르지 않는 기억에 실망했다.

사람의 온기가 사라지고 발길이 끊긴 집 안은 폐허가 되어 먼지만 켜켜이 쌓였다. 오래된 먼지가 밤이슬에서 나는 비린내에 섞여 코 밑을 쿰쿰하게 자극했다.

부서진 문살에 누렇게 때 낀 문창지가 찢어져 너덜거리는 사랑방 문을 무심코 돌아보았다. 번쩍이며 떠오른 장면 하나가 뇌중을 번개처럼 스쳤다. 연옥은 저도 모르게 퉁기듯 마루에서 일어났다. 장옷이 흘러내리고 무릎에 놓았던 전모가 발밑으로 떨어졌다.

채 성숙하지 못한 어린 소녀가 있었다.

"싫어. 안 가. 안 갈 거야! 안 갈 거란 말이야!"

덩치 큰 소년에 의해 사랑에서 끌려 나오며 소녀는 악을 썼다.

"아버님…… 아버님…… 아버님!"

문설주에 매달려 애타게 외치던 소녀는 끝내 소년의 등에 업혀졌다. 소년은 소녀를 업고 사랑에서 멀어졌다.

"……애기씨. 애기씨!"

퍼뜩 정신이 돌아온 연옥이 고개를 돌려 홍지를 보았다. 이마 위로 식은땀이 흥건했다.

"워매! 이 땀 좀 보소. 애기씨, 안 되겠어라. 지난 사정이야 난중에 야그하고 의원부터 찾아 봐야……."

수선스레 떠드는 홍지의 목소리가 멀찍이 들려오는 메아리처럼 잦아들었다. 연옥은 다시 과거의 환영 한가운데로 빨려 들어갔다.

"아버님…… 아버님…… 아버님!"

울부짖는 소녀의 메아리가 뇌리를 둔탁한 둔기처럼 사정없이 내리쳤다.

창과 칼을 빼 든 나장들은 집안을 뒤져 가솔들을 끌어내 포박했다. 종들은 주인을 위해 낫과 도끼를 들고 몸을 던졌다. 나장들이 가하는 무차별적인 공격에 그들의 낫과 도끼는 아무런 소용이 없었다.

"역적 서자성은 당장 나와 오라를 받으라!"

의금부 도사의 살기등등한 목소리가 선연했다.

연옥은 몸을 홱 돌려 사랑방 문을 노려보았다.

흰 도포를 입고 정자관을 쓴 장년의 대감은 난장이 된 집안과 공포에 찬 식솔들의 눈길에도 유유했다. 버선발로 마당에 내려선 그는 단정히 무릎을 꿇고 어명을 받았다. 널찍하게 펼쳐진 흰 도포 자락이 슬프도록 정갈했다.

"……아버님?!"

멍하니 뇌이며 연옥은 몸을 비틀거렸다. 발을 헛디뎌 섬돌 밑으로 떨어지려던 찰나에 홍지가 얼른 붙잡았다.

"애기씨?!"

황망히 연옥을 부른 홍지가 발을 동동 굴렀다.

"아따 참말로. 애기씨를 이짝으로 모시는 것이 아닌디, 암만해도 여기 계시기 괴로우시지라? 이년이 쓸데없이 의심병이 나 갖고…… 얼른 나가시자니께요."

재촉하는 홍지의 손을 뿌리친 연옥은 대청마루에 쓰러지듯 도로 걸터앉았다. 마수없이 튀어나온 기억은 드문드문 떠오르던 단편적인 장면들에 인과를 부여하기 시작했다.

머리가 지끈거렸다. 두통이 점점 심해졌다.

"황당히 들리겠지만 제가 지금 기억이 없습니다. 하여 이녁이 누구인지도 모르겠습니다."

급작스러운 말에 홍지는 한동안 입을 다물지 못했다.

"기억이 없다니…… 그것이 먼 말씀이당가요?"

믿지도 믿지 않을 수도 없는 얼굴을 하고서 그녀는 연옥을 망연자실 바라보았다.

"상처를 입는 바람에…… 서연옥이라는 이름자 정도만 알고 지냈습니다. 아버님 함자가 서 자자 성자인 것도 조금 전에야 기억이 났습니다."

치마를 쥐락펴락 어쩔 줄 모르던 홍지가 이윽고 연옥이 앉은 옆자리에 털썩 주저앉았다. 보고 또 보아도 자신이 알던 애기씨가 맞았다. 목소리며, 말씨며 뭐 하나 달라진 것이 없는데 오직 머릿속에 있어야 할 기억만이 사라지고 없다는 것이다.

"이상타, 이상타 했드만! 그라고 기다려도 소식 한 자 없으시더니 생전 가야 입지도 않으시던 치마를 다 챙겨 입으시고…… 하이고, 하이고! 왕인지 왕 애빈지 시러배 잡놈이 기어이 애기씨까지 잡는구만이라."

홍지는 문득 잊고 있었다는 듯 눈썹을 사납게 치켜떴다.

"근디, 혁주 그놈은 워디서 뭐더고 자빠졌간디 성치도 않은 애기씨만 혼자 다니시게 헌다요?"

"혁주라니, 누구를 말하는 겁니까?"

"아따, 혁주 말이어라. 애기씨 찾을라고…… 아니다. 기억을 못 하시지. 지랑 혁주는 여그 수월재 놉으로 애기씨를 오래도 모셨지라. 근께 인자 말씀을 놓으셔라. 이년이 불편시러워서……."

"……."

"말이 헛간 데로 새 부렀네. 우야든둥 혁주가 애기씨 모셔 온다고 길을 나선 것 같은디 그날로 싹 사라져 부렀당께요. 그넘이

어쭈고 생겼냐믄요. 눈은 요라고 쫙 째져 갖고……."

"그 사람 봤습니다."

연옥은 얼마 전 태평관 별채를 습격했던 패거리와 중간에 끼어들어 습격으로부터 구해 주었던 사내를 떠올렸다. 그녀는 홍지의 팔을 와락 붙잡고 사정했다.

"말해 주세요. 내가 누구인지, 내가 모르는 무슨 일이 있었던 건지 하나도 빠짐없이 말입니다."

두통은 닫힌 문을 두드리는 것과 같았다. 문이 열리기 시작하면 이 밤은 아마도 긴 밤이 될 것이다.

홍지는 수 년 간의 이야기를 하는 동안 눈가가 짓무르도록 울었다. 몇 마디 뇌이고 울고, 또 몇 마디 뇌이고 울기를 반복했다. 띄엄띄엄 쳐 죽일 것들. 호랑이가 열두 번 씹어 가도 시원찮을 것들이라며 욕지거리를 하고 치마를 불끈 쥐었다.

"죄 없는 아버님을 당시 세자였던 왕이 모함했다는 말입니까?"

그럴 리가 없었다.

하찮은 들치기꾼 소년에게도, 다리 밑 꼭지 패에게도 연민과 안쓰러움으로 마음을 상하던 분이건만. 백성이 먹어야 한다며 멀건 국과 나물만 먹던 분이 아니신가. 그런 분이 그럴 리가 없지. 그럴 리가…….

선뜻 믿지 못하는 연옥의 모습에 옷고름이 척척히 젖어 들도록 눈물 콧물을 닦아 낸 홍지가 속에서 천불이 난다며 울분을 토했다. 그녀는 지친 한숨을 내쉬면서 어깨를 늘어트렸다.

"노마님께서는 어느 집 놉 신세가 되셨지, 애기씨는 흔적도 없이 사라지셔 갖고 관병들이 찾으러 다니지, 많고 많던 놉들은 뿔뿔이 이집 저집 흩어졌지, 그나마 지는 정릉동 초가에 찬모 보러 다녀오는 길이어서 중간에 도망이라도 쳤지라. 어찌케 딱, 지가 길바닥에 있는 사이에 정릉동이랑 여그랑 나장들이 덮쳐 가지고……."

그때의 일을 떠올리는 것만으로도 살이 떨리는지 홍지는 입안의 살을 질끈 깨물었다.

"암튼지간에 애기씨 찾는다고 저잣거리 여기저기 기웃하믄서 숨어 다니다 거지꼴이 다 됐는디 운종가 한 가운디서 혁주를 맞딱트린 거지라. 먼 수로다가 살았냐고 물었더니, 애기씨가 언늠한티 납치를 당했는디 그넘 찾아 댕기다 보니까 그렇게 홀로 떨어지게 됐다고 하더구만요. 난중에 안 사실인디 애기씨께서는 태평관에 동기로 끌려가신 거지 뭐당가요."

연옥은 비로소 태평관의 불야성이 못내 불편했던 까닭이 이해되었다. 과거에 기방과 연결된 어떤 고리가 과민한 증상을 불러일으키는 것이라던 조웅래의 말이 맞았다.

"근께, 지가 이상한 일이다 했어라. 기방이라믄 치를 떠시는 분이 그것도 태평관에 머무신다니 애기씨가 맞나 싶었당께요."

이런 식으로 남아 있던 일련의 파편들이 무의식적으로나마 연옥의 기억을 되새김했던 것이다.

얼마나 더 많은 기억의 조각들이 내 주변을 에워싸고 있을까…….

연옥은 머리에 얹은 가채가 무거웠다. 하나씩 꺼내 든 기억이 묵직한 가채의 무게로 화해 더욱 고통스러웠다. 고개를 지탱치 못하고 푹 숙인 그녀는 손목에 묶인 가죽 끈을 보았다.

"너를 나에게 이끌어 주는 것이다. 갓 잡은 매에게 줄밥을 줄 때 사용하는 줄처럼 이 끈은 갓 잡은 너를 나와 이어 줄 것이다. 천천히 길들이듯 말이다."

"훗."

실소를 터트린 연옥의 안색이 창백했다. 곤은 가지면 아니 되는 것을 갖겠다고 말했다. 그는 그녀에게 빙충이로, 반편이로 살라 했다. 가죽 끈을 쥐어뜯을 듯 매듭을 움켜쥐었다. 차마 어쩌지 못하고 머뭇거렸다.

"혁주나 쇤네나 애기씨 찾을라고 각설이패부터 시작해 들치기까지 안 해 본 것 없었구만이라. 글다가 혁주가 저잣거리서 구창이 놈을 만나가지고 조금씩 높으신 나리들 뒷일 봐주면서 살았지라."

회한에 눈물을 훔친 홍지는 한참 말이 없었다.

"그래서 어찌 되었습니까?"

답답해진 연옥이 가죽 끈에서 손을 풀며 재촉했다.

"김 대감이라고 좌의정 해 먹는 늙은이가 있는디 우연찮게 혁주가 눈에 띈 거지라. 혁주 갸가 나대지 않아서 그렇지 맘만 먹으른 무서운 넘인게요. 아주 운종가 왈짜패들은 다 씹어 먹고 다녔구만이라. 그라고 다닌께 구린 일 시키기 좋아하는 김 대감 눈에 띈 것이지라."

연옥은 짚이는 것이 있는 듯 반듯한 이마에 얇은 주름을 그었다.

"얼마 전에 정체를 알 수 없는 검계 무리에게 습격을 받았습니다. 혹 좌상이라는 자와 연관이라도 있는 것입니까?"

홍지가 눈에 불을 뿜었다.

"머시라고요? 대감이고 영감탱이고, 구창이 이 썩을 잡것들을 나가 그냥!"

소리를 바락바락 지르던 그녀는 누가 듣기라도 했을까 봐 뒤늦게 제 손으로 입을 틀어막았다.

"어쩐지 구창이 것들이 눈에 안 뵌다 했어라. 김 대감, 그 늙은이가 애기씨를 아예 죽여 불자 했구만이라. 호시탐탐 애기씨랑 혁주 자리를 노리던 구창이 놈이 옳타꾸나 했을 것이고요."

주위를 두리번거리다 목소리를 잔뜩 죽이고 소곤거렸다.

"근께요, 애기씨. 혁주가 첨에 김 대감 앞에 불려 갔는디 워메, 거기에 애기씨가 딱 계셨다지 뭡니까! 헤어지고 서너 해 지나서였지라, 아마. 알고 본께 김 대감이 우리 대감마님과의 인연으로 기방서 도망쳐 나온 애기씨를 구해 줬다 하더만요. 산속 절에 의탁을 해서 보살펴 줬다고요. 마침 애기씨께서 김 대감 보러 산에서 내려 오셨다가 혁주를 보신 것이지라. 근께로 그때부터 애기 씨하고 혁주가 검계를 조직해 갖고 늙은이 구린 일을 본격적으로 도맡아 한 것이고요."

평탄한 삶을 살았을 거란 기대는 하지도 않았지만 검계를 조직해 양반의 하수인 노릇이나 하고 살았다니 연옥은 당혹스러웠다. 구린 일이라고 하면 대체 어느 선까지의 일이었단 말인가. 그녀는 자신이 과연 과거를 파헤치고 똑바로 바라볼 자격이 있는지 회의가 들었다.

연옥의 속내를 읽은 듯 홍지는 계속해서 말했다.

"따지고 보믄 구린 일이라고 해 봐야 탐관오리들끼리의 싸움이지라. 그것도 다 돌아가신 대감마님 복수를 위해 어쩔 수 없는 공조였당께요. 그런 일 외에는 객주를 해 갖고 먹고 살았구만이라. 정당하게 벌어먹고 살았지라. 술도 팔고 한량들 불러다 투전도 시키고…… 아니 뭐 돈 못 써서 안달인 것들인디 우리가 쪼께 갖다 쓴다고 누가 뭐랄 것도 아니고요. 대신에 저자의 힘없는 시전들은 건드리지도 않았어라. 다른 검계들은 그랬을지 몰라도 애기씨나 혁주는 절대로 용납을 안 했당께요. 긍께 구창이 놈이 더 난리였지라. 지멋대로 휘저어야 되는디 못한께 발광을, 발광을…… 어휴 씨부랄 것."

"그렇다면 김 대감이란 자가 어찌 나를 해하려 했단 말입니까? 내가 그자의 일을 도맡아 했다면 말입니다."

"그게요, 여덟 해 전, 아니지 인자는 아홉 해 전이지. 수월재가

풍비박산 날 적에 대감마님만 화를 당하신 것이 아니라 머시냐, 대감마님과 뜻을 같이하셨던 분들까지 모조리 화를 당하셨는디 그 때문에 김 대감이 조정에서 떨거지 신세가 됐지라. 쪽수가 모자란께요. 말하자면 김 대감이 거기에 앙금을 품고 있던 차에 애기씨를 만나게 되니까 애기씨를 이용해서 당시 세자, 긍께 지금 왕을 죽이려고 오랫동안 계획을 한 것이다…… 이것이지라."

"나의 복수심과 그자의 복수심이라……."

"그 점에 있어서는 목표가 같았응께요. 그래갖고 지난해에 세자가 새 왕이 되면서 거사를 치르러 애기씨께서 궐로 들어가셨는디 어찌케 된 노릇이 왕은 살아 있고 애기씨만 행방불명돼 부렀당께요. 상처를 입으셨단 소식까진 들었는디…… 인자 본께 기억을 잃으신 것이구만요."

"내가 살아 있는 것을 알고 자신의 이름자가 나오는 것이 두려워 김 대감이 나를 해하려 했다는 겁니까?"

"바로 그것이지라. 의리라고는 개똥만큼도 없는 늙은이랑께요. 애기씨가 실종되고 나서 혁주가 젤로 먼저 찾은 곳이 그 작자 사랑채였는디요. 혁주한티 즈그는 애기씨 행방에 대해서 암것도 모른단서 그 일로 다신 찾지 오지 말라고 했응께요. 혁주한티 말을 하든 당연히 노발대발할 것을 알고 구창이랑 짝짜꿍이 돼 갖고 혁주 모르게 애기씨를 칠라고 한 것이 틀림없구만이라. 그것을 혁주가 눈치를 챈 것이지라. 아 참, 혁주는요, 잘 있지라?"

곤이 혁주를 포박해 간 뒤로 연옥도 그에 대한 소식을 알지 못했다. 눈치 빠른 홍지가 낭패해서 물었다.

"그님의 자식 보셨담서요?"

"습격이 있었을 때 웬 사내가 달려들어 구해 주었습니다. 그이가 혁주란 이인지는 모르겠지만……."

누구냐던 곤의 물음에 묵묵부답하던 혁주의 모습을 떠올린 연옥은 마저 말을 이었다.

"왕이 그를 데려갔습니다."

"시방 왕이라고 하셨어라?"

"상처를 입고 왕에 의해 태평관으로 옮겨진 후 쭉 그의 수중에 있었습니다."

"그라믄 우리 혁주는 죽는 것이어라?"

문을 열지 말았어야 했을까?

진실은 어둠보다 짙고 우물보다 깊었다. 연옥은 절벽 끝에 서 있는 것과 다름없었다. 발을 한 짝 낭떠러지 아래로 기울인 것과 같았다. 아득한 저 밑, 깊고도 짙은 진실을 마주 보기 위해 용기를 내기까지 잠시 번민했다. 그녀는 나직이 말했다.

"혁주, 그 사람을 찾아야겠습니다. 그러나 그전에 그를 먼저 봐야겠지만 말입니다. 왕을…… 왕을 말이지요."

*　　*　　*

담벼락에 기대 있던 곤은 연옥을 두근거리는 심정으로 보았다. 그를 발견한 연옥이 멈칫했다. 골목 밖, 멀리서 왁자한 소음이 흐릿했다. 급하게 연옥을 쫓아 나온 홍지가 스르륵 나타난 이록의 손에 입술을 틀어 막혔다. 이상한 낌새에 연옥이 뒤를 보았지만 두 사람은 이미 사라진 후였다.

연옥은 다시 곤을 돌아보았다. 어느새 곤은 코앞까지 다가와 있었다. 그는 차갑게 언 손등으로 연옥의 볼을 천천히 쓸어내렸다.

"연회장에 있어야 할 예기가 역당의 폐가에는 어인 일일까?"

"그러는 나으리께서는 계셔야 할 곳에 아니 계시고 누추한 곳에 어인 일이시옵니까?"

"치마저고리를 입었다고 내가 너를 어찌 몰라보겠느냐. 향기를 품고 색을 입어 본래의 여인을 되찾았으니 도리어 더욱 잘 알아볼 일이다. 다만 네게 이보다 어울리는 것은 전모와 큰머리가 아니라 정갈한 댕기니라."

"댕기건 전모건 그것이 문제겠나이까? 외양은 언제든 바꿀 수 있는 것이옵니다. 마찬가지로 색과 향도 지우면 사라지는 것이지요."

"꽃이 저마다의 고유한 색향을 가지듯 사람도 그러하니라. 여인은 더하지. 지운다고 지워지는 것이 아니다. 다만 잠재되어 있을 뿐."

"겉으로 드러난 허상이옵니다. 봄날의 아지랑이만큼이나 부질없는 것이 아니겠사옵니까? 장막 뒤에 숨어 있는 소인의 진정한 모습을 되찾고자 하나이다."

한낱 밤 구경이나 하자고 길을 나설 연옥이 아님을 알면서도 호기심에 지켜만 본 것이 실수였다. 그녀가 반촌의 백정을 찾아가는 것을 보고 무슨 일인가 싶으면서도 그것이 과거를 찾는 행위인 줄 미처 몰랐었다. 현방을 나온 연옥이 계동으로 향로를 정했을 때 막아섰어야 했다. 그녀가 결국 수월재로 들어가 스스로 서자성의 가비였음을 밝힌 비자를 만나자 그예 올 것이 왔구나, 했다. 곤은 몇 번이고 연옥을 붙잡아 수월재 밖으로 끌고 나오고 싶었다. 그러나 알지 못하는 과거에 사로잡혀 괴로워하던 연옥의 모습이 눈앞에 아른거려 차마 그리하지 못했다.

"어렵구나. 너의 진정한 모습이라…… 그래, 찾았느냐?"

느리다 타박하여도 종당엔 갈 곳으로 가고 흐를 곳으로 흘러가니 서둘러 득 될 것이 무어냐, 번지르르한 말로 윽박도 질러 보았지만 연옥은 역시 지워진 기억을 감내하기 버거웠던 게다.

"찾아야지요."

결국엔 알게 될 일이었다. 방황의 기간이 길어 봐야 고통만 증가시켜 줄 터, 차라리 분노할 대상을 알려 주는 것이 막막한 어둠을 헤매는 연옥을 조금이라도 구원하는 길일 것이다.

"찾을 수 있겠느냐?"

"발을 한 발짝 내디뎠나이다. 나머지 한 짝만 내디디면 될 듯하옵니다."

담담한지고. 무서우리만치 차분한 연옥의 태도를 보며 곤은 초조감에 시달렸다.

"분노하지 않느냐?"

"무엇을 말씀이시옵니까?"

"울분을 토하지 않느냐?"

"그 또한 무엇을 말씀하시는 것이옵니까?"

무슨 생각인 걸까. 내가 저와 비자의 이야기를 들은 것을 알 터인데도 어찌하여 내게 일언반구 묻지도 따지지도 않는단 말인가.

곤은 입을 다물어 버린 연옥에게서 손을 떼고 저만치 물러났다.

곤은 무작정 걸음을 옮겼다. 연옥은 무심히 그의 발길을 따라 걸었다. 귓결을 스치는 차가운 바람에 흠칫 놀라 고개를 들었다. 한참이나 앞선 곤은 관념에 사로잡혀 있었다. 연옥이 따르지 않는 것을 눈치챈 곤이 걸음을 멈추고 뒤를 돌아보았다.

연옥은 무어라 말을 하려다 말았다.

그녀는 묻고자 했다. 자신의 귓전으로 흘러든 이야기들이 진실인지 확인하고자 했다. 그러나 입이 떨어지지 않았다. 나를 구하고, 나를 살리고, 나를 어여삐 여기시던 당신이 진정 나의 아버님을 모함하고 죽이셨느냐 어찌 물어야 할지 두렵고 무참했다.

사립문을 열고 들어서던 고운 선비님이, 점잖이 어린 소녀에게 마실 물을 청하던 분이, 하잘것없던 감나무 잎을 고이 간직해 갈 것이라며 짓궂게 굴던 분이…… 그래, 당신이 그리하셨습니까?

……어찌 물을까. 어찌 물어야 하나.

정월 초하루가 지나고 있었다. 초승달이 휘황했다. 여느 때와 다른 밤거리가 활기찼다. 어디선가 윷이야! 외치는 소리가 들렸다. 이내 호탕한 웃음소리가 파다했다. 어린 소년이 얼레를 돌리며 연옥의 허리께를 툭 치고 달려갔다. 그보다 작은 소녀가 오라비, 같이 가! 울먹울먹 외치며 쫓아갔다. 거나하게 취한 양반이 하인 등에 업혀 고래고래 소리를 지르고, 신이 난 각설이패가 늦도록 문을 닫지 않은 시전 앞에서 타령을 불러 댔다. 오랜만의 호황과 명절 기분에 도취된 시전 주인이 엣다! 선심 쓰듯 바가지 가득 먹을 것을 담아 주었다.

달은 둥그렇게 휘어졌다. 점점 더 밝아질 빛으로, 점점 더 차오를 풍만함으로 이 밤을 내려다보았다.

연옥은 차마 물을 수 없었다. 저 훤한 달빛 아래서는 도저히 물을 자신이 없었다.

그가, 왕이 모든 것을 인정해 버리면 무슨 표정을 지어야 하나. 어찌 반응해야 하나. 슬퍼해야 할까, 분노해야 할까. 얼간이처럼 이도저도 하지 못하고 동동거려야 할까. 그러니 달빛 아래서는 아니 되겠다. 숨소리 하나, 눈빛 하나 오롯이 전달되는 저 휘황한 달빛 아래에서는……

장옷을 꼭 움켜쥔 연옥이 걸음을 떼기 시작하자 가만히 기다리던 곤도 돌아서서 걸었다. 그들은 대광통교에서 멈춰 섰다. 말없이 다리 밑 세상을 관망했다.

거지 움막 또한 다리 위와 같이 시끌벅적했다. 이록에게 죽임을 당한 꼭지딴 대신 새로운 꼭지딴으로 뽑힌 자가 호화롭게 얻어 온 명절 음식들을 앞에 두고 기분이 좋아 덩실덩실 춤을 추었다. 손에 쥔 호리병에서 술이 넘쳐흘렀다. 얼큰한 술기운이 돌자 검게 썩은 이를 드러내며 히죽히죽 웃음을 흘리던 여인을 얼싸안았다. 검댕이 묻은 거친 얼굴에 고기 기름 묻은 입술을 비벼 댔다.

곤이 입을 열었다.

"네가 저들에게 먹을 것을 주고, 약재를 주고 관심을 주었다. 열두 살 어린아이가 말이다."

곤의 시선을 마주한 연옥은 그의 눈을 뚫어지게 들여다보았다.

"넌 마치 새 같구나."

"어찌 소녀더러 새 같다 하셨사옵니까?"

하시라도 상관없이 튀어나오는 기억의 잔상들이 이제는 익숙했다.

"나으리."

"어찌 부르느냐?"

"어찌 소녀더러 새 같다 하셨사옵니까?"

곤의 눈빛이 흔들렸다. 그의 눈에 일어난 파문을 읽으며 연옥은 잠자코 눈썹을 내렸다.

"졸졸 따라다니는 거지 아이들에게 국밥을 사 주고 길거리 곳곳 네 손길을 필요로 하는 이들이 없나, 영롱하게 빛나는 눈으로 어찌나 꼼꼼히 살피던지…… 너는 너의 두 다리로 쉴 틈 없이 운종가를 누비고 다녔다. 발에 스치는 치맛자락이 한시도 가라앉지 못하고 나부꼈단 말이다. 하여 너는 마치 새 같은 아이였다. 새처럼 여기저기 박 씨를 물어다 주었어. 새처럼 가는 다리로 가지 않는 곳이 없고, 날개처럼 나풀거리는 치맛자락으로 날아올라 어디든지 네 갈 곳으로 가는…… 그때의 너는 그랬었다."

"나으리."

"내게 물어야 할 것이 있느냐?"

"달빛이 밝아 여쭙고자 하는 것을 여쭐 수 없나이다."

"어둠 속으로 숨어야겠구나."

그래야 나 또한 너를 향한 죄책감으로 몸서리치는 부끄러움을 숨길 수 있을 터이니.

두 사람은 나란히 걸음을 옮겼다. 이번에는 정릉동 쪽이었다. 곤은 묵묵하기만 한 연옥의 눈치를 살폈다. 그녀가 말을 걸어 주기 전까지 그는 먼저 꺼낼 말이 없었다. 무기력함이 밀려들었다.

〈다음 권에 계속〉